U0065994

陳映真全集

8

1985
|
1987

人間

目次

一九八七年

相機是令人悲傷的工具

日籍國際報導攝影家三留理男剪影

約莫半年前，我讀到日籍國際性報導攝影家三留理男(Mitome Tadao)的攝影集《飢餓：衣索比亞的緊急報告》，受到很深的感動。我原就想介紹國際知名的報導攝影家的作品。西方的報導攝影家有很多現成的人和本子可以挑，卻苦於不知道東方的報導攝影家。我立刻寫信給日本光文社，要求代為探詢將三留的作品授權在台灣使用的可能性。回信來了，說是三留正在非洲採訪，但授權同意是極有可能的。七月，出版社來信，說是月底三留決定來台灣看他的朋友黃春明拍電影《莎喲娜啦．再見》，同時會帶來他的照片原作。就這樣，我認識了這位國際知名的報導攝影家。

三留理男比我只小一歲，頭髮已呈灰白。他一臉童顏，看來並不老邁。他穿著隨便，為人尤其隨和。他沒有我認識的一般日本人的客氣和拘禮，有時候甚至是隨便的。然而相處數日，聽他在幾個不同場合裡的談話，我和春明兄油然地對他產生了敬意。我們為他安排在台北基督教青年會住。一進房，他就把作品拿出來，任意攤在床上。「這是衣索比亞。這些是在肯亞拍的。這些是金三角，這些嘛，噢，是阿富汗抗俄游擊隊。」三留理男說，「你挑著用，編排怎麼都行，隨你的意思。」我為他近二十張八乘十的作品所震懾，沉默地讀著他的照片。後來，我結結巴巴地探詢他的稿費該怎麼算。「噢，沒關係，免費奉送。」他笑著說。

人和生活是我的老師

三留理男，一九三八年生於朝鮮的平壤近郊。一九四五年，大戰結束，他的一家五口被俄軍關進日人收容所。在收容所惡劣的條件下，三留理男的一弟一妹先後病死了。兩年後，他成為戰敗國的難民遣送回到日本。童年時代難民生活的體驗，使他的攝影眼集中關注人間的不幸：貧窮、飢餓、災荒、內戰、疾病、難民。「很多人都說我關心第三世界的不幸，與我的童年體驗有關，」三留說，「其實，也許確有一點關係吧。但是，我不是那種用教條式的理念把自己鼓得滿滿地生活和工作的那種人。那樣容易疲乏，容易倒下。我只是順著我自己生命內部自然的呼聲去工作罷了。」

中學畢業，考入日本大學攝影科。在激盪的六十年代，大學生的三留理男終日搞反對《安保條約》的運動，終於退學。說到他的攝影教育，三留說：「我不曾在課室中學到攝影。我的攝影老師是小街上的照相館師傅；是許許多多我取材的被攝體的人和生活。三里塚的日本農民；亞洲和第三世界貧民窟中的貧民；挨餓而不與兒童爭口糧的非洲部族……他們教育我學習了許多人的極為珍貴的功課。」

在平常心中自有原則

前幾年，日本大出版商「講談社」頒了「文化出版獎」給三留理男，遭到他的婉拒。理由是，講談社早在中日戰爭前就協助日本軍部進行侵略中國東北的勾當。「他們要頒獎的作品，全是我報導中國人民抗日、日本如何在戰爭中加害於中國人的作品。這樣的作品，而接受講談社的獎，這說不過去。」三留理男說。

日本政府計畫在祝島建立核能電廠，徵收農民的土地，農民激烈反對。這些爭執一直到今天仍然持續不斷。三留理男參加這些農民的反核電廠住民運動，並拍攝照片集冊刊行，至今仍為運動的一分子。日本為了建設成田國際機場，強制徵收當地農民（原滿洲、朝鮮的日本殖民農民），三留也同這些農民一道進行抵抗運動。至今，三留理男出入日本國境，絕不在成田上下飛機，寧可從東京坐新幹線到大阪機場出入國境。「我不能出賣三里塚的農民。」他說。攝影，對於三留理男，並不光是跑到現場，按下快門，拍拍屁股一走了之的事，而是攝影者和拍攝對象的人或事的連帶感之誓約。從這連帶意識萌生的社會性行動，是三留理男作品的一個主要的性質。

相機：令人悲傷的工具

在遼闊、古老的第三世界，三留理男看飽了飢餓、貧困、惡病、抵抗、死亡、流亡和內戰。他比世上任何人看到過更多人變成非人的境況，目睹過太多人間的活修羅地獄。需要以攝影機去面對這些人類苦難的三留，很多時候，不由得憎惡相機。「當我把鏡頭指向不幸的人時那種心中的不適、恐懼、自我嫌惡……」三留理男說，「使我感到相機真是令人悲傷的工具。我有時真的對自己搞攝影感到厭惡。」事實上，他常常把相機擺在一邊，去參加實際的運動。為了聲援金芝河，他坐在絕食抗議席上，在遊行隊伍裡揮動旗子。

儘管三留理男的照片可以透過聯合國向世界傳布，引起極大的反響，但卻很少人知道他深刻的無力感。「當我在東南亞的難民營看見為惡疾所苦、任意死去的人，我但恨自己不是醫生，或者但願自己是個醫生兼攝影家。」三留理男有一次說，「拍照，對那些人，在當時，是完全沒有即刻的助益啊。」

但是，三留理男在肯亞拍下托爾卡納族（一個高貴的人類始祖民族）正大量餓死的紀錄，立刻震驚了西方世界，而展開迅速的援助。這次衣索比亞的大飢荒得以取得世界的同情，三留理男最早發現非洲飢餓的照片，是一個主要的關鍵。「這不是相機的力量、相機的勝利嗎？」我問。三留苦笑了。「我寧可世上沒有不幸和苦難，用不著任何報導攝影家。」他說。

前年，他根據情報闖進非洲某一個地方。在現場上他看見當地的飢餓其實並不嚴重。「我應該懊惱嗎？」他對我說，「災情不重，當然是好事。」他笑了。

為了堅信人間的幸福和正義，三留的鏡頭不能不像獵犬的鼻子一般狩獵和搜尋人間的不幸與黑暗。「對於我，相機是教人悲哀的工具啊！」三留說。

在台灣，有人問他：他的成名是建立在別人的飢餓與苦痛之上，對此，他如何自處？他說，他不敢批評別的攝影家。但他拍照，絕不在按下快門就終止。他曾以報導亞洲難民的收入，在東南亞蓋了醫院。他的衣索比亞照片為難民募來為數可觀的援助金。他個人付出的代價，是一年兩百多天無法和妻女相聚，是在惡地感染得來的一身惡病。每天三留若無其事地吞抗生素。

飽食之國的反省

在台北一個他的作品幻燈片欣賞會上，他說，他只是把這些照片放出來給台灣的青年看。「我不是在此為飢餓的非洲募捐，我毫無此意。」三留說，「至於各位看了照片後有什麼感想，要採取什麼行動，那是純粹是各位個人的決定。」

但三留接著說，他來台雖只短短數日，但他一眼就看見台灣是一個富裕而飽食的社會。「看街上的私家汽車就知道，」他說：「台灣的車子多，又新，又漂亮。如果大家在看過我這些飢民圖後，吃東西再不要剩下倒棄；看到不幸的人會走過去攙一把……我就十分高興了。」三留理男認為，從貧困、飢餓的世界回頭看我們飽食的社會，從而有所省思，對於維持這個「容易被打破的地球」，是應當有益的。

永遠以弱小者的視點看世界

許多青年向他請教拍攝照片的技術。三留理男總是說，相機的廠牌、機型不重要，技術也不很重要。「我三留的技術，其實是『三流』的。」他笑著說，「一流的不是我，是我的拍攝對象。就報導攝影而言，拍攝者的人文素養和人間關懷所形成的拍照的視角、觀點，才是最關勝負的。報導攝影，永遠要以弱小者的視點，去好好地凝視強有力者。要永遠以弱者、小者的立場去凝視人、生活和勞動。」三留理男說。問到他為什麼特別關心第三世界，他依然以三留式自嘲的笑臉說：「其實我並不那麼偉大，不敢說什麼特別關心第三世界。」他說，「只不過，報導攝影只有在不幸、不安和不公存在時才存在。恰好第三世界這種不幸和不公、不安最多，因此我就老往那兒跑。」事實上，三留主要的工作，集中在東南亞。問他為什麼？三留理男說，對他而言，日本是亞洲大家族的一分子，應該以亞洲人的眼，去看待世界。「只可惜，日本的政府向來不這樣想。兩百年來，日本一直想脫離亞洲躋進先進的西歐。」三留理男說。

因此，有人問到他的攝影觀，三留說，如果照片不能為大多數尋常百姓所理解，是毫無意義的。他以為，一張傑出的照片，不但可供專業洗練的眼睛可以欣賞，也應該是一般素樸、真實、溫暖的尋常民眾的眼所能領會。在我看來，三留毋寧是以大多數「弱小者」的未經各種攝影流派和理論洗練過的眼，作為他的作品所訴求的主要對象吧。

三留理男，會在台灣留下什麼，目前尚難估計。但他決不自我膨脹的、自然的平常之心，尤其在國際性盛名之下，尤為可敬。他強調攝影者的人文質素重於機械（相機）與技巧，他對人、生命和人間苦難深刻的體驗，他對複雜的世界的知識和分析力，他自覺地秉守弱小者和亞洲人的心，他的遼闊的視野，他的猛於行動和反省……這些，不只教育了台灣的攝影青年，對其他文學、文化、藝術工作者又何嘗不是一個重要而深刻的啟發呢？

初刊一九八五年八月十四日《中國時報・人間副刊》第八版
收入一九八八年四月人間出版社《陳映真作品集7・石破天驚》

四十年來台灣文藝思潮之演變[1]

一時代的思潮，就是一時代共同精神在思維上的表現，這思潮在表面上常常是由一個或幾個人主倡，由一個或幾個雜誌、文化或文藝團體提倡，終至蔚為潮流。但究其實，一時代的思潮，受到當時社會、經濟、國內外政治形勢所制約。人和雜誌，只不過是一時代社會、經濟等條件上建立的上層結構的表現工具而已。此外，思潮有主要的潮流，也有次要的潮流。要全面理解一時代的思潮，就要兼顧主要的方面，也要注意次要的方面。

因此，在方法上，我注意這幾個方面：

(一)分期：把日本戰敗、台灣光復的一九四五年以前整個日據時代當作一個階段；一九四五到韓戰勃發的一九五〇年作一個階段。這以後以每十年為一個階段，如五〇年至六〇年；六〇年至七〇年；七〇年至八〇年；八〇年迄今。

(二)世界大事：注意每一個階段中的世界形勢，特別是與台灣的生活有密切關聯的重大經濟、政治事件。

(三)台灣的大事：注意每個階段中，在台灣重大的經濟、社會、政治、文化等重大事件。

(四)一般性的思潮：注意每一個階段中，當代一般的時代風潮、精神，即一般的政治、文化、藝術各方面主要的主張、運動、宣言等。

(五)文藝期刊和團體：觀察每一時期中主要的、發生過重大影響的文藝、文化甚至政治性期刊、團體。

(六)文藝思潮：在前五項背景的烘托下，探討每一階段的文學、藝術思潮。

現在，我們先從日據時代談起。

一、一九四五年以前

世界

十九世紀末到二十世紀中期，世界重大事件是西方工業帝國主義的勃興，各帝國主義瓜分中國，日本資本主義在尚未成熟的條件下向帝國主義飛躍，第一次帝國主義世界戰爭和第二次帝國主義世界戰爭，等等。

台灣

在這階段中，台灣割讓給了日本，在社會上展開台灣殖民地化改造。台灣士紳和農民，由武裝抵抗發展為文化、政治的抵抗，抗日的文化、政治、文學和社會運動蓬勃展開。七七事變之後，日本當局收緊對台灣的支配，使台灣抗日的文學、文化、政治運動受到全面、強力的鎮壓，而日本當局所謂「皇國民」文學、文化和政治、社會運動在官方領導下展開。

一般思潮

這個時期的思潮，分兩方面來看。一方面是日本帝國主義當局的皇民主義、日本帝國擴張主義、大東亞共存共榮主義等這些支配者一方的思潮。

另一方面，是和上述思潮對立的、台灣人民的民族抵抗運動。這包括對帝國主義的批判，對台灣傳統文化、風習中落後部分的批評，即反對封建主義，反對帝國主義和殖民主義，以及思想和文化的啟蒙運動，反抗殖民地支配結構的農民、工人、學生、知識分子運動，等等。
最後，是與支配者思潮相互呼應的漢奸主義和投降主義思想。

文藝思潮

這時期的文藝思潮，可以分別為兩種。
首先是皇民文學的思想，主張為了天皇體制，獻身日本軍事帝國主義的擴張政策。歌頌「皇國」史觀和皇民觀，全力協贊日本侵略主義。
另外，當然是台灣在日據時代的抵抗文學思潮。在精神上，它對外反對帝國主義，對內反對使自己積弱的封建主義，提倡舊社會和人的解放。當然，在「七七」事變之後，隨著日本戰爭支配體制的強化而受到強力的彈壓。

二、一九四五到一九五〇

世界

二次大戰中同盟國對軸心國的勝利，結束了另一場世界帝國主義戰爭。

隨著二次大戰的結束，以蘇聯為中心的「社會主義陣營」形成，並與十五世紀以來不斷發展的世界資本主義經濟體系形成全球性「二體制對立」的基本結構。

一九五〇年，二體制對立下的第一次地區性戰爭——韓戰爆發，使世界東西方冷戰進入高潮。

台灣

一九四五年，台灣在五十年日本統治後重返中國的版圖。台灣和大陸恢復自由往來。大批台灣和大陸的商人、知識分子、記者、民眾往返於海峽兩岸。

四七年，發生「二二八」不幸事件。同年，台灣的財政受到大陸影響而崩潰，引起嚴重的通貨膨脹，戰爭末期以來衰竭殘破的台灣經濟，更形惡化。

一九四九年，中共政權成立，國府播遷來台。一九四九年美國發表《對華政策白皮書》。一九五〇年韓戰爆發，美國堅定干涉台海事務，對國府轉為積極支持和改造的政策，台海兩岸的交通往來於焉斷絕。

一般思潮

為日據時代的結束和「中國時代」的開始而歡欣鼓舞。主張透過學習和社會運動以革除殖民時代各種殘餘的奴化文化風習；主張熱烈、迅速學習祖國中國的文化、語言、文學，政治參與風氣和熱情高漲。戰爭末期在日本當局強力鎮壓下的反帝、反日、民族解放分子、左翼文化人在光復後重新開始活躍，台灣的抗日激進傳統開始復甦。

在次要思潮方面，有日政下漢奸殘餘分子的親日思想，對光復後自己利權的喪失，耿耿於懷，並且發展成附日親日的「獨立運動」。

期刊・文學團體・文化活動

中文報紙紛紛出刊，在報紙上重又恢復文學版面和活動，介紹西方文藝思潮。楊逵先生主編《新生報》副刊《橋》，不但刊登一些優秀作品，也展開深刻的文學理論、文學路線和方向性的討論。在這些討論中，提出「新寫實主義」道路，並且探討台灣文學與中國文學的同一性和相異性。

有《新興雜誌》探索甫自殖民時代解放的台灣之「文化的前途」。

「台灣文化協進會」的組成，致力於排除台灣殘存的日本影響，積極學習中國文化。此外，《台灣文化》、《文化交流》等雜誌，均在鼓吹民族團結，促成台灣文化、知識和社會的進步。

大量介紹中國三〇年代、四〇年代文學作品、作家和文學思想的文章，此時散見於各報刊雜誌。

關於這一時期的台灣文學活動，最近有葉石濤先生的勞作，刊於第十三期《文學界》。

文藝思潮

熱烈閱讀，學習中國三〇年代以來的文學是一個方面。在具體創作中，表現出干涉生活的、批評現實生活的現實主義精神。因此在這個時期中，作品表現出台灣知識分子對「光復」後現實政治與生活的失望與幻滅，表現出對戰後台灣社會無條理社會與生活的諷刺、批評。當然有些忿激的作品，表現出對光復和祖國中國的激烈不滿與失望。

在創作理論上，提出了激進的「新寫實主義」，主張在揭發和批評之餘，提出對新歷史與社會的希望。此外，在共同肯定台灣文學在日政時代反帝、反封建事業上的巨大成就上，對台灣文學與中國文學間的同一性與差異性，做出深入誠懇的討論。

日政下被抑壓一時的台灣文學激進的、干預生活的、現實主義的文學精神傳統，在這五年間，迅速地復活，並且熱烈地發展。

三、一九五〇到一九六〇世界

在這個十年中，二體制對立的世界冷戰結構更形確立。台灣被編組到美國在東亞反共、防共前線，和日本、韓國、菲律賓形成圍堵共產主義蘇聯和中國大陸的前哨站。台灣成為世界資本主義經濟體系圍堵社會主義陣營的崗哨。

一九五〇年，韓戰爆發。蔣介石總統復行視事，五二年，韓戰《停戰協定》簽訂。在圍堵政策下，美國成為資本主義陣營中的盟主，以軍經援助，扶持和恢復歐洲戰後資本主義，重建戰後西方資本主義世界體系。此時美國資本、文化、技術的影響力，隨美國防共安全軍事基地遍布社會主義陣營以外的世界各個角落。西方世界資本主義體系，在戰後十年中，獲得迅速之恢復、興旺與發展。

台灣

五〇年韓戰爆發，使美國對國府改取堅定支持的政策。五三年，台灣施行土地改革政策，推出《耕者有其田條例》，並逐步付諸實現，使台灣傳統的地主－佃農結構發生不流血的根本改造，土地資本流入產業資本。同年，美國發表聲明，廢除「台灣中立化」主張，台灣正式成為西方「自由世界」反共、防共全球戰略的一翼。

一九五四年，起草《中美協防條約》，五五年，條約正式生效。自此，台灣正式成為「自由世界」圍堵「共產世界」的一個軍事基地。美國的政治、軍事、文化、文學、藝術，強大地對台灣發生影響。中國大陸和台灣的國土分斷、同族相敵、民族分裂態勢，因全球二體制對峙而長久化。

六〇年，《獎勵外人投資條例》公布，美國資本活潑地以中美合資方式進入台灣的國民經濟。台灣經濟被組織到美日經濟圈中從事生產及再生產。

另外，台灣內部展開反共肅清。愛國主義、民族主義及左翼文化人、知識分子和社會運動家受到全面殘酷鎮壓。

一般思潮

五〇年開始，台灣思潮發生根本性變化。美國的個人主義、自由主義、民主主義受到台灣自由知識分子的嚮往與崇拜。冷戰時代的精神文明在台灣產生廣泛影響。

期刊・文學團體・文化活動

一九五二年，紀弦繼戰鬥文學之後，創辦《現代詩》，倡導法國象徵主義波特萊爾以降的現代主義詩作。

一九五四年，另外一個重要的現代主義詩刊《創世紀》發刊。同年，保守的、避世的浪漫主義詩刊《藍星》創刊。這詩刊雖不取五〇年代美國現代主義，但主要宗法十九世紀英美浪漫主義傳統和二〇年代中國浪漫主義詩風，但逃避現實生活的性質，與《現代詩》同。和三〇年、四〇年發展下來的中國現實主義文學傳統有基本的隔絕。

五五年，在繪畫界裡，同時成立了兩個現代繪畫畫會：「五月」畫會和「東方」畫會，鼓吹抽象的現代派繪畫。五七年，「五月」畫會開第一次畫展。

一九五七年，以鍾理和為首的台灣鄉土作家刊行油印刊物《文友通訊》。

一九五七年《文星》創刊，逐漸主張全盤西化。

一九五九年，主要師法現代主義的《筆滙》出刊。一九六〇年，以台大外文系學生為骨幹的《現代文學》出刊，提倡現代主義文學。

五九年底，美式自由主義政論刊物《自由中國》發刊，對國府政治、社會和文化諸問題提出尖銳批評。

文藝思潮

五〇年，一個全球反共的、冷戰的時代開始。左翼的、激進的，經中國三〇年至四〇年發展下來的反帝、反封建的文學思潮，在這個時代中受到全面壓制。代之而起的，是個人主義的、重形式而不重內容的、只描寫個人內心葛藤、不涉及人、生活、社會和勞動的現代主義勃興。於是模仿西方的、輸入的文學大量產生，和過去批判的、干涉生活的、改造世界的現實主義文學，恰成尖銳的對比。

在創作上，晦澀的、曖昧的、不關心人和生活的現代派，抽象主義、超現實主義，詩、文學、音樂和繪畫代興，蔚成顯學。

但在這個時代，有兩個支流。一個是官式的反共抗俄戰鬥文藝。

另一支流，是所謂「素樸的現實主義」，這素樸的現實主義是由台灣農村中的文學家展開，描寫農村中身邊的人生，但它與具有強烈改革意識的「新現實主義」之不同，在於前者完全沒有任何意識形態的指導。那便是由鍾理和等作家默默耕耘出來的一個重要傳統，這是不應該受到研究者忽視的。

四、一九六〇到一九七〇

世界

越南戰爭在法國奠邊府一役戰敗後繼續深化，由美國介入在越南的反共防共戰爭，終至於美國在越南的敗北。

在富裕的西方六〇至七〇年，美國、法國、日本學生、青年和知識分子產生了大規模的反亂，以反越戰、反對對黑人種族差別主義、教育改革、反帝國主義、促進言論自由運動等問題，展開學生運動和知識分子運動。

日本和西德在美國扶持下，再建了各自的戰後資本主義，因而和美國的資本主義產生微妙的矛盾。在共產圈中社會主義各國以蘇聯為中心的「獨塊岩似的團結」開始龜裂，各弱小社會主義國家開始摸索適應各民族具體需要的社會主義制度。中蘇在理論上的爭執，歐共理論的發軔，資本主義社會內左翼政黨的向右迴旋，新左派理論的展開……都說明「社會主義世界體制」之動搖。

另外，在這十年間，前殖民地第三世界各國取得了形式上的政治「獨立」。但是，由於前西方殖民主義在各新興「獨立」國中的巨大殘留與支配，使第三世界各國為求國家獨立、民族解放所做的鬥爭，更趨激烈。戰後覺醒的民族主義，在韓國造成反日本—李承晚體制的風潮。日本也掀起反《安保條約》的鬥爭。在菲律賓、印尼，一個本土化文學、文化、政治運動，在七〇年展開。

六〇年代，中國大陸的「無產階級文化大革命」，給予中國和世界以深刻的影響。

在經濟上，六〇年和七〇年間，西方資本主義享受了另一個十年的繁榮和發展時期。

台灣

土地改革基本上成功。進口替代工業的發展，對外資的優惠政策，使台灣的經濟在對美日依賴和基地社會這兩大特質上取得了空前的發展。

一九六三年「經合會」成立，積極展開外資的誘致。六五年，美援創造「具有購買力的台灣社會」的這個政策基本上成功，停止美援，改以民間投資形式，使美國資本向台灣輸出。同年，《加工出口區條例》通過實施。台灣正式成為世界資本主義體系的加工出口碼頭，與香港、韓國、新加坡一樣，為美國扶持戰後日本資本主義的再興，做出了貢獻，同時「發展」了自己。又同年，「中日貸款」談判展開，日本資本向台灣輸出，並形成台灣在進口上對日本的深遠依賴關係。

一般思潮

一般而論，六〇到七〇年間，台灣的主導思潮，依然是五〇—六〇年的延長，即個人主義，再加上現代化主義。對美日資本主義意識形態表示崇拜。在政治上，推崇美式民主自由的《自由中國》雜誌，展開戰後五〇年代以來第一波民主化運動。《文星》雜誌也代表台灣第一波中產階級西化論和「現代化」論。於是「中西文化論戰」展開。

但在六五年左右，台灣產生了一個文化和藝術上的反省運動。這反省運動的規模並不大，但有不能忽視的意義。

首先是民歌採集。由史惟亮和一向搞「現代音樂」的許常惠進行了兩次調查和採集。可惜成果一直未見公布。在電影方面，《文季》同仁和李行導演，搞過一個回顧和檢討會，但效果並不顯著。這反省運動，來自台灣經濟空前發展後，台灣中產階級之興起，對自己產生了一定的自信後，開始停止機械的向西方模仿，開始檢視走過的道路，並開始向前瞻望。

期刊・文學團體・文化活動

一九六〇年《自由中國》被禁。發行人雷震投獄，同年，台大外文系精英創辦《現代文學》，從事西方現代文學的介紹和自己的創作實踐。

一九六一年，崇美／反共／自由主義的「西化論」知識分子，向三、四〇年代「中國社會史論戰」系統的知識分子挑戰的中西文化論戰展開。一九六五年，《文星》禁刊。

一九六四年，集結了台灣「素樸的現實主義」傳統的作家們創刊了《台灣文藝》。同年《笠》詩刊公刊。

一九六五年，現代派戲劇雜誌《劇場》公刊。另外，鼓吹西方現代主義文藝的雜誌《前衛》、《這一代》也在這一年公刊。

一九六六年，《文學季刊》創刊。同年，標誌了台灣現代派文藝活動最高潮的「現代藝術季」展開。

一九六七年，創世紀的《七十年代詩選》出版，是台灣現代主義文學史上的一個里程碑。

一九六八年《文學季刊》休刊。

一九六九年《創世紀》詩刊暫時休刊。

一九七〇年，唐文標寫成〈現代詩的沒落〉一文，可惜無處發表。

文藝思潮

在這個時期，台灣現代派文學發展到它的爛熟期和頂峰，同時暴露出它的許多嚴重缺點。現代派文學至此成為少數人的文字遊戲，和廣大社會與民眾完全脫節，也與近、現代漢語文學的堅實傳統剝離。六〇年代末，許多重要的現代派詩人停筆。各方面的跡象，都說明一個較為全面的反省運動等待著開展。

《文季》同仁開始回顧與反省的探索。民族音樂的提起，因台灣民歌的採集而展開。

這一時期，「素樸現實主義」繼續發展著。

五、一九七〇到一九八〇

世界

經過五〇年到七〇年兩個十年的全球性景氣，西方資本主義社會有了空前的發展，產生大眾消費社會的時代。但汙染、生態破壞、人性疏離問題也空前嚴重。環保運動、反核和平運動及消費者保衛運動等，在世界各地展開。

一九七三年，第一次石油危機出現。阿拉伯國家第一次發揮了資源民族主義的威力。世界資本主義的資源浪費問題被徹底揭發。

七〇年以後，在世界二體制對立下，世界資本主義體系進入長期化的停滯膨脹，過去二十年間所見快速巨大的成長時代終止。

七〇年代，是戰後世界冷戰體制的重組期。聯合國內第三世界國家成員快速增加，杯葛以美國為首的先進國議案。

在中國大陸，毛、周相繼死亡後，向鄧小平體制過渡。七〇年上半年，日本、美國和其他國家相繼承認中共，台灣海峽和平構造初步呈現。

越戰結束，美國進入療傷的時代，從而開始了長期的自我保護和保守主義時期。

台灣

一九七〇年，因為釣魚台事件，美洲和台北的知識分子展開保衛釣魚台愛國運動。戰後一代香港、台灣留美學生、大學生、知識分子，第一次因反對美日帝國主義對我國主權領土私相授受的政策，掀起反帝民族愛國運動。

七一年，保釣運動變化為「統運」，並且在陣營內部發生左右分裂。在台灣，以《大學雜誌》為集結點的知識分子，參與改革運動，不久也發生分裂，並因遭受壓抑而潰散。

七四年，台灣經濟發展達到顛峰。同時，因為受到石油危機的影響，七五年，台灣第一次出現經濟衰退和大量失業。台灣經濟自此進入停滯性膨脹，成長相對性緩化。

一九七一年，在全世界冷戰體制重組下，台灣被迫退出聯合國。七二年，日本與台灣斷交，轉而承認中共。同年，尼克森、季辛吉訪北京，美國與中共的交往開始解凍。此後，世界上親美國系統國家紛紛轉變外交承認，台灣的外交、政治、社會各方面，受到強大的衝擊。

一九七四年，美國片面廢止《台海決議案》。

一九七五年，黨外新生勢力繼上一代而起。以《台灣政論》為集結點的中生代黨外資產階級政治運動開始發展。一九七六年，宜蘭發生擁護郭雨新群眾抗議選舉不公事件。一九七七年，中壢事件發生。一九七八年，美國承認中共，《中．美協防條約》自動廢棄。一九七九年，美國國會通過「台灣決議案」。

七〇年到八〇年，對於台灣，是戰後第一個考驗期。在短短的十年間，台灣面對國際性政治、經濟局勢變化的衝擊，但基本上以過去二十年經濟的實力，安全通過考驗。

一般思潮

長年來信賴美國、信賴西方的思潮開始動搖，右翼愛國情緒和台灣分離運動中「革新保台」以抗共防共的思想有了新的發展。

保釣愛國運動鼓起民族主義情感，也激起改革圖存的知識分子運動。但這運動又因體制派改革論、分離派改革論與民族統一論間的龜裂而相互抵消。

由於國際局勢的變化、經濟成長趨緩，台灣資產階級的一部分開始大舉向美國脫產移民。台灣戰後資本主義的不安全感，至此尤為明顯，種下八〇年以後大企業惡性倒產脫逃的伏因。

一九七九年，高雄美麗島事件發生，台灣資產階級民主化運動因急躁化而一舉潰滅。

期刊・文學團體・文化活動

一九七〇年唐文標寫成〈現代詩的沒落〉，要等到一九七四年才發表。

一九七一年，具有改革意識的《文藝雙月刊》創刊。同年，唐文標寫〈僵斃的現代詩〉，但未發表。

一九七二年，香港的關傑明以英文發表了兩篇批評台港現代詩的論文，經中譯後在台發表，激起「現代詩論戰」。在論戰中，批判了現代詩的個人主義、形式主義，也批判了現代詩的晦澀、無民族風格，積極的提出文學的社會性和群眾性，提倡以平白可理解的漢語寫作，並主張文學的民族風格。在這一場論戰中，現代派理論受到徹底的批判，從此進入它的衰退時代。

政論雜誌有《台灣政論》、《這一代》、《美麗島》，鼓吹民主化、自由化運動。一九七六，《夏潮》創刊，鼓吹對美日帝國主義批判，初步展開台灣自己的革新的文化批判運動。

「鄉土文學」論戰展開。官方文學集中對尉天驄、陳映真及王拓、楊青矗展開點名批判。但論戰於一年後急速停止。這次論戰，基本上是四年前「現代詩論戰」之延長。但因政治上的介入，使這論戰較廣為人知。

文藝思潮

七〇年，台灣文學界的思潮，繼五〇年的重大丕變後，至此又有一個基本的變化。五〇年台灣文學從生活干涉的現實主義轉變為不涉生活與社會的現代主義。到了七〇年，由於外交危機，文學思潮急速地向社會關懷、平白易懂、民族風格的現實主義轉變。現代主義文藝思潮，至此開始迅速衰退。

在創作實踐上，新的現實主義詩風開始發展。

六、一九八〇年以後

世界

在八〇年以後，世界一仍延續七〇年代的情勢發展。國際資本主義仍然在長期停滯膨脹中，成長緩慢。到一九八五年，世界景氣繼續惡化，各先進國成長率下降。美國總統雷根上台後美蘇二次冷戰展開，世界再陷緊張。

中共自一九七八年後採取向世界資本主義開放的政策，使二體制對立的形態模糊化。以一九九七年為期限，香港將結束英國的殖民統治，正式納入中共行政範圍。

一九八八年，戈巴契夫的蘇聯推動美蘇和解，第二次冷戰暫趨緩和。

台灣

在世界性景氣停滯下，台灣經濟成長趨緩。到了一九八五年，景氣急速惡化。大企業惡性倒閉，資金以脫產、經濟犯罪方式流出台灣。

公害問題嚴重化。社會、政治及經濟倫理開始動搖。黨外運動有表面的發展，一九八六年新黨成立，但立刻落入分裂、無力感和不動員症候。一九八七年國民黨解除長達三十八年的戒嚴令，並允許大陸探親，戰後第一個工人階級政黨「工黨」成立，一九八八年元月，蔣經國去世，李登輝繼任總統，後蔣經國時代開始……。[2]

一般思潮

在大眾消費社會的逸樂風氣下，隱藏著不安與苦悶。對整個局勢的方向性不明的情況下，有普遍的無力感和苦悶感。因冷戰結構之再編，民族分離主義言論和運動做歷史最後的衝刺，台灣自決獨立論在島內達到戰後的高點。同時民族再統一運動亦審慎集結……

期刊・文學團體・文化活動

黨外雜誌大量出現，但迅速商品化，失去社會指導性格。《文學季刊》於一九八三年復刊。聯合報系的《聯合文學》在一九八四年創刊。《台灣文藝》於一九八三年改組，有政治化趨勢。一九八四年初《夏潮論壇》革新版出刊，但於年底被勒令停刊，統獨爭論以小規模展開。一九八四下半年開始，黨外雜誌企圖衝破國民黨的言論禁區，大量報導「政治內幕」，一時蔚為風尚，各種政論「週刊」如雨後春筍般出現，國民黨隨即收緊言論尺度，大量查禁、停刊黨外政論雜誌，至一九八五年底，言論市場已呈蕭條之狀。一九八七年，戒嚴令解除，言論呈戰後相對自由化之高點，革新派社會學在少數學生中浸透。環保運動、工人運動，擬似怠工、罷工、其他各種性質的居民運動蓬勃發展。大陸開放後大陸文學、藝術、學術，在四十年禁斷後首次在台灣文化中出現……

文藝思潮

隨著香港問題的解決，美國與中共關係的緩和與發展，台灣地位問題日趨敏感。統一、獨立的問題，雖然無法完全公開討論，但在暗中形成一種日重的焦慮，也等比例地反映在台灣文學思想界。

在文學上，一向處於暗流的素樸的現實主義傳統，在八〇年代湧現為表流，並與黨外運動產生比過去更顯著的結合。「台灣文學自主論」——即強調台灣文學「獨特」的歷史與個性及台灣文學對大陸中國文學的分離性的「台灣文學論」，自此以比較公開的方式提出。

另外，主張台灣文學為中國文學之一部分，台灣文學應以包括中國在內的亞洲、第三世界文學的連帶而發展的理論，和台灣文學自主論形成對立。

此外，與台灣大眾消費社會的發展相應，一種新的通俗文學也逐漸發展，使通俗文學與純文學間的界限，顯得模糊化了。

最後，由於長時期以來台灣在文化與思想上的貧困，使台灣文學的發展因為這內容的貧乏化而受到嚴酷的阻礙。處於重大轉變前期的台灣，也因為思想的貧困，使黨外運動也一如文學一樣，無法提供結構性的、前瞻性的指導作用。無力感、焦慮、不安、不動員症，成為當前台灣文學的一個重要的問題點。

此講稿於促迫間形成，許多資料上和分析上的錯誤或不足，有待繼續訂正與補充，並請專家批評指教。作者，一九八五年八月二十日。

初刊一九八七年六月《中華雜誌》第二十五卷總二八七期

一九八五年八月

另載一九八七年十月《台港文學選刊》（福州）第五—六期，一九八八年十一月《批評家》（太原）第六期

收入一九八八年四月人間出版社《陳映真作品集8・鳶山》

本文按人間版校訂

1 本篇寫於一九八五年，初題為「四十年來台灣文藝思潮演變初探：在馬華青年會中的講話」。後於一九八七年發表於台灣史研究會主辦「鄉土文學論戰十週年之回顧演講會」；演講會時間：五月十六日下午七時；地點：台北市耕莘文教院大禮堂；主席：尉天驄；發表人：林瑞明、陳映真、王拓、胡秋原。本篇最早刊載於《中華雜誌》「鄉土文學論戰十週年之回顧演講會」專題。另載《台港文學選刊》，題為「台灣四十年來文藝思潮的演變」；《批評家》，題為「四十年來的台灣文藝思潮」。一九八八年作者再校訂增補，收入《陳映真作品集8・鳶山》，題同《中華雜誌》。

2 初刊本無「一九八七年國民黨解除……」至段末字句。

再起台灣文學的藥石

讀陳虛谷〈榮歸〉[1]

〈榮歸〉是日據時代台灣文學家陳虛谷極少數幾篇小說中最為重要的一篇。〈榮歸〉的重要性，不僅僅因為它在結構和藝術形式上的圓熟，還在於它的題材和思想，具體表現了殖民地體制下新舊土著知識分子另一種被害，即向著殖民者體制改造而買辦化的過程。

〈榮歸〉描寫了日本殖民地台灣的新舊兩代知識分子。老一代知識分子王秀才，是富有土地和資財的地主階級知識分子。他在清朝體制中，得了功名，原來應該是古老清朝封建官僚體制中的基礎成員。如果台灣不曾因日本帝國主義向外擴張，併吞了台灣，割讓給了日本，王秀才和當時其他全中國的地主官僚階級一樣，註定了要升官、發財，不斷增大自己擁有的土地。但十九世紀西方和東方的帝國主義，向古老的、長期停滯的中國伸出了貪婪的手，台灣在這十九世紀日本未熟的工業資本主義擴張運動中，併入了日本帝國主義經濟圈，在台灣展開結構性的、殖民地的資本主義改造。舊式封建的地主、佃農間土地關係和人的關係，改成現代民法的租佃上土地與人的關係；舊式的經由科舉制度儲備和養成封建官僚體系的過程，變成殖民地的、新式的現代文官養成和儲備體系。

王秀才，正是處在這重大歷史轉換時代的中國舊知識分子。他「生不逢辰」到這樣的地步：滿腹詩書，卻對著他兒子王再福從東京打來報知在日本參加高等文官考試及第的、極為簡單的日文電報文，都不能解讀。他依恃著土地資本，過著富裕、閒散、和「生不逢辰」的悵惘和焦慮的生活。

在日本據台之後，留在台灣的知識分子，全是像王秀才這種舊式的地主階級士大夫知識分子。這些知識分子，本著傳統的「夷狄之辨」，本著奮起保衛自己莊宅和田園，在日本侵台的過程中，曾經起而做奮烈的抵抗。割台之後，他們倡議過為了保持和祖國中國的連帶的、台灣的國際法上的獨立。有不很少的一些這一類知識分子，在台灣淪為日本殖民地以後，終生不問世事，在醇酒美人中規避慘痛的現實，表現出他們屈悒的反抗。

但極大多數的這些舊式知識分子，為了急於延續他們「讀書–仕宦–擴大土地所有」的過去的殘夢，為了保障和鞏固自己既有的土地莊宅，他們很快地被吸收為日本體制下的莊長或保正，成為接受日本當局懷柔籠絡的地方士紳和「有力者」，整個地主階級很快地轉化成為日本帝國主義統治台灣的重要礎石——正如同他們在數千年的中國歷史中，一直扮演著歷代封建王朝在地方的基本組織一樣。

王秀才正是這樣一個典型的、殖民地台灣體制下的中國封建地主階級的殘餘知識分子。他頂著一個過時的科舉士大夫的名號「秀才」，卻不能不自覺到他的時代早已終結。他的滿腹詩書，在現代殖民地資本主義時代，不但不再是進仕的階梯，連讀一封日文電報時都派不上用場。因此，他把兒子王再福送到日本接受新式教育，「足有七八年之久，金錢也花費了無數」，目的也在於把自身絕望的出仕致富的夢想，寄託在兒子的身上，希望兒子在日本殖民體制文官系統中，尋得一個位置。所以，當王再福在日本通過了高等文官的考試，王秀才一家人做著「奉旨完婚」、「高等文官可以做郡守和知事」、高等文官可以比敘清代的「舉人、進士」等等的美夢，終於恍然想到「富貴不歸故鄉，如衣錦夜行」的道理，急電要王再福回到台灣來。

王再福終於體體面面地回到故鄉。王府也於是大宴賓客，在宴席上，王秀才志得意滿地講了一席話：

> 我帝國自領台以來已經三十餘星霜，聖德覃敷，政績頗著，尤於教育一事，竭其精誠，此皆歷代為政者，上下一致，善體聖旨，愛民之所致也。台灣人才之輩出如雨後春筍，良有以也。豚兒再福這番得荷寵命，及第高文，不獨我王氏一族之幸，抑亦全島三百萬忠良之民，所當感泣也。……願我子孫，竭其愚誠，勉為帝國善良之民，以冀報深恩於萬一……

這樣一席話，充分表現出在當時殖民地台灣的舊式士大夫知識分子作為權力僕婢的性格。同樣一支筆和一張嘴裡，對不同的權力可以說出本質一樣的奉承、阿諛、歌頌的話語。傳統忠奸、漢夷之辨，完全拋諸九霄雲外。這時，日本統治者也成了「我帝國……」；而「聖德覃敷」、「全島三百萬忠良之民所當感泣」、「為帝國善良之民，以冀報深恩於萬一」云云，在這些士大夫的口中，可以一樣流麗、一樣感激地說出。

這說明了：在當時，殖民地下台灣的舊文化已經殭死，再也無法擔負起殖民地人民反抗和批判日本殖民主義的任務；而當時的舊式士大夫知識分子階層，再也無法擔負起領導民眾，反抗和批判日本帝國主義的責任。而這種情況，又不獨台灣為然。整個第三世界殖民地的反帝、反封建的啟蒙運動、民族運動中，必然地帶有對外反抗帝國主義的民族運動，對內則發展批判傳統封建文化的啟蒙運動，它的理由，正好在於在殖民地下，傳統的、封建的力量，一般地成為殖民者的工具。在中國，五四運動中反對舊文字、舊文化，正是因為這些舊文學、舊文化不但在新的歷史時代中失去了活力，而且全面地向殖民主義投降。在台灣的白話文運動，反對舊文化、舊風俗習慣的運動，也是同一性質的反映。陳虛谷的〈榮歸〉，其實正是殖民地台灣之新式資產階級知識分子對於舊的地主士大夫知識分子，在整個台灣抗日民族運動中互相鬥爭的一個文學上的反映。

日本據台前的台灣，從中國延伸了等質、等形的土地關係，和固著在這土地關係上的社會的和人的關係。日本領台以後，因為有這完整而成熟的關係，基本上採取了順應這原有的關係而治之的政策。因之，日本對於當時台灣的地主階級和附生的士大夫階級，採取籠絡、懷柔、收買的政策，而不是鎮壓、改造的政策。這個政策，在基本上安定和重偏台灣的支配和採取的結構上，有巨大貢獻。但是，日本當局，為了台灣的殖民地資本主義改造，必須有條件、有方針、有限制地培養土著中下層幹部。因此，日本開放了若干有限的管道，讓台灣人接受範圍限定的新式教育。

然而殖民母國對殖民地人民的教育，往往帶來它自身的機會與問題。機會方面，它往往能成功地生產心靈、思想完全日本化的土著知識分子，有效地成為土著人民和日本統治當局之間的橋梁和買辦，成為日本殖民制度的「共犯的結構」。問題的另一方，則殖民母國的現代化教育，往往使土著知識分子張開了眼睛，深刻理解到殖民主義的罪惡，激起反帝的、民族解放和獨立的思想，成為反抗殖民主義的領導性的和中堅性的力量。王秀才的兒子王再福，恰恰是前一種殖民地的新知識分子。

陳虛谷的〈榮歸〉的第三部分，開始描寫在日本以「七八年」的時間和「錢財無數」取得日本高等文官資格的王再福。他在返鄉的車廂上，穿著考究，志得意滿，看見故鄉台灣風景之美，他油然有這豪情：「啊！山水人物，如我，才對得起故鄉這麼偉大的大自然。」他自以為是台灣的代表人物，是日本國的秀才，巡視四周，自認自己「斷不是」「尋常一樣的土人、劣等民族」！

在殖民母國日本接受了七、八年教育，考取了高等文官的結果，王再福成功地被改造成不尋常的、高等的民族，從而把自己的同胞看成「土人」和「劣等民族」。這時，王再福已經從一個封建地主階級的少爺，搖身一變，而為殖民地的「布爾喬亞精英分子」、「買辦知識分子」和「鬼影子知識分子」。陳虛谷在故事的末尾，生動地安排了這富有強烈諷刺和批判意義的場景。王秀才在宴會發表了流麗典雅的歌頌日本帝國的演說之後，王再福在熱烈的掌聲中起身致詞。「再福以莊重的態度，悠揚的聲調，說了好一會，初起眾人是很傾耳靜聽的，再福也說得很高興有熱。及至後來，一部分的人似乎是討厭了，交頭接耳的，大說大笑的，把全會場頓呈了倦怠的氣氛。」

原來，再福說了半天，竟是用日本話致詞的！引起聽眾譁然的譏評。王秀才和王再福的演說，成為陳虛谷〈榮歸〉的重大的焦點，犀利、深入、生動地糾彈和批評了當時殖民地台灣舊式地主階級知識分子和買辦的新式知識分子，成為日據時代台灣小說中一個重要的典型，留給我們極深的啟示。

離開陳虛谷的時代，我們有五十五年的距離。這中間，台灣的政治、經濟和文化，發生過巨大、複雜的變化。但是，在二次戰後新殖民主義時代，處於「半邊陲地帶」的台灣的文學工作者，有多少人對於新殖民主義下知識分子的性格，對於新殖民主義本身，具有深刻透視、分析和批判的力量？對於新而複雜的、新殖民主義下的「共犯結構」和買辦知識階級，有多少分析和批判的能力？面對先賢，我們對於當前台灣藝術文學在思想和文化的極度貧困，實在應該有一番嚴肅的反省吧。

也許我們一時還沒有能力大量譯介當代中南美洲和其他第三世界反帝、反封建文學的佳作。讀完陳虛谷先生的作品，想到如果我們能重讀日據時代許多傑出的台灣文學先輩的作品，也是一種極富教育意義的大事。他們顯明的歷史格局，對帝國主義準確的分析和抨擊，對廣泛殖民地下農民生活的凝視，內容永遠支配著形式，而內容又堅定地圍繞著人的活法和人的尊嚴，勇敢地在刀鋸鼎鑊之前向支配者投擲批判之槍的勇氣……都給予我們深刻的反省和啟發。學習日據時代台灣文學精神和傳統，恐怕是把當前台灣文學從俗化、矮化中再起的藥石也說不定。

初刊一九八五年九月二十八日《自立晚報・副刊》第十版

收入一九八五年十月鴻蒙文學出版公司《陳虛谷選集》，一九八八年四月人間出版社《陳映真作品集9・鞭子和提燈》

一九八五年九月

1 本篇為《自立晚報·副刊》「紀念陳虛谷先生逝世二十週年」特輯之三。文中所引述字句，依據陳逸雄編《陳虛谷作品集》（彰化縣立文化中心，一九九七年十二月）校訂。

轉型期下的倫理

陳映真、沈君山、羅蘭第三類接觸[1]

殷允芃：台灣現在有許多畸型現象，從亞信、十信、國信，到毒玉米、餿水油，到搶劫銀行，以前社會沒發生過的事情現在卻越來越多，為什麼會發生這樣的事？誰該負責？這樣繼續下去會為社會帶來什麼影響？我們該怎麼辦？

陳映真：今天談到這些問題，我們很容易想到可能是由於道德敗壞、固有道德倫理的淪喪引起的。可是我個人的想法，恐怕不是這樣。基本上在變成道德問題以前，這是社會問題。

尚未成熟的資本主義

我們知道，資本主義本質上是以追求利潤為唯一目的，從各國資本主義發展歷史來看，比台灣發生更大的醜聞的，多得不得了，但是他們有各種力量制衡它、調整它，發展出他們自己的民主主義，有制度的制衡，例如對於壟斷的控制、商品檢驗，還有許多細微末節的嚴格規定。

但台灣的資本主義還沒發展成熟，還存在著一些「非資本主義的」因素，例如外資的優越地位、國家資本主義的優越地位、未成熟的現代文官官僚體制、工業資本家缺乏政治上的完全參與等。

我要說的是，台灣對有些外來資本的優惠，或特權的保障，或有些官商結合的特權，結果形成超額利潤。

什麼地方有超額利潤，什麼地方就會長蟲。比方說酒吧、妓女戶，是產生超額利潤的地方，因此黑道與地方勢力也就來了，因為你是不合法的，所以利潤要分，不分大家就都不要混。為了要保障超額利潤，就用錢去收買，把許多人都買倒了。

沒有進步的文官制度

台灣另外一個不同於其他地方資本主義的，就是從一九五〇年開始，整個台灣有長期、慢性的對於台灣前途的焦慮與不安。所帶來的是：從投資言，不能做長期計畫，也不願投資研究發展，或者做長遠性的、結構性的投資，存著撈一票就走的心態，使資本主義倫理價值觀念淪喪。

如果一個生產者既不想做長期的打算，為什麼在乎品質、汙染的問題？只要跟官員打點好了，就解決了嘛！罰款一千多塊錢，整套防汙設備是兩百萬，我當然選罰款。台灣未發展成熟的資本主義所帶來的影響，在政治方面，沒有發展出現代進步的文官制度。日本東京大學畢業生去做公務員，一點都不覺得羞恥，他的第一志願可能是進自民黨，其次的志願在外務省、通產省等政府機構。

日本的官員能用學術專業的語言與民眾討論問題，我們缺乏這樣現代化的文官制度，一方面我們有這麼豐富的物質生活，一方面我們的官僚體制卻配合不上。

另一個問題是民主主義的問題。有個理論是，什麼地方資本主義發達，民主主義就會隨著發達。但在香港、新加坡和韓國，恰恰好是很相反的例子，甚至可以說一個集權的政府帶來的繁榮，所以缺乏民主是對資本主義很大很大的放縱。

沈君山：我們常用「轉型期」三個字來形容當前台灣的一些現象，其實今天的世界不停的在變，任何一個國家在任何一個時候都面臨到轉型，但是我們國家卻因轉型而面臨三個混淆：第一是目標混淆，第二是價值混淆，第三是規範混淆。

目標混淆是從政治上而來。跟日本、新加坡等文化、社會背景相似的國家比較，我們缺乏一個在老百姓心理上覺得可信的長期目標，即國家整體的目標。

市場價值掛帥

如果有整體目標，大家就會有長遠的目標，長遠的信心。就因為目標不清楚，所以大家產生危機意識，但只是個人的危機意識，做生意撈一筆就算了，沒有為國家、為群體的危機意識。

像日本二次世界大戰以後，全國人民就常在危機意識下。新加坡也是一樣，自己沒有資源、沒有市場，只有向外爭取，但他們很清楚目標是爭取生存，而只要努力也一定生存得下來，所以危機意識變作群體的危機意識，建立起戰略策略，朝野一起努力。

但是我們現在有的時候會對國家的遠景混淆不清，不知道政府到底想帶領我們到哪裡去，於是只有自求多福，撈一筆是一筆。

其次是價值的混淆，一方面也因為目標的混淆，所以一切講究急功近利。政壇上，尤其是中上層年輕一輩的所謂能員，注重的是能夠擺平，能夠圓滑應付過去，而不是深謀遠慮。

在社會上，講的學的，都是傳統價值，但實際上，是市場價值掛帥，一切都是市場取向。若徹底的資本主義，在它的後面也自有其長遠的價值體系。但我們不然，有些空空洞洞，襯托出來的只是場面、面子。

另外，就是愛國。本來民族主義是最穩定的價值觀，但是現在，一方面中共是當然的大惡人，但似乎也是中國；一方面愛鄉卻必須要「更」愛國，令人混淆。更甚者，常常太多口號，「愛國」像「義士」一樣，都廉價化了。

第三是規範的混淆。具體狹義的說，規範就是法，現在有個說法是以黨領政，延伸而至以政領法，以政領規範。這樣下來，任何一個規範隨時隨地可以由當權者變通解釋（twist）。老百姓看得是很清楚，他雖然嘴巴不講，怕惹麻煩，但是以後對規範的尊敬就減少了。

法不但要使人畏，更要使人敬，民不敬法，就不以鑽漏洞、遊走法律邊緣為恥，這就是因為上階層常為了短期利益而把規範的尊嚴給破壞掉了。

羅蘭：我也覺得好像大家不知道通往哪個方向。我們不論在金錢、人才方面，都有過分飽和的現象，錢太多了，不知怎麼樣去用，於是就在一個地方反覆地用錢，造成很多的浪費。

錢與人才該往何處去？

政府支持藝文活動所花的錢，憑良心講，都是沒有花到一個很認真的、很有積極意義的分寸上的。都是大家固守一個成規，開座談會、演講、辦講習班，結果錢是報銷掉了，卻沒發揮作用。民間也是這樣，有閒有錢到不知如何花的程度，現在銀行有許多儲蓄，大家卻不知道要往哪裡投資。

我覺得民間很著急，我們做很多事，賺很多錢，但是我們這些能力、事業的成績跟金錢，究竟要往哪裡去？不知道怎麼辦才好。因為政府就沒有明確地告訴我們，究竟要往哪裡去？當然政府常告訴我們，要三民主義統一中國，可是這個目標要如何達成，這比較不容易看見。

政府一方面說台灣最安定、最繁榮，一方面又怕我們過分浪費，所以要培養我們一種憂患意識。

這個憂患意識我覺得有兩個作用，一個是正面的，就是我們不要太安於現狀了；一個是負面的，就是給大家一種沒來由的不安感。那意思是說，不一定哪一天我們還有大禍要臨頭了。反映到一般人的心態就是今朝有酒今朝醉，比較自私的人就把錢拿到國外去。

問題就在這裡，我們怎麼樣去做，才是最重要的？

不知道政府是不是可以告訴我們，所謂憂患意識並不是像香港那樣的一九九七。我們並沒有一九九七，而是應該有個長程的、很好的遠景，讓大家能夠相信這個遠景不是個高調。

這個遠景在哪裡呢？現在幾乎大家有個錯覺，在談愛國時不知要怎麼愛才好，如果我們說愛一整個大的中國，可能就有人會很敏感，怎麼可以去愛那個中國？如果我們說只愛一個台灣吧，又覺得台灣也不是個國，我們是中華民國，而中華民國就包含了中國，就變成我們怎麼說都很困難。

會捉老鼠就是好貓

政府不必去那麼樣的緊張，以為愛一個大的中國就不是愛我們現在這個中華民國，不必要這樣想。

中國大陸憑良心講他們知道自己是錯了，鄧小平說：「我不管是黑貓、白貓，只要會捉老鼠，就是好貓。」我認為他這樣講，那就是說不要他手上那隻貓了，他覺得他那隻貓抓不到老鼠，可以不要了，這就是我們的一種希望。

如果他改，他當然不會馬上說：我不要共產主義，我要三民主義了。所以他只能講要換貓，那你就等他換貓嘛。我覺得他換貓的事情，一方面我們很希望他們換錯，不成功；可是我覺得與其說希望他們不成功，不如希望他們換成我們的貓。

我想所謂的三民主義統一中國，不一定是我們的兵上去，我們的貓上去也就夠了。這樣子的話，我想大家會這樣想：我今天的努力、財富都可以為我們久遠的中國來做——我們只有一個中國沒有錯吧，這不是很好嗎？

失敗的國民教育

除了這個大方向，是解決的基本方法之外，多少年來我們也犯了一個錯誤，給社會大眾一個錯誤觀念，以為發展經濟就是唯利是圖。

如何使大眾分明義和利，還是要靠教育。剛才說我們人才很多，這是教育成功的一面，可是教育失敗的一面是，培養了很多高級的人才，對一般的國民教育卻很失敗。我們沒有從基本上去想什麼是教育，所以我們的民眾缺乏禮貌、美育，這都是辦教育時沒想到是要培植一個好國民。

我覺得現代人否定了宗教，也是使大家無法無天最重要的因素。在過去，法律達不到、人看不到的地方，還有宗教的約束。而現在大家把宗教丟到一邊去，只要是法律、人看不到的地方，就可以為所欲為。因此才會有餿水油案這種人出現。我相信他們是不太懂得大道理，但他們知道，我這麼做一定沒有神會罰我，宗教完全沒有作用了。這是針對一般民眾來說。

知識分子現在迷信得很厲害，很多高級知識分子去算命、看相、排八字、算紫微斗數，這些現象的發生，我看都是因為大家缺乏理想，也缺乏對自己的信心。

說起來，原因也很複雜。缺少信心的造成，年輕人可能跟聯考有關係，政府給設定了八、九十個志願，你就填吧，隨便我們把你分到哪個學校你也不用操心了，造成依賴性，反正不用去想了，命裡註定如何我就聽了，這種心態也應該從多方面改正才好。

賺錢存錢花錢

殷：如果說現在是個工商掛帥的時代，但工商的倫理到哪裡去了？像餿水油案發生，但是他是理直氣壯地發生，他不覺得愧疚。我也看電視的綜藝節目裡，有人訪問一個年輕人：你的目標是什麼？他說我的人生目標有三個，就是賺錢、存錢、花錢。我想以前是不可能有個年輕人會這樣堂而皇之的說：這就是我的人生目標。怎麼會變成這個樣子？

羅：我剛來台灣時，看台灣社會還是很農業社會的，還有很多人覺得恥於談錢。大概十年前，自從房地產變得很熱時，報紙上登很大的廣告，第一次讓我怵目驚心的，就是廣告用很大的字說：「挖金掘寶，買了就賺」，就是說蓋房子也是種商業。

他蓋了房子就是要賣的。但他的觀念很錯誤。蓋房子目的是要給人住得舒適安全，而不是讓你發財的。

我看到很多學師範的說，當初要是學鋼琴，現在就可以教鋼琴；當初要是教小學五、六年級多好，（現在就教國中了）可以補習。卻不是說，我學了教育中的某一科，我要培植什麼什麼人才出來，而是說我怎麼樣可以賺錢，變成為了謀利才去做教師。

剛才殷總編輯問的問題，我想整個的觀念就在用謀利作前提，所以會產生這些問題。

沈：資本主義在西方發展過程中，有新教思想作其文化基礎，基本上是亞當・史密斯所說的，每人為自己謀利，因而整個社會得利。

在謀利的過程中，仍有很多從新教倫理衍生出來的道德規範，一方面上帝給每個人權利，一方面也尊重別人的權利，是場公平的競爭（fair play）。像西洋開車比台灣快多了，但開快車，卻不離車道、不從右邊超車。這一方面是法治的精神，一方面是宗教的精神。

謀利應有規範

東方的規範，建築在儒家文化傳統上，當然這是廣義的儒家。在過去農業社會中，是安定重於進步，尊重傳統，鄙視競爭，更鄙視唯利是圖。

在現代社會，尤其台灣的客觀條件，一天天更走向以商立國，我們必須接受利是個吸引人的因素，不能排斥謀利。但有兩點應注意：一是規範的建立，目前就有點沒有規範，太多撈一筆就走的心理；一是謀利之上還應有更高的人生價值。

陳：沈教授談到三大混淆：價值、目標、規範。在歷史上，差不多任何一個危機、混亂的時代，都可從文獻上看到有這三種混淆。但今天台灣的三大混淆，在本質上，和過去的很不同。

在古老遼闊的中國，大部分人是在混淆以外過著另一種生活，日出而作、日落而息，或知識分子在山林中，堅守自己的想法，混淆的影響並不大。只有在京畿，集中地腐化。

今日台灣，或其他高度發展的社會，混淆的範圍就太大，差不多沒有人可以逃過。

欲望正當化

在過去，恥於言利。談及薪水，「隨便啦，看著辦吧！看我能力再說。」最近十幾年的變化就很大，差不多和所有西方社會一樣，欲望不但解放，還正當化。談薪水，「不行啦，這樣不能生活，佣金多少？年終獎金多少？」這並不是好或壞，而是一種改變。

在人類各種不同的文明和宗教、哲學中很長的一段時期，都強調欲望應加以節制，人生是有限制的。

像我小時候，看別的小朋友吃東西，看著看著就出神了，一抬頭看到媽媽在看著我，嚇壞了，覺得自己好羞恥！這就是節制欲望的教育。上了中學，我很喜歡彈吉他，可是我知道家裡無法負擔，就否定這個欲望，告訴自己這不是我要的。

在一個較缺乏的社會，這樣的訓練較常告訴我們，人生的常態是限制多於放縱，限制多於自由的。

現代的小孩剛好相反。他們從小，蹬著腿鬧一鬧，八成可得到要的東西。這樣的一個世代，將來如何去面對一個有限制的人生？

在這樣一個大眾消費社會中，欲望得到釋放，任何欲望都是正當的。大眾媒體、廣告不斷地告訴大家，欲望應該釋放，談錢沒什麼好害羞的。這並沒有錯，因為工商社會，商品的消費就是建立在欲望上，有吃的需要，就賣吃的；有穿的需要，就賣穿的。

但是，這種欲望不是自然的欲望，是操縱、塑造過的欲望，因而新的價值，會有意無意地，被從事行銷、廣告的人，塑造成：人生的光榮，是有許多商品可以使用、選擇。

從印地安人到山地同胞，從中國古文明到埃及，任何文化都會強調，欲望像條猛獸，要節制，嚴重的還要禁欲。但今天已經不是這樣了。

光榮的享樂主義

現在，金錢及商品的擁有，變成一個人的信用（credit），及衡量一個人是否有出息的標準。所以一個孩子要盡量賺錢、用錢，並不奇怪。

我們那時候哪會想到稿費？大家出錢把東西印出來，就很高興了。現在的孩子不一樣，寫稿像企業家作計畫：今年大報的徵文，市場流行的是鄉土文學，先看這方面的文章，再設計篇得獎的文章。完全是個小小的行銷，這樣出來的文章，就很不一樣。

現在金錢（廣義的，商品、鈔票等）取代了所有的關係。過去的社會，有些關係是金錢無法取代的；現在，夫妻、宗教、藝術，都可轉換成錢來評估。這並不是說有何好、壞，只是說，這是文明以來，最石破天驚的變化。

從來沒有一個時代，像現在的範圍這麼大，影響到每一個人的生活，把享樂主義變成一種公開的、光榮的生活方式。

此外，消費成為一種制度，對一生有很大的影響。年輕人大學畢業，可能立志追求這樣的生活：花十五、二十年分期買棟房子，花五年買部車，等孩子長大了，再給孩子安排一條路。

再要補充的，是羅蘭女士提到的我們的貓。今天我們應關心的，是我們的貓會不會抓老鼠，身上有沒有蝨子，是不是生病？

過去台灣經濟搞得很好，很繁榮，可是今天似乎突然間變了，好像一早醒來，發現我們的貓怎麼病懨懨的？怎麼不吃東西？其實這種情勢潛藏已久，若不是今天爆發，也是昨天、或明天的事。今天整個台灣的工商業界、知識分子，都該正視這問題。

如果過去二十年我們能創造這樣的精神文明，今天我們就沒有理由說，沒有能力糾正這個錯誤，而創造一個較好的，可以和物質文明相適應的精神文明。

找出中國人自己的標準

我們所有的問題，恐怕就在經濟發展時，把別人以四百年、六百年發展出來的資本主義，在二十年內撿回來，使得軟體與硬體間的失調，嚴重到極點。

至於儒教，當討論到中國、東方為何資本主義不發達時，很多人歸罪於儒教，認為是因為儒教有很多恥於言利、以技巧為淫鄙的傳統。可是現在日本成功了，人們就找到儒教適用今日的例子。

總有一天，中國人會面對一個問題：所謂繁榮發展，到目前為止，都是別人給的標準，像：該有怎樣的辦公室才算個現代的雜誌社？該開個車子才方便。仔細檢討，都是外來的標準。中國是這麼大的國家，我們應該找出一個自己的進步的標準、進步的觀念，找出中國人自己的民主主義、社會體制和國家目標。

我想我們終究只有這麼條出路，即使我們要走資本主義的路，也不見得能建立第二個日本或美國，因為世界的市場分割和整個情勢，不能這樣做。像目前美國不要我們的紡織品，卻要我們買他們的酒，我們就沒有第二句話講。以這個作比喻，來看世界秩序，中國能否走美日的老路，也是個問題。

文化與政治要分離

在這種情形下，應如何思考中國自己的道路——合乎中國文化、經濟、社會、政治的路——恐怕是個很重要的課題。

沈：羅蘭女士提到愛國和民族主義在當前環境下遭遇到的困惑，以我個人十幾年來的經驗，從理論到實踐，都採取「文政分離」的態度，這些困惑，並沒有困擾過我。

在文化上，你認同一個中國，但在政治上，你把它分開來。這文化兩字當然是廣義的，代表民族的一切特性，這是幾千幾百年積聚熔冶而來，你要想分也不是一時分得開，而且長遠的今後來看，也還要靠這文化認同結合在一起，在世界上共同競爭。

但在這文化的層次下還有政治的層次。和文化的變化比起來，那政治的變化真是短暫得多，幾年前還搖小紅旗的今天就可以大走資，但是政治控制著生活方式、生活制度這些息息相關的事，所以你大可不尊敬它，卻不能不重視它。

尊重遊戲規則

這十幾年來，最初在海外參加釣魚台運動，最近又常參加一些交涉，應付一些統戰，我都採用文政分離的態度。基本上我把政治本身當作像圍棋一樣的一種競技遊戲，它有它的目的，但也有它的規則。

在與對方交涉時，我一定是以在台灣的中國人的立場，為台灣爭取每一分的利益，但這絕對不是說我自外於中國，也不是要把對手看作「匪」。

但是，譬如說，規定了不可以到大陸去，不可以在會議桌上面對面的談，那我也絕不會談，絕不會到大陸去。不是說它們本身的是非如何，而是因為這在政治上會產生種種影響，既然你要玩這個遊戲，就要尊重這個遊戲的規則。

另外，我們國內的政治也應訂有更清楚的規範，一個政權為了自己的生存，要政治、社會安定，人民的自由不可能沒有範圍，但這個範圍越清楚越好。在範圍內人民可以自由行動。這個範圍應該是可以隨時間改變的，當然是越大越好，但不可以沒有。在範圍內應讓大家公平的、合法的自由發展。

目前我們的規範不太明確，好像隨時隨地會受某些人的影響而改變。這對政治或文化的成長、蓬勃有很大影響，現在我們的下層已很蓬勃有生氣，但上層卻反而鬱鬱悶悶，這是因為以前規範定得太嚴，大家被過分束縛的緣故。

金錢只是副收穫

羅：再談到「利」的問題，當然恥於言利會有很多副作用。從前蔣廷黻先生說過，因為中國人多年來恥於言利，所以影響到國家貧弱。這是過分的恥於言利，但如果大家都毫不恥於言利，也有副作用，大家會不顧到工作本身，而以利為目的。

這是本末倒置，我認為錢應是副收穫，我先把工作做好，錢自然會來。我不恥於談錢，我做的工作如果值這麼多錢，你給我錢，我很坦然的接受，但我絕不是為了錢去做這件事。

就譬如說寫文章，我常告訴年輕人，你們不要為了稿費去寫。這不是唱高調，因為你們為了稿費去寫，無形中，沒話說也會去寫篇文章。本來可以二千字寫完的文章，為了多拿稿費，你會寫成五千字，結果品質必然會低落。或者因為我現在很紅，所以我就一直寫一直寫，結果當然維持不了品質，於是錢也就賺不到了。所以這是一種因果關係，還是很現實的，並不是高調。

中國人傳統以來，包括孔孟，都很戒備利，主要的也並不是自命清高，而是因為利的欲望、要求，在人的心裡已經很強烈了，你不要去教它，它已經不得了了，你還要再去誘導它、鼓勵它，那就氾濫了。就是因為這緣故，我們才設定一個限制，從前說是義利之辨，現在說是規範。

中國傳統的教育教我們要恥於言利、安貧樂道，這拿到現在來，仍然也不迂腐，有它的好處。因為如果我現在很享受，我可以正大光明的說我很快樂；如果沒有這些東西，我一樣可以活得很快樂。但如果沒有這種教育，你有這些東西時很快樂，沒有的時候就很沮喪、很自卑，甚至用不正當的手段得到它，犯罪就由這裡起。

貧困仍能有自信

對國家來說，我常常覺得，一個國家的民眾，如果在很貧乏的情況下，仍然活得很有自信，這是一種不致於亡國的力量。

中國歷史上那麼多的戰亂，異族入侵，怎樣欺壓、剝奪我們，讓我們過一種非常貧困的生活，但中國人能夠存在下來，主要的力量，便是中國人能安於這種貧困。

所以我覺得「利」應該設限，不是說不許言利，而是在言利之外，我們有個認識，利究竟是什麼？金錢應該只是副收穫，沒有它的時候，我一樣很快樂，因為我有我的信念。

陳：關於「利」的觀念，我做點補充。中國傳統思想裡，利益是種羞恥。在產業還不發達、比較匱乏的社會裡，都有這種道德。

這種道德，從某個觀點來看，恰好是為了適應比較匱乏的社會所需要的道德，因為那個社會經不起浪費，經不起每個人都把欲望釋放出來，否則社會會解體、會垮掉。

在那種社會中，常有人說君子不應該計較利益，如果他重視物質上的利益，這個人就是不值得尊敬的人。

可是這種教訓，對今天的我們來說，變成兩種不同的結果。有一種人認為這是迂腐的，現在什麼時代了，還講這個。另一種現代人覺得，主張欲望的節制是一種文明中恆久以來的呼喚，我們老祖宗早就這麼說，早就有這種智慧了。

在我的看法，在以前那個匱乏的時代，如果有個思想家說：「我們應該不恥於言利，我們應該發展技術。」敢於說君子應該計較正當的利益，君子應想出各種技巧，來使生產力改變，那是不得了、極進步的思想家。

今天我們說不必恥於言利是比較容易的，而且比較合於現在的潮流，但說要主張節制成長，節制欲望，就是個富於前瞻和批判性的思想了。

慎於言利

現在已經有一種新的想法，不只在中國，比如說「後工業化」的各種思想、第三波等，都是說要「慎」於言利，而不要「恥」於言節制。

他們認為地球是有限制的，物質有天然的、物理上的限制，成長是不可能永遠這樣子下去的。例如有人主張，我們應該不再用化學肥料，應該用自然肥料。甚至有人身體力行，去組織一個社區，過自己耕讀的生活。

現代人不必「恥於言利」，而要「慎於言利」，恐怕是一種比較前瞻性的思想。可是同樣的，如果在我們的老祖宗時代，要說敢於言利是進步的，今天在這裡要宣傳「慎於言利」，更是百千倍困難。

為什麼今天有很多調查報告結果都不發表？因為要維護某些人的利益。負責人的觀點是：這幾個企業關閉，會造成社會問題。我想這是很荒唐的事情。

大企業的可怕力量

有人說我在批評資本主義，其實並不是這樣。而是因為理解到資本主義的力量實在太大，大到我們每個人絕對沒辦法控制的地步。過去比如說有一家金老記雜貨鋪很大，三個省都有分公司，沒有關係，它不會影響整個中國人民、整個世界的生活。

今天卻不一樣，今天的企業，以它的資金、技術、人才和全球性的組織力量，影響所及是非常非常大，很可怕的力量，幾個跨國性企業的力量大過世界上三分之二以上獨立的國家，所以我們作為一個知識分子，對它毫無辦法，但我的要求是，至少要理解它、知道它。

在日本人統治的時候，我們很清楚誰是我們的敵人，因為他們拿著槍尖，站在門口，不准我們說台灣話，不准我們拜神、祭祖，我知道有一天我要把它推翻。

今天不一樣，今天透過優美的廣告、豐富的商品、大眾傳播工具，和其他文化、電影等產品，每天日以繼夜不斷地端到你面前，不斷地進行人的改造。使人失去了過去的那種豐富的、體貼的、同情的性質，變成商品的接收器，簡單的接受包裝過的各種知識、常識。這樣的一生，如果是要以這麼多物質來交換的話，這不是我要的一生。

今天或許不必像過去老夫子那樣大聲疾呼，要人恥於言利，而是要慎於言利，是站在比較大的基礎上，從中國、全世界未來子孫的立場上，慎於言利。這樣的思想，一定是將來的主流。

殷：剛才提到要找一條中國人自己的發展道路，這件事應該從哪裡做起？什麼人應該開始做？

提倡樂教

羅：文建會陳奇祿主任委員曾說，他很懷念當年在大陸正趕上新生活運動在推行，那個運動推行得很成功，為什麼我們現在推行什麼都不成功？

剛剛你的問題，怎樣才能做到？依我的看法，得靠教育。我們不能立竿見影，沒有那麼快。但是教育今天你不做，一百年以後還是沒有。而教育最有力的工具是音樂。

孔子那時提倡樂教，可是我們現在成天的尊孔，但並沒有提倡樂教，孔子在，他會生氣。大家以為孔子是一個老夫子，不會唱歌，其實他用唱歌來輔助教育呢！

新生活運動當時所以能夠成功，是因為有一首歌：新生活運動歌。他們推行這運動時，先把歌單發給各學校，各學校學生都會唱後，歌詞就深入人心，就可變成一個觀念。而我們現在卻是長篇大論的寫東西，這麼長篇大論的東西，究竟每個人都能不能記住？如果編成歌讓大家唱，是不是可以發揮更久遠的作用而不會忘？因為他是快快樂樂的接受，而不是苦苦的讀書，因此效果特別好。

我們這麼多年來，音樂教育是非常失敗的。很多人對音樂的記憶非常痛苦，做夢都夢到考八分之三拍子。為什麼會這樣？就是因為我們沒有把教育放在心上，只教他們升學，沒有培育他們應該對生活的認識，跟品德的教育、欣賞的美育。所以音樂和美術課在中小學裡，可以被借去念國文、算術的。

這件事說起來離成功很遙遠，做起來也很困難，現在我們的音樂家，說實話，沒事做，也不知道他們都該做什麼？但是我們還是希望給音樂家以及現在的音樂學生們一點任務，你們不要只想在世界上出人頭地，而要想把所學的怎麼樣致用給國家，把我們要傳播的思想，從教育上慢慢做到。

培養群體的競爭觀念

沈：我以為應該注重體育教育。我不是指發大獎金、炒大新聞那種提倡體育，是指藉體育來培養運動精神(sportsmanship)的體育教育。運動精神就是公平競爭的精神，也就是群育。我們必須要生活在一個競爭的社會裡，怎麼樣一方面培養群體的競爭觀念，另一方面在競爭本身、言利之外，有更崇高的目標。

我們現在的教育是有兩種取向，一種是市場取向，一種是官場取向。聯考，是非常實際的，每一樣事都是以考取為目標，上了最重要。然後就是怎樣把學的東西怎樣賣出去，這是一貫的市場取向。

畢業後到了政壇就成了官場取向，也就是求表現，但只表現給上級看，至於表現本身有沒有價值，是另外一回事，所以價值觀念完全變成急功近利。

在這兩種取向之下，只求達到目的，手段如何就不太管了。小時背書，大了取巧，但到底學了什麼就不知道。再加上我們沒有群體的觀念，所以我們的競爭成了打麻將式的競爭。

圍棋有全盤策略

現在我們應提倡的，是下圍棋、打橋牌的競爭。圍棋每個子平平等等，沒有什麼特權的子，每個子也清清楚楚，沒有什麼暗地去下個子的。而且，下棋先就要想好全盤的策略，只下一個角，不看全局，一定失敗。定好了策略，犧牲一兩子，以爭取全面的勝利，是常事。圍棋有句術語，叫「棄子爭先」，爭先機最重要，必要時寧可壯士斷臂。圍棋象徵團隊性、先瞻性的重要，是理想的遊戲。

橋牌更接近人生，有許多運氣的成分在，但卻不是沒有規則。在玩牌（競爭）的過程中，你手上的牌並不一定好，但你在逆境中還是要把它打完，把損失減到最低，也許下一手牌就會好運了。你的同伴也許不是最理想的，但你還是忍耐，得和他合作，若儘要個性、鬧彆扭，一定一敗塗地。

另外，橋牌是很實際的，有多少牌就叫多少，若儘唱高調、吹大牛，那一定會輸得一塌糊塗。橋牌象徵合作溝通的重要，是人性的遊戲。

麻將在人性面方面，是很接近橋牌的，但沒有什麼合作溝通的觀念，一是為己，二是整人，整上家、整下家，我不胡也不能讓你胡。

日本企業和政治的文化，有點圍棋化，歐美是橋牌化，我們則發揚了麻將精神。我們既然生活在競爭的世界裡，如何教育學生競爭的規範，群育是非常重要的。德智體群，體群其實是互通的。校際的運動比賽如梅竹賽等是應該提倡舉行的。

殷：國內工商企業界有一批基本上是積極向上、很希望國家進步的年輕人，面對這樣的變遷社會，這些人應該做些什麼？

知識上的異鄉人

陳：最近在國內念工商管理、或從美國念ＭＢＡ回來的這一族，在我們的社會蠻活躍的。而且憑心而論，他們的貢獻是不可忽略的，他們帶來一些做事的方法、計畫的方法、做決定的方法、評估的方法，在這方面他們非常傑出。怎樣做計畫？怎樣使計畫實現？在計畫實現的過程中，不斷的去評估、改變它，達到目的，再做更大的計畫。我看到的是一個個非常敏銳、非常聰明的所謂「管理族」。

但我同時也看到另一個問題，正如剛剛我們所說的，資本主義是這十幾、二十年才在台灣大步發展起來的，這批新的「ＭＢＡ族」也是這十幾年從美國回來的，他們在美國受教育，教科書上教的是美國面臨資本主義發展所積累的經驗，與西方培養管理人才的訓練。

也許一個過去住中南部的小孩，功課不錯，後來上台大再到美國，在美國是一種改造的過程，這不是對或錯的問題。他們逐漸習慣用他們的語言來打報告、做分析。

他們滿懷熱情回到故鄉，先找到的也許是中國公司，他立刻感到不適，因為他被改造的體質，回到本土的體制，感覺不對，產生不舒服的感覺。也許他覺得寫報告用中文慢得不得了，如果用英文打字機，一下就好了。

然後他又找到了一家外商公司，就如魚得水，因為它的制度、辦事方法，整個跟學校學的完全一樣。所以我常說他們是「回到故鄉的異鄉人」。他們精神上想要回來，可是回來以後，因為經過國外教育的養成改造，變成知識上在故土上的異鄉人。而且外國公司很喜歡用這些人，因為語言、觀念溝通都沒有問題。

這些人可能因此而產生一個差誤，認為這才是對的，台灣要想進步，就要按照外國公司的一套才有希望。你們中國公司要想請我，須先把環境改成那樣我才來。

漠視文化的管理族

這些人都是自信滿滿，一開口就是美腔美調的英語，老實說，工作也非常努力、非常勤奮，要求工作的品質，對自己的工作充滿驕傲。看到這些人，我心裡一方面很欣賞，一方面又覺得終究是別人的影子。我們需要的是比較有思考力的、更有文化層次的管理工作者。

我們當然期待，有一個真正考慮到中國社會發展具體條件的新管理階層，有中國自己的思考的企業家。

今天台灣的工商階級跟過去的差別，就是對政治、文化的冷漠，甚至於是輕視。這有它當然的部分，因為他們是商人；但太過分了，也有它可憂的一面。

日據時代，在敵人槍桿下，仍有很多的資產階級，公然或私下，拿出財產來支援文化運動或文學、藝術，很多老畫家就是由幾個有名的資產階級支持的。

現在的資產階級已經沒有那種抱負，認為文化這種東西是愚蠢的、沒有生產性的、沒有效率的、沒有利益，而且是麻煩的。以他管理的觀點看，這是完全沒有展望、不必碰的東西。

可是他們應該知道，人文、文化，或者藝術、文學，或是整個社會精神的環境，直接、強烈的影響到企業的環境，他們的教科書也講過，只是他們太不注意這個問題了。

文化與思想太貧困

總的說來，台灣的一個共通的基礎疾病，就是文化上的貧困、思想上的貧困。我們什麼都有了，就是沒有文化！現在一碰到問題，整個朝野就呆住了，有怨言，但不曉得怎麼一回事。依我看，這是整個社會沒有一種聲音——像過去隱居在山林野地裡那種先知或隱士人物，在那裡指天咒地：你們再這樣下去，一定有災禍。

另外，在我看來，即使是音樂或整個教育，都受到現成體制的影響。在這樣嚴厲的體制下，就有一種老師，每個月賺二、三十萬，但學生就是因交不起補習費，而受到歧視或其他的傷害。過去這種事會嚇死人，怎麼會有這樣的老師；現在，不但有，而且很普遍。

很少有人是天生的老師。要怎樣教育我們的國民，這跟剛才提的長期目標的問題一樣。國家要有長期的目標，教育才有個目標說，我們需要什麼樣的國民。如果這個沒有，都是些空話，我們也知道他在講空話。這樣的社會，大家互相欺騙在辦教育，一定是官僚主義的教育。羅蘭女士去當老師的話，只有她孤立的一個老師拚命在教，對整體而言，還是一點辦法都沒有。

所以，很多問題是跟體制有關係。在體制裡面可能有改變，比方說，台灣企業階級的覺醒，或台灣的知識分子或文化人的覺醒，用他們的文章或音樂去喚醒這個民族。我們希望看到一個新的資產階級出現說：我就在台灣住定啦，我不走，我要好好在這做事，你看吧！我不發牢騷，我知道該怎麼做，除了賺錢以外，我還要管很多事情。到了這一天，民主才有希望，疾病才有治癒的一天。

力量在尋常百姓中

另一方面，有一些重大問題，一定要體制做基本的改革才有改革的希望。比如說，要解決今天台灣社會和經濟發生的問題，政治上的改革，是一個重要的關鍵。

中國應該摸索一條自己的路，到底中國要什麼樣的政治體制、經濟體制或文化價值？這些找出來了，跟現在比起來，可能就是非常大的改變。

我始終相信，整個歷史、社會的力量，不僅僅是決定在我們這些辦企業或有成就的人，實際上你到鄉下走一走，就會看到民間的力量：「夭壽啊！這種餿水油也敢拿來賣！」這樣的故事，十步芳草，多得不得了。

有一種傾向，說企業家是台灣新興的力量，對不對？對，也不全對。自古以來，特別在危機的時代，那個力量都是在尋常百姓中，他們在逆境當中也沒什麼理論可放言高論，那是從裡面出來的生活力量——該怎麼做就怎麼做，這樣不能做，這樣沒有天理！

人都有混亂的時候，但有一天疲倦了，還是會再回來，我總覺得不應該忽視這個力量，既是人，總是會有那溫暖的、會發光的東西。

初刊一九八五年十一月《天下》第五十四期

1　座談時間：一九八五年十月十三日；地點：天下雜誌社；主席：殷允芃；出席者：陳映真、沈君山、羅蘭；整理：天下雜誌編輯部，李瑟、蘇育琪、金玉梅、周慧菁。

創刊的話

因為我們相信，我們希望，我們愛……

二十多年來，由於整個社會的勤勉工作，
我們已經在台灣創造出一個中國歷史上前未曾有的、富裕、飽食的社會。
這一個值得我們驕傲的成就，也使我們付出了一些代價。
那就是因為社會高度的分工組織化，造成一個人和另一個人之間、
一個生產部門與另一個生產部門之間、一個市場與另一個市場之間的
陌生與隔閡。人與人之間失去了往日深切的、休戚相關的連帶感，
和相互間血肉相連的熱情與關懷。
此外，在一個大眾消費社會的時代裡，人，僅僅成為
琳瑯滿目之商品的消費工具。於是生活失去了意義，生命喪失了目標。
我們的文化生活越來越庸俗、膚淺；

我們的精神文明一天比一天荒廢、枯索。

《人間》是一種什麼樣的雜誌呢？

如果用一句話來說明，《人間》是以圖片和文字從事報告、發現、記錄、見證和評論的雜誌。透過我們的報告、發現、記錄、見證和評論，讓我們的關心甦醒；讓我們的希望重新帶領我們的腳步；讓愛再度豐潤我們的生活。

如果您還問：為什麼在這荒枯的時代，要辦《人間》這樣一種雜誌？

我們的回答是，**我們抵死不肯相信：**

有能力創造當前台灣這樣一個豐厚物質生活的中國人，

他們的精神面貌一定要平庸、低俗。我們也抵死不肯相信：

今天在台灣的中國人，心靈已經堆滿了永不飽足的物質欲望，

甚至使我們的關心、希望和愛，再也沒有立足的餘地。不，我們不信！

因此，我們盼望透過《人間》，使彼此陌生的人重新熱絡起來；

使彼此冷漠的社會，重新互相關懷；

使相互生疏的人，重新建立對彼此生活與情感的理解；

使塵封的心，能夠重新去相信、希望、愛和感動，
共同為了重新建造更適合人所居住的世界，為了再造一個
新的、優美的、崇高的精神文明，和睦團結，熱情地生活。

一年多來，在籌辦《人間》的過程中，
我們得到許許多多台灣文化界、知識界難以忘懷的關心與幫助。
黃春明先生提供了許多極有創意指導。尉天驄先生和郭楓先生也給予我們長期的協助與關心。
蘇俊郎先生是最早為我們提供許多寶貴意見的攝影家。
我們感謝關曉榮先生慨然將他的「八尺門」連作送來發表。
我們謝謝阮義忠和張照堂二位先生，先後將他們的力作送來《人間》，
使篇幅增光。吳嘉寶先生也長期給予我們許多指導，至可感銘。
我們尤其謝謝王信小姐，因為她嚴肅、認真、辛勞地
為我們挑選和編輯圖片，訓練我們年輕的工作同仁，使我們獲益至深。
此外，還有我們無法在此一一指名誌謝的朋友，都給予我們熱情的幫助。
我們深知，沒有這些令人難忘的支持與協助，
《人間》就完全不可能成形和刊出。

《人間》是屬於每一個關心人、關心生活、關心台灣——

我們可愛的家鄉的人們的雜誌。她的園地公開，沒有門派的限制。

我們歡迎一切關懷的、富有希望與愛心的報導攝影家和報導文學家聯手創作，寄來優秀的作品。

我們更需要全社會以訂閱和愛讀來支持《人間》，

因為《人間》是您自己的理想，您自己的雜誌。

朋友們，支持《人間》！因為我們心中的關懷、希望和愛，

正急切地需要一個再生和滋長的機會。

初刊一九八五年十一月《人間》創刊號
另載一九八五年十一月二日《中國時報・人間副刊》
收入一九八七年七月雅歌出版社《曲扭的鏡子》(康來新、彭海瑩編)，
一九八八年四月人間出版社《陳映真作品集8・鳶山》，二〇〇四年九月
洪範書店《陳映真散文集1・父親》

記錄一個大規模的・靜默的・持續的民族大遷徙

訪問關曉榮談「八尺門」連作和報導攝影[1]

陳：簡單介紹一下你的歷程，順便談一談你怎麼開始你的攝影工作的。

關：我的籍貫是廣東省，在海南島出生的。我的父親是空軍嘛。生下來兩、三個月以後，年輕的母親就一個人帶著我坐軍機到台灣。那時父親還有任務，留在大陸。

一個年輕的母親，帶著襁褓的嬰兒，在戰亂中孤單、驚惶地流徙。我父親任軍職，因此我們家在台灣時也經常跟著父親職務上的調動而搬遷。這種不安定的生活，從小就給我的性格上很大影響。一般說來，我想，這種不安定，使我在地理上缺少一個家。幾乎沒有一個地名，我可以在心靈上當作我的故鄉，使我的性格上有一種基本上的不安定。

這種性格上的不安定性，給予我日後面對工作和生活時有一定影響，從而產生一些困難。每個階段的工作和生活裡，都潛在著一種不安、焦慮，和衝破穩定的力量。傷腦筋得很。進藝專讀書以前，我生了一場肺病。在那個青少年時代，我深切地感受到生命的孤單。對人生呀、生命呀、意義呀，一個人孤單地苦悶著、想著。這些孤獨的一段日子，肯定給予我很大影響。

我在藝專學的是美術設計。進了學校，我才知道我不喜歡搞美術設計。少年的我，幼稚地想：美術設計，是商業的附庸，不願意把我的一生的才能只供商業去應用（笑）。可是這自找的煩惱，卻苦了我。我蹺課，胡天黑地的看課外書，留長髮，違反校規。現在想來，我每次處在困境時，就得自己設法採取行動來擺脫困境。當時我的行動就是反抗，跟教官過不去（笑）。

藝專畢業後，服完兵役，做過工人。為什麼？當時年輕，手藝和勞動人對工作的專注，很吸引著我，想具體參與和理解工人的生活。做了一段時間工人，才知道自己不是當工人的料。我的內面，已經有許多藝術呀、文學呀……這些玩意嘛（笑）。後來，一個偶然的機會，我當了國中老師，一當就是五年半。當教師，給予我珍貴的體驗。老師和小孩所建立的關係，是那麼全然，那麼深。一個細小的關懷，在學生是比親人還親的溫暖和嚮慕啊。我體會到，師生之間首先要建立人的、親人般的師生關係。有了這個關係，然後才有教育。後來，我離開了教師的崗位。環境的因素，加上我深覺得自己學識不足，使我離開教職。還在當老師的時候，我畫畫，寫點小說，也在那時候學拍照。那時拍照，純粹是為了好玩。那時有薪水收入，積了一點錢，才買了相機。我用相機去捕捉我兒時的回憶，例如拍母雞帶著一群小雞到處覓食，使我想到童年時代母親和我的關係……後來，我也在街頭東拍、西拍。離開教職以後，我一個人上台北，開了一年的計程車，偶然也拍一點。天下雜誌開辦後，在蘇俊郎先生推薦下，我到天下當攝影記者。離開天下，到時報雜誌工作，一直到現在。

陳：搞報導攝影，是什麼時候開始的？這回到「八尺門」住下來拍，有什麼題材上和攝影上的考慮？

關：廣義一點說，我拍報導的東西，可說是從任職天下時開始的。在天下、時報雜誌工作下來，認識了一些工作上的困境。想做的題目，編輯部沒興趣，或者經費批不下來，工作時間也不夠，要求兩天三天做好一個報導，兩、三天固然也可以做出來交差，但在自己嚴格要求下，一個好的報導是要有一定時間、金錢上的支援才能做到。

深入一個要報導的環境，比較長期地生活、體驗、觀察和研究才能做好報導攝影——這是我一直有的似是而非的信念。現在，我在工作上不可能取得這些條件，我該怎麼辦？因循下去，一日混過一日，我很難過。這是個困境，我得採取具體行動解決。怎麼辦？我向報社請一年的假，用積存的一點錢，準備到八尺門去。開始的時候，我覺得挺渺茫的。我只知道，在困境之中。我必須選擇，必須採取行動，跨出第一步。

小時候，我曾經和山地小朋友玩過，對山地少數民族有基本感情。有一次，和攝影的好朋友一塊去過八尺門拍電視，當時為了拍平地山胞的題材，訪問過台北近郊的平地山胞社區。每個社區有不同的特點和問題。但我決定拍八尺門，主要是因為八尺門是阿美族山胞大規模向平地遷移時自己選擇的地點。由於社區是違章建築，他們建了被拆，拆了又建，自然地形成一個聚落，也因此保留了山地聚落那種家與家之間、人與人之間原來同族間親密的關係。這種從貧困、艱難中產生親密性，很吸引了我。

報導攝影，對於我，具有重大的社會責任和目的。我不是研究台灣山地少數民族問題的人。但是，我強烈地感覺到台灣少數民族正面臨極大的問題。這些問題，像一切別的公害、環境問題，在還沒有勃發成為嚴重問題前一樣，沒有受到社會和政策上充分的注意。但今天少數民族問題再不加以正視，有一天問題爆發，對於少數民族和漢族都會產生很大的傷害。我一向對人有特殊的關心。對人的關心，其實是我決心報導八尺門的一個基本的動因吧。

陳：報導攝影往往表現出攝影者自己的觀點。能不能概括地談一談你八尺門作品所要傳達的信息？

關：我想增進我們漢人對這些典型化了的平地山胞的深人理解。理解是關懷甚至改革的基礎。我記錄了八尺門的生活環境，記錄了他們從事漁業勞動的辛苦，記錄他們下船後令人心痛的酗酒和勞動中極易遭受的勞動傷害。

漢人的勞工也辛苦，也會因生活的重壓與挫折而酗酒，也會經常遭遇到勞動傷害。不同的是：從少數民族的立場看來，他們是全民的淪落和崩解，在自給自足的社會解體後，離開原居的山地，向平地進行大規模的、持續的、靜默的遷徙。全民族的大遷徙。這值得重視。不是有人要保護「瀕臨滅絕的動物」嗎？而我們的少數民族是人，是我們的同胞和兄弟啊。

說到酗酒，很多人以為山地人好酒是天生的劣性，好吃、懶做、貪酒，當然會淪亡。這不正確。我知道的是，原來山地人只在祭典節慶婚嫁時，喝一點自釀的酒，但絕不像現在這樣全面的酗酒。來平地以後受騙、挫敗、受辱、無法適應，無法保護自己。這深刻而難言的全民族的困辱，使他們藉酗酒求得片刻的逃遁，從而造成嚴重的惡性循環。只要你真正同他們住，一塊生活，任何人都會為他們基本的、驚人的善良和無可如何的頹廢與沉淪，心中絞痛。我在八尺門，到了無法忍受的地步，我深入理解人間苦難，又無能為力時，心中的沉重，使我必須暫時回到台北來（激動）……舒緩一下嘛……（苦笑）。

我個人以為，沒有這些，或者更深刻的理解，就妄斷山地少數民族「自甘墮落」、「愚昧」，是很不負責任的說法。不幸的是，這樣的說法，很普遍。早些年，我到過霧台鄉拍照，恰好碰見一群大約是攝影協會的人吧，也在那兒拍。他們只注意少數民族特異的服飾和舞蹈、刺青等，態度上旁若無人，攻擊性很強。我看了，感到悲傷。這樣的態度，沒有理解，漢人中心意識很強，又怎麼能了解和尊重一個儼然獨立的文化，儼然自有尊嚴的兄弟民族？

還有一次，在路上碰見一群返鄉的山地青年。他們已有幾分醉意，相談之下，立刻成為熱情的朋友。他們堅持我退掉原定的住處，立刻搬到他們山地的家中。當晚，大夥兒痛快喝酒，盡情歌唱。第二天早上，我的心中充滿著昨夜熱烈的友情，歡樂地同他們打招呼。不料回答我的卻是冷淡、陌生、自制的臉孔。我受到很大的傷害，卻百思不解。後來我終於懂得，昨夜的友情，是因為酒精使他們越過漢人和山地人之間平常積累的不信和挫折，才以他們本然的豪爽和熱情接納了我。酒醒之後，我們又回復原有的不信和緊張。這叫我心痛和深思。這痛苦雖不是由我造成，但作為漢人的一分子，我對他們的挫折和痛苦，有一份責任。我感到羞愧……我想到近百餘年，中國人和船堅炮利的西洋人往來的經驗，不也是充滿了這種苦痛和挫折嗎？我們對西洋的人和西洋的文明，不也充滿著這樣一種自卑、自大、迎媚而又怒拒的複雜的情結嗎？這樣的理解，治療了我。八尺門的工作，基本上是懷著這樣的理解，走進他們的生活。

陳：我也以為台灣漢人經濟和台灣山地社會的解體，基本上可以用「依賴理論」去分析。漢人的「文明教化」、「現代化」和「發展」，對內而言，往往是以山地的「矮化發展」、「落後」和解體為代價的。這樣的分析，還有待細密的理論上的展開。現在，且談一談你這次在八尺門所做的攝影報導上的實踐，初步做一個工作上的總結。

關：方才說過，除非我毅然跨出一步，請假離開工作，全心全意地住進八尺門，自己去檢驗這種工作方法、態度的結果，否則沒有一個人能告訴我報導攝影的路該怎麼走下去。現在我初步結束了工作，前後用去將近半年的時間。總結體驗吧，大約有這幾點：

第一，事前要做好充分準備。要搞好研究和調查，有助於在著手工作前有個準備，有一個觀點。這是工作成敗的關鍵。

其次，照片拍出來了，問題也很大。你要怎麼按照你既有的和新發展出來的觀點去組合這些照片，給予秩序、邏輯，怎樣摸索出自己的影像語言和語法。工作規模非常龐大，我頭一遭碰到了難題。要怎麼表現？用連環圖的形式嗎？不成啊！你得反覆地加以思量，考慮各種可能的呈現方式，用具體影像去思考和表達，不容易。我得想全局性的結構，也得想個別影像的內涵，初步挑出來，再進行淘汰，淘汰以後再讀，圖片這時候會告訴我如何構成和表現，使圖片間形成一定強度的關係，然後整個組織起來。

這次的工作，真切地使我理解到，報導攝影工作者一定要有條件用較長的時間去投入，才能有真正的參與和比較深的思考。短期的、零星的造訪，當然也會有作品，也可能有好作品，這和攝影者的人文背景，和他對題材事前的研究又有關係。不過，對我個人而言，零星的造訪，會累積某種不滿足感。累積到一定程度，就非泡進去看個究竟不可。現在工作初步結束了。我能說，對我而言，我從具體經驗相信：報導攝影最好是像我這次做的那樣去做：研究、思考、生活、工作。

陳：你有過只能用比較短的時間去完成一件報導工作的經驗。八尺門是一個新體驗。比較一下兩種不同的工作方式……

關：從前在屏東鄉下教書，也喜歡一個人到風光好的地方去散心。就那時，常常看見一群觀光的人呼嘯而來，又呼嘯而去。我就想：他們這樣來了去了，哪裡真能體會這兒的生活、氣氛、調子和美？住八尺門，你會成為這聚落裡的一分子。住進去，才能消除你這侵入者與他們之間的隔漠，建立人與人之間真實的關係。逐漸地，你覺得你被接受成為他們的鄰人，他們的朋友，重要的是你也覺得自己是他們的鄰人和朋友。有了這人際關係，才有你的工作——拍照。因為這時你們互相友好，信賴，沒有緊張的關係，有了更加深入、令你感動、詫異的接觸。那真美，真感人。

陳：攝影有很強的說服力，也有很大的惡用和歪曲的可能性。因此，倫理上，攝影報導的人要冷靜客觀。但報導攝影的指導性格，又要求表現作者自己的價值和世界觀。這矛盾，要怎樣對待才好。

關：報導，除了因為攝影這個媒介的特殊性，更因為它依附在大眾傳播這個巨大力量上，當然要求工作者要客觀。問題是，當你對題材深入後，你自己對題材的情感和認識，叫你無法保持原初的「客觀」。

我於是想，「客觀」也因觀察者的觀察、體驗的深淺而改變它的面貌。人文攝影重大的特點在於攝影家有自己以人為關懷的中心的價值觀去看人，看生活，如果產生「偏見」，那「偏見」絕不比其他「心像攝影」或「新彩色」攝影為大。這回我在八尺門工作，對住在那兒的山地朋友面臨的困境和在困境中凝結而生的力量和悲哀，有前未曾有的感受。這感受使我沮喪、悲傷。我與他們有了福樂相共的體己的情感。這會不會影響我離開一個「客觀」、「冷靜」、「公正」的立場呢？我問過我自己。我的答案是，這苦樂相共之情，是作為漢人的我，作為一個人文攝影工作者的我的一種解放，一種拯救。這是健康的。我喜歡。我工作的意義，在於我關心人。我相信，特別經由八尺門，報導攝影有它無可遁逃的社會責任。草木風土都可以拍。有沒有拍出草木風土與人的關係，照片呈現的就不會一樣。

雖然我不敢奢想，但我還是希望我的作品能引起漢人和少數民族相互的關心、理解和關懷。如果能因而引起一些有意義的改革，我會有多麼高興。但這樣的「奢想」，這樣的負擔心，確實是使我克服工作上一些主觀、客觀困難，戮力以赴的重大原因之一。平地山胞的問題和困境，也許要我們以好幾個世代的時間才能解決。但理解、正視這問題的嚴重性和複雜性，怕是最初的一步吧。

陳：總結一下報導攝影的問題和困難吧。

關：八尺門經驗以後，更深地感覺到我必須不斷地自我充實起來，不放過任何可以自我教育的機會。讀書、研究、看好電影、讀好小說；在人文上要不斷充實起來。攝影朋友間，也希望有一個團結、互相切磋、一塊進步的形勢。這一向，朋友們大都很努力，自己拍，自己摸索，基本上報導攝影在台灣還只是個開始。這麼嚴肅而有意義的工作，使我們常生苦悶。怎麼拍下去？拍了怎麼發表，拍給誰看。這些問題和苦悶如果不嚴肅認真對待，是不行的。

另外一個大難題，是資金上的支援。這工作需要時間，需要錢。我們要考慮生活問題。目前，台灣還沒有基金會支持一些有計畫的拍攝行動。我看這問題很難。不過，幾十年來，台灣的文學藝術不也就在無人聞問、自生自滅的條件下，努力掙扎著做出一點成績……這問題真難。

陳：報導／人文攝影，基本上有批評性。它需要表現上的民主主義，才能發展。依你看，台灣有沒有這些條件？

關：報導攝影肯定樂意拍「光明面」。歌頌困境中的生命力，歌頌善良、勤勉、愛和同情。問題只在光明面是否真實。如果拍了比較陰暗的東西，其實動機上豈不也是從對光明、正義和愛的飢餓而來的嗎？壓力不會沒有。全世界哪裡沒有壓力。真實、愛、公正其實在世界許多地方都受到某些人的憎惡。但我們誠實工作，不能因為有壓力就放棄。好的作品帶來改革的例子不會多，但具體上是有的。

陳：今後，對自己有什麼計畫？

關：如果而且只要可能，我會繼續拍下去。萬一我沒條件繼續拍下去，總也有更優秀、更年輕的一代拍下去吧。我不知道（笑）。

陳：對於有志於報導攝影的朋友，有什麼建言？

關：選定題材前，要做具體研究，認真地想，自己工作的目的是什麼，想要說什麼？這樣，才能做得深入，做得好。

其次，要用功，不能只「玩相機」，不會思想、沒有思想的報導攝影者，是沒有的。再次，在專業技巧、暗房上，要努力學習求進步。內容和見解固然最重要，但表現上的藝術性也很重要。過分重視技巧和過分不重視技巧，都不正確。

最後，要好好面對自己。如果自己性格上不那麼關懷，不那麼重視人，不那麼關心正義，大可不必一窩蜂擠到什麼報導攝影上。做個優秀的沙龍攝影家、商業攝影家絕對比做一個蹩腳膚淺的報導攝影家，要好很多。趕流行，一窩蜂，那不好，路子也走不下去。

初刊一九八五年十一月《人間》創刊號

1　訪問：陳映真；記錄：李明。李明為陳映真筆名。

鍾楚紅

人・女人・演員[1]

在映像上，鍾楚紅有一種青澀、結實的性感。但面對面時，她是個講究工作效率、任意、坦白、滿思上進、開放而又保守的女孩。她一向不接受報刊訪問，卻欣然接受《人間》之訪談，侃侃述說她的背景、她對女性和男性的看法、她的婚姻觀和她對金錢的看法。她說：「我的男性朋友，好多同性戀者，因為……

陳：這個訪問，沒把你當明星看待。想把你當一個人，一個女人，一個表演藝術家……

鍾：這樣好。我不喜歡人家當我是明星。我是演員。我努力要當一個好演員。

陳：依你看，明星和演員有什麼差別？

鍾：明星，只要臉長得好看，外型好，演好演壞，都賣座，都有人喜歡看。演員就難了，他應該是個表演藝術家，是劇本和角色的優秀的詮釋者。他必須對人和人生有比較深刻的體會和理解。

陳：談談你的背景好吧？你的家庭……

鍾：我是廣東博羅人。一九四九年以前，爸爸和媽來香港的。博羅是個魚米之鄉，很富庶啦。我是家裡的老大，下面還有兩個妹妹，一個弟弟。我爸爸做生意，一直做得不好，做女裝生意。他的性格很soft（陰柔），管理呀！帳本呀！亂七八糟（笑）。我十一歲就當他的會計，發現工人都欺騙我爸爸，帳目很亂。我發現了，就罵那些工人，和工人吵架（笑）。我爸爸知道了，這樣子打我（用右手在自己頭上拍了一下，撇著嘴唇，然後笑了）。我爸爸說，小孩子不可以和爸爸請的工人吵架，沒規矩。可是，我是為了他好呀（委曲的樣子）。

我媽媽很勤勞，可是又唯我爸爸的命令是從。生意一直不好，有時甚至弄得很糟。有人來要債，我爸爸就躲在屋裡，不出來，叫我媽媽出去應付。我真不服。我爸爸太soft，這樣不面對事實，怎麼行？

因此，我從小就比較獨立，我得管好妹妹和弟弟呀。

陳：回憶一下你的求學時代。談一談你記憶比較鮮明的事……

鍾：我記得我小時候喜歡打架（笑）。從幼稚園起，就找人打架（笑）。長大一點，就不打了。我的算術、理化很不好，亂七八糟。漢語和英語嘛！都很好。我從小就打工賺錢，因為我爸爸生意常常不好，沒有錢供我讀書。十幾歲的時候，香港建設地下鐵，工程是日本人包下來的，我去那兒打工賺錢。我的工作是核發工人的日薪。計算都用電算機，不難。我利用電算機算學校的功課，算得又好又快（笑）。那時候我學了一點日語，至今還能說幾句。在地底下工作，工人的肺受影響。最深的工程，卻找韓國工人。我那時才知道，韓國人的肺（作深呼吸狀），比中國人大。只有他們才經得起。可是，好苦喲！

國家／一九九七

陳：你在香港長大。你對香港的生活，有什麼感受？

鍾：這次我來台灣比較久，知道這兒的男孩到十九歲就去當兵。這就很好（感喟很深的樣子）。

陳：為什麼？

鍾：台灣有個國家。有個國家讓人去奉獻，去服務，我好喜歡這種感覺。香港就沒有。這很不好。我們沒有國家。活在那兒的人，沒有國家，沒有國家觀念，人人都只顧拚命賺錢，好像賺錢是人生唯一的目標，除此以外，生活沒有別的意義，沒有關懷、奉獻的目標。這很不好。整個香港，是一個非常露骨的物質社會。貧富差距嘛，很大。精神方面，文化方面，比較庸俗。文化界、藝術界，也一樣是金錢至上。但是，在做事方面，很講效率很現代化，這是個優點。

陳：你對一九九七怎麼看？

鍾：一九九七的年限，曾經對香港各界有影響，但是電影界卻沒有一九九七。我就沒這個問題。因為演電影的人，票房、接戲的機會、事業前途這些個眼前的事，夠他兢兢業業，根本無暇顧及其他。此外，我基本上不是想得很遠的人。如果現在我有家、有老公、孩子，我就比較關心一九九七（笑）。不過，最近，我有一個感受。現在大陸上好多人來香港。他們來香港，立刻可以享受到香港的進步與繁榮。這不公平。因為香港的繁榮是香港人辛勤工作，建立起來的。他們沒建立，卻能享受成果。我就擔心，將來他們會有更多的人來占去我們建立的東西。這不公平嘛。我這人，很講求每一樣東西都要fair（公平），要公道。

「自己是個美人」的意識

陳：什麼時候，你開始意識到自己長得好看？這種「自己是個美人」的自覺，給你什麼影響？

鍾：從很小的時候（笑）。因為，有好多男生特別喜歡買東西給我吃，買東西給我用（笑），卻不會買給別的女同學吃和用。小時候，我喜歡打架。雖然是女生，我卻自小喜歡打抱不平。此外，我喜歡玩打仗的遊戲。我打男生，卻從來沒一個男生還過手、回過嘴。他們就讓我打、打、打，罵、罵、罵，還是對我很好（笑）。我看過這些被我打過、罵過的男生，打過、罵過別的女同學。

可是，我很不喜歡別人只看我漂亮。漂亮不是我努力得來的，漂亮是我爸爸媽媽把我生成的……

陳：媽媽長得漂亮吧？

鍾：很漂亮。爸爸也漂亮。我比較像爸爸，什麼都是圓圓的。眼睛大大圓圓，臉孔也是圓的（把腮幫子鼓起來）。媽媽呢，什麼都是尖尖的。鼻子是尖挺的……

漂亮沒什麼。長得漂亮的人太多了。任何一張漂亮的臉孔都可以被另一張漂亮的面孔取代。我從小就覺得我要用自己努力得來的本事去工作和生活。我絕不利用自己的漂亮求自己的好處。我以為內在的豐美，從內裡發出的美，更為重要。我就見過有內涵美的人，雖然外貌不驚人，卻感受她發自內面的魅力。我一個人旅行的時候，常常有人會幫忙我。例如，走出機場，就有男士為我找拖行李的小車。我總裝著沒看見，一定自己去找小車來拖行李。我不喜歡用自己的臉孔利用別人，占小便宜，這不應該。外表能保持多久？一下子就過去了。在這兒（敲著自己的腦袋）充實起來的東西，才能長久，有意義呢。

喜歡的小說家

陳：你怎麼充實自己呢？

鍾：看書是一種。我喜歡看小說……

陳：最喜歡的小說家有哪些？

鍾：張愛玲。她寫得好細緻。她寫的都是過去上海的一部分人的生活中單純的男女感情上的處境所發生的戲劇（drama），那些生活都是過去的，很好玩。我喜歡古老的東西。其次是白先勇。他寫得也很細膩，很會寫啊。但他的scale（範圍）比張愛玲大。張愛玲只寫一個男的一個女的（笑）……白先勇就不只那樣。還有，是他的（睜眼，指著黃春明）。

陳：為什麼喜歡黃春明的小說？

鍾：他寫的，是一般人沒有寫的。如此，他寫下層的、小的人物，說出他們的悲哀，他們的生命裡獨特的力量和命運，為他們的不幸講話（黃春明說：謝謝）。陳映真的小說，我只讀過一篇，所以我不敢講（吐舌頭，笑）。

我喜歡女性

陳：作為一個女性，你覺得，一般而言，女性有哪些優點？

鍾：我一向比較喜歡女性，因為我無須對她們提防什麼。我的男性朋友，大半全是gay（同性戀者）。

女人比較真實。比方說，女人戀愛的時候，就很真實，因此愛起來就瘋狂地愛，勇敢地愛。男人呢？這時就比較虛偽。他們顧慮地位、名譽、財產，畏首畏尾，貪婪自私。女人很強韌。再怎麼大的苦難，很難打倒她們。女人的感性比較豐富，比較細緻、細心，不像男人那麼粗魯。此外，女人有母性的溫柔、同情、包容和忍耐力……

陳：談談女性的弱點吧。女性，也有缺點、弱點吧？

鍾：體質差一點，有些工作真不能勝任。最近許鞍華（香港著名的女導演）要到大陸拍戲。外景又是草原、又是高山絕壁，會把她累死的。體力上先天就不如男人。我勸過她不要接這個戲。可是許鞍華說，這艱苦的工作是對女性導演的挑戰。她接受挑戰。你看，女人還是勇敢堅強的（笑）。其他……其他的缺點，（沉思）我想不起來。我喜歡我們女性，所以她們對我來說，簡直沒缺點（大笑）。不過，一般說來，女性心胸比較小，這是個缺點。

陳：有人說，女人比較用感情去看世界，不用理性去看；有人說，女人善變，變起來殘忍、刻毒……

鍾：男人女人全有優缺點。男人有時也感情用事，鬧起情緒，簡直不得了（笑）。男人做不少蠢事，例如戰爭，例如武器。男人凶殘的事太多了。至於說變，男人見利忘義，趨炎附勢，自古就多得很……。女人長久以來受壓迫，有一些缺點，例如比較依賴男人，比較心胸狹小，眼光短淺，應該不是天生如此。不公平的社會造成的嘛。

陳：（笑）你很不同。不錯。你喜歡什麼樣的男性呢？

鍾：嗯。（笑）比較有創造性的。我討厭成天忙著賺錢，刻板無趣的男人。他們只會想到sex（性）。除此以外，只會帶你去最貴、最豪華的地方吃飯、玩。那有什麼意思？我最討厭了。我喜歡豐富的人，人生那麼豐富。我喜歡在文化、思想、見解上豐富的人。喜歡有創意的人。跟他們一起，我好開心。他會教我好多東西，讓我對好多豐富的事物張開眼睛。我的男性朋友，好多gay（同性戀者）。他們很細緻，有創造能力，不傷害人，而且從人的一面來說，他們一般比較真實。而且，很安全（笑）。一般的男人，只會打你的壞主意（笑）。我從他們看我的眼神，就看透他心裡打的什麼主意（笑）。通常，碰到這種人，我就這樣（拉下臉孔），靜靜坐著，不理他。他們沒辦法了（笑）。

賈寶玉、達斯汀・霍夫曼

陳：你覺得，愛情應該是什麼？你知道我的意思嗎？你以為，真正的愛情應該是什麼樣子的？

鍾：（沉思）愛情，應該是彼此能share（分享）彼此的感覺、知識和關懷的……兩個人應該是平等的。我不喜歡專制、蠻不講理的人。愛就要長期互相關注。比如你喜歡這個東西（指著桌上的咖啡粒子），你不能只擁有了它，就擺起來，不管了。你要常常注意它，摸摸它，順順它（用手上下順著，像是在順著一隻愛貓的毛）。

你讀紅樓夢吧？賈寶玉，我就好喜歡。他好懂得女人。他對女人，絕對不只要性、性、性（笑）！他好珍惜女人，關心女人的苦樂輕重，打從心裡疼愛人家。不過，我也知道，賈寶玉有個大觀園包圍著他，供著他。他不必去掙錢，去奮鬥。什麼都為他弄得好好的，他什麼也不用操心。因此他可以專心去操心，去關注，去疼惜他身邊的女人，陪著那些女孩子又哭又笑，又悲又樂，又愁又喜……（笑）。但是賈寶玉是個「中性」的人，不是個男人吧。在現實世界，賈寶玉是不可能，也不是個理想的男性。這樣的男人，現在這個世界上，再也不會有了。

另外，我好喜歡達斯汀・霍夫曼。他不是英俊高大、叫人一見就失魂落魄的那種男人。我在雜誌上讀過他的故事，他很富有sense of humor（幽默感），好有意思。他好聰明，跟他在一起，一定很有意思哦。若說我喜歡的男性，我喜歡剛強、有才幹、有生活情趣的男人。

陳：你對於制度化的婚姻，有什麼想法？

鍾：我以為兩個人相愛，不一定要結婚。不結婚，一樣可以養孩子。我好喜歡有小孩。跟一個自己喜歡的人有孩子，是最marvelous（最棒）了。兩個人相愛就在一塊。不愛了，就該分開。當然，婚姻對孩子很重要，因為孩子在社會上需要有一個last name（姓）。可是對我來說，我可以接受帶著孩子卻沒有老公。沒有老公，照樣是好媽媽。孩子既然生下來，就要對孩子好，不要叫他吃苦，要負起責任。大人的事是大人的事。孩子是無辜的，不能叫他因為大人間的事受委曲。

有錢使我獨立

陳：你年輕，卻已是名利雙收的女性。作為一個有錢的女人，錢對你發生什麼影響？

鍾：我不善理財，常常亂花錢。好在我有一個好的經紀人。他能幹，很寵著我，卻處處為我精打細算。有錢使我浪費，花很多錢。浪費總是不好。

我花錢最多的時候，是旅行的時候。可是，我認為旅行是一種saving（儲蓄）。錢花掉了再賺就有了。但是旅行給我很多見聞和體驗，都儲蓄在這兒（敲著自己的小腦袋）。有錢也使我變得更獨立。我不必為錢愁煩。一個演員，如果常常為錢發愁，就會使他焦慮、不安，就會影響表演的品質。他得多接工作，不去計較腳本，無心研究角色的感情、思想。不擔心錢以後，一個演員比較能守自己的原則。壞的劇本，不喜歡的角色，可以拒絕，不擔心因為拒絕影響收入。有了錢可以不必使自己單純為了錢去做人，可以比較「清高」地對待人和事物。不過，我有個弱點啦，心腸太軟。經不起朋友求，就接戲，演了……

陳：你是怎麼進入演員生涯的，談一談好吧？

鍾：十八九歲的時候，就有人來要我拍廣告片。我和媽媽都不肯。後來，我媽媽要我參加選香港小姐。我不喜歡，但也參加了。主要是媽媽的意思。後來，我也想看看世面也好。我到模特兒訓練班待了一下，練習怎麼走路，怎麼站，怎麼轉身，還有，怎麼笑（咧著嘴，無聲地笑了一下）。我受不了。我恨穿旗袍，也討厭穿高跟鞋，這樣的人，參加香港小姐選拔，不是自找罪受嗎？

陳：結果呢？

鍾：落選了（笑）。可是從此我開始接廣告片，也終於接電影。就這樣闖進電影界。此外，我這個人急性子，喜歡有效率，電影是一種很快就能看到成績和結果的工作。因此，我喜歡演電影。

陳：前後已經多久了？受過專業訓練嗎？

鍾：前後四年。沒受過什麼專業訓練。我自己看書學習。我對method acting（方法表演法）有興趣。method acting從方法上教人表演。要從內心演起。有了方法以後呢，你表演哭，哭一百遍也不累。否則，哭一回、兩回，因為方法不對，會把你累死，又演不好。我計畫，再過兩三年，我要到美國去學習。我越來越覺得，表演藝術好困難，很深刻，非努力學習不行。

另外，我很注意香港的film festival（電影節），可以看到西歐的好片子；自己認真觀摩（黃春明插了話，說他同她談過，發現她對歐洲著名導演、影片和演員，比他還熟悉。她咧嘴笑著）。這個學習辦法，很不錯。

陳：你熟悉大陸的電影嗎？談一談你的觀感。

鍾：不能說很熟悉。不過，他們的電影，和我們有個根本的不同。他們的電影，比較沒有市場考慮，劇本、片子的長短，可以有不同考慮。我們受到市場條件的限制比較大。如果說他們的影片受到政策和思想的制約，那我們的比較受市場需求的控制。

四人幫以後，他們比較開放，出現幾個新導演，比較敢描寫人的個人內心感情。這以前，政治味道太強，我不喜歡。

現在他們沖片、印片很棒。因為他們從外國買了整套lab（沖印片廠）。不過，他們拍片很緊張，因為底片用得很節省。我聽說，一個演員要rehearse（排演）四、五十次，苦死了。因為他們必須一拍就可以用。此外，他們在拍片管理上，效率很差。這一點，美國就很好。我喜歡每樣事要tidy（乾淨俐落）一點，有效率一點。

陳：比較一下台灣和香港的電影界吧！

鍾：台灣的導演，比較上，多一點誠心拍好電影的人，例如李祐寧。但電影的節奏比較慢。台灣的電影在心智上比較閉塞，電影感（film sense）好像沒有香港開放、先進。技術上、管理上、效率上，一般地比香港差一點。電影觀眾比較有人情味。他們不怎麼批評壞導演和壞演員……

香港的電影圈，節奏快，工作效率高。技術上、管理上完全是資本主義那一套效率性。他們的電影感先進一點。缺點是一切太商業，在片子裡不斷堆積高潮，取悅觀眾。可是觀眾卻很苛，不高興就罵導演、罵戲不好。他們就在電影院裡一邊看一邊罵（笑）。

陳：對台灣有什麼感想？

鍾：台灣很有人情味，很溫暖。我買東西、吃東西、坐計程車，他們一認出我是鍾楚紅，大都說不要我付錢。我當然不答應，甚至多給錢。但我很開心。這種情況，香港絕對沒有。說文化界吧，香港擺明是個市儈、商業性的地方，擺明了不重視文化。台灣哩，當然比香港重視文化，而且在文化上有香港沒有的成就。但奇怪的是，台灣社會也不重視真正有創造力、有才氣的人，對這些人不支持，甚至於嘲笑、輕視（因為他們不會賺錢）。

台灣文化界有兩種人，我滿同情的。第一種是只有小成就，就旁若無人，驕傲自滿。另一種人是真正有才華，有成就，卻沒有人看重，沒有人支持。這種情形，在香港就不足為奇。但在有文化的台灣，就使我不能理解。

因為鍾楚紅還有別的約會，訪談結束了。她建議用她的照片做封面。「這樣，可以使你們多賣幾本。」

初刊一九八五年十一月《人間》創刊號
收入一九八八年四月人間出版社《陳映真作品集7・石破天驚》

1 訪問：陳映真；攝影：黃春明、謝春德；記錄：周厚義。

〔訪談〕擁抱生活，關愛人間

訪陳映真談《人間》雜誌[1]

去年以來，「陳映真要辦雜誌」的消息，在台灣的文化界、知識界轟傳已久。最近又傳出時報文化公司與陳映真協約獨家承銷陳映真的雜誌《人間》，發生戲劇性的波折而成罷論的消息，使原在十一月初創刊問世的《人間》充滿傳奇色彩。一個難得的機會，我單獨訪問陳映真，請他說明有關《人間》的各種問題，以下是這個訪問的精要部分。[2]

姜郁華：人們對於你辦《人間》雜誌的原因，極感興趣，能不能說明一下？

陳映真：首先，我對於報導文學很有興趣，並且一直以為台灣還沒有嚴肅的報導文學。雜誌加強報導攝影是因為這是一個「圖像文化的時代」，而報導攝影自身，又有很強大的魅力。其次，我自己搞了個印刷設計公司，為了餬口，因此集結了一些年輕的編、採、攝影人才。這些人除了餬口之外，更應有創造性的工作。於是我們從去年的六月吧，開始點點滴滴地搞，因為我沒有足夠的資金。

姜：就像人各有殊異的性格一樣，《人間》的性格，或者說宗旨吧，不知有什麼特異之處？

陳：我們在一年前開始籌備《人間》，我們頭一個思想的，就是它的宗旨。有了宗旨，一切才好往下想，往下計畫。《人間》的宗旨是什麼呢？我們有個共同認識：「人間，是一本以圖片、文字去記錄、見證、報導和評論的雜誌。」

記錄，因為台灣在文化、社會、經濟上處於急遽變動的時代，許多外來的、傳統的和自己的東西，正在以令人震驚速度，毫不容情，毫不顧惜地崩潰、消滅與渙散。我們想記錄這些一去不返的東西。見證，是我們想見證台灣生活的驕傲與挫折、光榮與羞辱、進步與落後、發展與停滯。報導，則是以我們各自的觀點與立場，去凝視我們的生命、價值和生活。

在這一切之上，《人間》把注意力集結在人的身上。人，是《人間》興趣和關心的焦點。這一方面是我自己信念上的緣故，另一方面，是我從文學上知道，人，對於另一個人的關心和興趣，是最容易疲倦的。

姜：報導，一般而論，具有為了資訊傳播，為了「去知道」和「讓人知道」，即「報知」的性格。但這「報知性」，也有立場和方向的問題……

陳：《人間》所想報導的，是我們這個社會中另外的、別人的人生和生活。以創刊號來說，我們呈現出台北垃圾山上拾荒的人與生活；一對從屏東一帶來台北共同生活的男女的人與生活；侏儒的人與生活；越戰期間中美混血兒和他們家族的人與生活……。當然，這些都是有趣的故事。所以有趣，部分原因是我們對自己的鄰人太不了解了。台灣在近三十年內，社會急速變化和發展，使我們對別人的生活和思想感情越來越不理解，越來越陌生。這使我們不能相互關懷和溝通。人越來越孤單、焦慮、冷漠。《人間》是想通過報導，促使人們再度凝視別個人和他的生活，透過生命與生命的遇合，喚醒我們的關心、愛和希望。[3]

姜：這是個動人的理想。你使我想起《讀者文摘》，因為它宣傳著某種人與人之間的友情、溫暖、善意。可是，《讀者文摘》有市民階級的市場。《人間》的故事，和《讀者文摘》不大一樣。人們擔心《人間》在中產階級市場中的前途。

陳：不少人跟我談過類似你所說的意見。他們真誠地說他們被《人間》所感動，但擔心「中產階級不喜歡這些社會低層的、『灰暗』的畫面和故事」。他們告訴我，今天台灣的讀者喜歡讀如何賺錢的故事，喜歡玫瑰的色彩，幸福的畫面。《讀者文摘》是百分之百的中產階級的雜誌，散發著中產階級的愛、信仰、樂觀、自足……。其實它是五十、六十年代西方社會連續二、三十年戰後景氣下的產物。長久以來，西方的自由派（不必說過激派），批評《讀者文摘》的價值系統是富裕社會市民階級的「庸俗和保守」。但卻不能否認它有巨大的、國際性的中產階級市場。

其實，《人間》也是個中產階級的雜誌，因為它的創辦人我自己就是個中產階級（笑）。但《人間》和《讀者文摘》有明顯的差異。如果《讀者文摘》代表比較保守、自足、自滿的中產階級價值觀，則《人間》是代表反省的、批判的、革新的中產階級觀點。……此外，讀過《人間》毛本的人，不以為《人間》是「灰暗」的。相反，他們讀出《人間》的溫暖、關懷和對光明的信念。

姜：我的意思，人們從《天下》雜誌的驚人暢銷，看到今日台灣中產階級比較關心利潤、升遷、個人成就與幸福的性格，從而考慮《人間》的市場性。

陳：不錯。《天下》的興旺，具有豐富的社會科學上的意義。《天下》是過去三十年來，台灣比較順利的「依賴性發展」（dependent development）下形成的樂觀主義、管理萬能論、企業精神論的表現。這無疑是真實的。但是，如果「依賴性發展」本身有它的虛構性，台灣的「天下主義」也潛在著它的虛構（請注意，這不是罵人的話）。目前台灣經濟面臨著長期的停滯，恰好是用得著喜反省和批判的中產階級的時刻，也說不定。其次，中產階級本身有兩面性。他們有時候是保守、庸俗、自滿的，有時又是反省、批判和革新的。把中產階級精神世界機械地定位在保守、自足、庸俗這樣一個水平上，怕是不很準確。此外，我總有這樣的想法：既是人，有動物學的一面，也有「反動物學」的一面。有喜歡庸俗的、享樂的、趨利的一面，也有倫理的、關心的、理想的、利他的一面。《人間》訴求的正是後者。人對物質、欲望有飢餓感。這是真實的，這飢餓感因資本主義文化、大眾傳播和商品廣告而無限擴大。但在另一方面，人對於公、愛、關懷、利他心也有飢餓感。《人間》想喚醒這一方面的飢餓感！[4]

姜：作為商品的《人間》，所訴求的「人間性的飢餓感」，是不是需要調查上的佐證呢？

陳：九月間，《人間》出了一本毛樣本，供我們用來做市場調查。結果，反應出奇的好。絕大多數的人受到感動，給予《人間》很高的評價。他們雖然擔心《人間》的市場，但都表示自己願意買、願意訂閱。

接受調查的人有文化人、知識分子、文藝家，也有工人、職員、學生、家庭主婦……。大部分的人都認為《人間》感人、深入、有理想、有關懷、富於人文精神，是一本與眾不同、態度嚴謹的雜誌。對用複色精印的黑白照片，讀者的反應也超過意想之外的好。對於書中的照片，讀者顯示了很高的感受和鑑賞力。這些反應，使我們感到接受調查的人和我們分享了《人間》宗旨與《人間》對人與生活的關切和激動。我想起了三留理男的話：「只要東西好，讀者會來的。」他的非洲飢饉照片，在富裕、飽食的日本社會，同樣引起了熱情的回響。

我始終不願意相信，台灣的出版品消費者一定品味庸俗，不認識好的、高尚的東西。這次小小的市場調查，證明了我的想法。讀者絕不是傻瓜。把讀者先入為主地、輕蔑地認定為讀不懂，不認識好的文化品，又刻意地設計出庸俗、膚淺、色情的出版品賣給社會的出版人，我以為是可怕又可惡。

我相信社會、讀者有對於良好、高尚的出版品的認識力和飢餓感。他們認識好的東西，並且願意為它花一定的代價。

姜：在決定售價時，你有沒有做過調查？

陳：《人間》原來預定的零售價是一六〇元，這定價看來很高，但《人間》因為整個採訪的花費很高，每一篇報導都是艱苦的出差、訪問、拍照和暗房作業的結果，人力、物力上的花費很大，這是讀者在翻閱《人間》時，即使沒有編輯、出版實務經驗的人都能感受到的。再加上紙張全部是用特銅紙，以及所有黑白照片都以複色印刷。這不是我們作風奢侈，是因為我們的報導照片本身是《人間》表達的主要媒體，而不只是「插圖」，要充分表現攝影的訊息，不能不用特銅紙和複色印刷。可是這大大地增加了我們的成本負擔。我們常說外國雜誌好，我現在理解到，這「好」是有具體條件的，是花錢加上認真的工作。

我們不能老是搞仿冒、海盜別人的編輯心血。成本高必然反映在售價上。《人間》一萬本的成本每本將近八〇元！這還不包括廣告開支。這是自殺性的成本。以一般商品零售價的結構，即成本的三倍至四倍來看，一六〇元根本也是自殺性的定價。

現在，我們定價一四八元，有調查上的基礎。從一六〇元到一二〇的選擇中，一四〇元的選擇最多，一五〇元次之，而且兩者的差距不大。我們選擇了一個不超出一五〇元，最接近一五〇元的定價。這定價遠遠不能反映成本，但我們只好寄望社會對它的接受量。如果《人間》每期能賣兩萬多本，我們才能免於財務壓力，專心編輯。當然，一萬本以上的訂戶，可以使我們立於穩定發展之地。

賣三萬本在台灣不是件容易的數目。但是，《牛頓》、《地理雜誌》、《聯合文學》都在創刊時就突破兩萬本。

基本上，《人間》需要社會的接受與支持才有可能生存與發展。5

姜：順便談談時報文化出版公司跟你交涉經銷的始末吧？

陳：這件事大家很關心，應該說明一下。九月間時報文化來談經銷，條件是責任銷售兩萬本，五折計算，時報文化負責廣告促銷。十月十一日臨要簽約，時報文化反悔了，說了一個現在都沒有人承認的神秘理由。時報文化說約沒簽成，他們照樣要「支持」。我看這就免了。一個雜誌只能靠社會支持，社會不支持的雜誌，任什麼財大勢大的人支持也扶不起來，《人間》很窮，只剩下一點自尊，這自尊賤賣了，《人間》的理想豈非糞土？我只希望大家不要把《人間》與時報文化的「羅生門」式的插曲政治化。《人間》只求能與一般其他雜誌享有平等的地位與權利，由社會決定它的命運。

姜：從《人間》上市廣告看來，《人間》受到台灣文化界意見領袖們的熱情支持，這是很令人感動的，談一談好嗎？

陳：我和《人間》的同仁，懷著無比的真誠和感動，謝謝台灣文化界的肯定與支持。這些我們素所敬重的人們，有知識界的胡佛、柴松林、李鴻禧、徐佳士、沈君山、張曉春、詹宏志、陳曉林；文藝界的葉石濤、白先勇、黃春明、王禎和、王拓、三毛、李歐梵、龍應台、尉天驄和蔣勳；生態保育、反公害運動的馬以工和韓韓；攝影界的張照堂、阮義忠、梁正居和關曉榮。他們肯以他們長年來的個人風格與信譽，出面向我們的社會推薦《人間》，這是我們至為巨大的光榮，也增添了我們的責任。我也要感謝許許多多其他的文化人、知識分子和學生，長期以來對我們的關注和幫助。我也感謝沈氏印刷公司的沈金塗先生和他的工人們在印務上認真的幫忙。這些盛情隆誼，是我和我的同仁畢生難忘的體驗，將永銘我心。

從出刊的一刻開始，《人間》就屬於台灣社會上所有有關懷、理想和渴望台灣文化出版品更好的人們。我把《人間》虔誠地交給社會，一起完成美好的事業。

初刊一九八五年十一月三日《自立晚報·副刊》第十版
收入一九八八年四月人間出版社《陳映真作品集6·思想的貧困》

1 訪問、撰述：姜郁華。

2 以下訪問內容，人間版於起始處有小標題「嚴肅的報導文學」。

3 人間版於下段開始前有小標題「反省、批判、革新的中產階級觀點」。

4 人間版於下段開始前有小標題「感人、深入、有理想、有關懷」。

5 人間版於下段開始前有小標題「由社會決定它的命運」。

如戲的人生

訪問張照堂

張照堂是六〇年代以後形成的、台灣最具代表性的攝影作家之一。他的攝影，卓然形成了他自己的視覺、映像上的語言和藝術風格。在這裡，他第一次比較系統地敘說了自己的歷程、思想和展望。

張照堂的攝影，長時期以來，儼然發展出他個人的視覺世界。幾乎每一張他的照片，都有令人在心中「啊！」地呼叫起來的視覺效果。這「啊！」的叫聲，可能是因為張照堂獨有的超現實、神秘或幽默、嘲弄所引起，但無可否認的，張照堂從相機的「觀景窗」捕捉的世界和人生，有明顯的獨特性。

這樣的視覺世界，自然和張照堂對攝影藝術的看法有關。張照堂開始拍攝的年代，是他還在大學求學的六〇年代。在當時，台灣的文藝界，很受到西方「現代主義」的影響。當時的繪畫、音樂、詩，比較偏向於表現人生超現實、詭異、晦澀的一面。要表現這些，在表現技巧上，就必須反叛向來的現實主義的技巧。「當時，我買了20廣角鏡頭，有誇大、突出的效果。」張照堂說：「後來拍久了，覺得效果太模式化，而且相機之物理效果太突出，淹沒了拍攝者的思想和感情。現在我用35鏡頭，誇張性不大，有人說35鏡頭現在算是標準鏡頭了。」幾十年過去，現在張照堂早已揚棄了他大學時代為「現代」而「現代」的風格。「我的照片開始有人，有生活，有環境，有關懷。」張照堂說，「不過，我仍然要保持我自己的風格。這風格，是我不想太明白、直接地去看和表現現實面。我總認為，生活的真實，也包括著生命和生活中常見的超現實面。詭異、孤獨、不能交通、惡夢難醒、神秘……這些面，其實在生命中，也蠻實在的。不，對於我，這些是生活和現實的一個部分。」因此，張照堂認為，好的(藝術)作品，應該把具體的生活與現實和生活中抽象的、超現實的事實溶合起來。「我認為，像六〇年代形式上一味搞『現代性』固然不足取，現在搞得太明白易認，恐怕也是問題。」張照堂說，「在作品中留下較寬的想像的空間，會使作品比較豐富。六〇年代台灣現代主義給我的影響，是我在關懷和凝視現實並加以表現時，我能利用『現代派』的許多『從現實折射出來』的技巧，保留了我個人的創造性。」

問到他拍攝作品的著眼點和哲學，張照堂表示《人間》雜誌的宗旨：「通過攝影去發現、記錄、報告和評論」，與他從事攝影工作的哲學不謀而合。「不過，我的東西蠻個人的。我的發現、記錄、報導，畢竟還是透過我自己個人的視覺、感情去捕捉的。」因此，張照堂的作品，畢竟和嚴格意義的報導攝影——報知，並且在報知的同時，表現出作者對人、對世界、對生活鮮明的價值觀，並以這價值觀表現出作者指導性的意見和批判——是不同的。

這一組題為「如戲的人生」的張照堂作品，是他在擔任《唐朝綺麗男》影片攝影工作的餘暇拍出來的照片。拍攝地點包括坪林、淡水、水源地、七星山、地熱谷、擎天崗、太陽谷等地。它當然不是記錄一個電影形成過程，或報導電影拍攝班子裡的問題或事實的作品，而是作者在參加這個工作的特定環境、機會和時間中，他個人的作品。這些照片，表現出張照堂「巒個人的」視覺世界——詭異、超現實、孤獨、幽默和促狎。有些照片，有很強的劇照式的舞台效果。「如果戲劇是人生的模擬，其實就說明實際生活中強烈的舞台性。舞台性，至少是和現實性相對的。拍戲，是非現實的。但在拍戲的前後，人們的活動，卻是硬生生的生活。這種現實與非現實的交錯，引起我的興趣。」張照堂說，「在拍戲前後，人們還保留著拍戲時的化妝、衣服和道具。那種荒唐、乖謬和某一種無奈和茫然，形成一種強烈的感覺。我喜歡這種感覺，我試著拍下這種感覺。」

拍片使張照堂能在一個外景地點待久一點，也因此能和拍戲的班子裡的人處久一點。「長時間處在一個物與人的環境，是報導和記錄攝影所必要的條件。」張照堂說，「這時間和機會增加了我用攝影去創作的可能性。」在拍戲過程中有很多等待的時間，他利用這比較無聊的時間去看，去觀察、等待，拍出了這些照片。「除此以外，即除了我個人的創作以外，拍這些照片，基本上我並沒有太特別的著眼點和目的。」張照堂說。

張照堂作品中的幽默、諷刺，基本上是溫和、語不傷人的那一種。「拍這些照片的現場，不是什麼辛辣的場合，因此我也不會刻意去表現一種批判或抗議。」張照堂說，「此外，年齡大了，看待生活比較寬容，我沒有了尖刻的批判意識。我表現某些好玩、幽默、嘲弄，但也表現了某種茫然和無奈。我喜歡在作品中表現比較豐富的東西，有熱鬧，也有門道……」

基本上，張照堂不使自己成為一個嚴格意義上的「寫實」的攝影家。他認為直說直拍的作品，限制了作品的「豐富性」，而「溶合了現實與超現實，溶合了主觀視覺與客觀世界」的作品，「能述說更多的東西」。他的作品，以文學來取譬，比較像「現代」詩，像「現代」繪畫，也比較像德布西的音樂，而不像寫實的小說或報告文學。他是台灣旅行的、街頭的創造攝影家中，比較儼然形成他自己的「視像」(vision)、風格，並有統一性的攝影作家。他揚棄了青年時代純形式主義的現代性，但「現代」的技巧仍然是他表現風格上一個重要部分。他關心現實，但在表現上仍然堅持「藝術的素質」，不主張一語道破。因此，他基本上反對為作品附加文字的解說，但又不反對一定限度內的說明。「照片，畢竟不應該只屬於攝影界懂得看門道的小圈。我當然希望更多的人能了解攝影作品。」張照堂說。對於不習慣攝影藝術的語言的讀者，張照堂說，「看，我的作品至少能讓人理解到，對於周遭的人和環境，我們只要開放地、創造性地看，可看到令人驚詫的、豐富的視覺上的可能性。」

一般公認張照堂是一個對年輕攝影者具有影響力的攝影家。但張照堂卻謙虛地說：「那只因為我拍的時間長，而且算是一直有作品拍出來。任何這樣的人，自然會受到注意，尤其是對沙龍或『新沙龍』不覺滿足的年輕人。但我不覺得我有什麼太大的影響力。就那麼幾個與我接近的學生、年輕朋友，只能說他們搞攝影的一個偶然中，有一點受到影響而已。」問到他的作品似乎在國外的評價高過國內，他笑稱不很清楚。「有人說，張照堂應該為一些青年拍照者所走的方向負責。」張照堂笑著說，「這罪名大了。我從來不覺得自己有多重要。我只知道自己一直在拍，其中有一些作品算是還可以。我拍照，單純為了興趣，加上我對自己有一點期許，覺得不應該放棄這個創作生活。此外，拍照有一個特點，就是行動。關在家裡想，絕對沒有作品。你一定得出門，去看，去體會，去拍。這種行動性，對我是一個自我治療、自我克服的過程。有時我會灰心、冷漠、焦慮、沮喪甚至絕望。但我起來行動，出門拍照，依靠實踐就治癒或緩和了我個人心靈上、創作上的疾病。這對我很重要。這是我一直拍下來，將來也要拍下去的原因之一。我不想樹門立派，影響青年(笑)。」說到影響，張照堂以為只要夠努力勤勉，有成績，誰都一定會受到青年的關心和注意，談不上誰該為青年的攝影走向負責。

張照堂目前的風格和思想，會不會改變？

「我想是會的。」張照堂笑了，「其實，也許將來我說出來的話，全是和今天說的話互相對立，也極有可能，正如六〇年代的我變成七〇年代以來的我，彼此有連貫，但也有本質的改變，將來我怎麼變，我不十分清楚，但我以為在創作上『定型』，是創作者的末路了。我想，我是會變的，並且也期待著改變。」

初刊一九八五年十二月《人間》第二期，署名李明

陳映真小說選・序[1]

大抵小說做好之後，結集公刊，總是出版家的事。做小說的人自選作品結集公刊的也不少，但出書的總也是出版人居多。而這本集子，卻是我自己選、自己插繪、結集、裝幀乃至印行的。這是我從來不曾想到自己會做的事。

其實，我會辦《人間》這本雜誌，也是我從來不曾想到自己會做的事。花了一年又七個月的時間摸索、工作，至於正式刊出《人間》雜誌，於今想來，甚至是不可思議的。為了對於敢於信賴和支持這本全新的雜誌的讀者表示我的感激，我決定出這一本為了紀念《人間》雜誌的出刊而結集的自己的小說選。

每天，我都會到會計那兒，看看有多少訂戶的劃撥單進來。每次我翻閱那一張張劃撥單上的名字和地址，我的心中都不能免於充滿了一種溫暖、親切的感情。這些來自省內和海外的訂閱單，彷彿都在說：「人間，加油，我支持你！」

收在這本集子裡的小說，計有五篇，依序是〈將軍族〉、〈唐倩的喜劇〉、〈第一件差事〉、〈夜行貨車〉和〈山路〉。因為這些篇小說，都已在各個不同的本子裡公刊過，為了讓《人間》雜誌的全年訂戶在這本書上獲得別的本子裡所沒有的東西，才想到由我自繪插畫。

我素不曾正式學過繪畫。充其量，我也只不過是自小喜歡塗鴉。少年時，曾經迷過一陣子速寫。此外，一般地受到漫畫的影響。這些插繪，是絕不能登真正的插畫藝術之堂奧的。如果這些不堪的插繪，尚能略微使我在公刊之時免於自慚，是因為這只是一個紀念的版本，是一個完全的素人的手筆罷了。

在《人間》雜誌的整個籌畫和刊行的過程中，我感受到不是語言可以形容的友情和關懷。我由衷地感謝這些文化界、文藝界和知識界的朋友們。我也要再一次對您，《人間》的長期訂閱讀者，為了您及時而熱情的支持與信賴，表示我最真摯的謝意與敬意。

陳映真

一九八五、十二

初刊一九八五年十二月人間雜誌社《陳映真小說選》

1
《陳映真小說選》為紀念《人間》雜誌創刊之收藏版，贈送一年以上訂戶，不另販售。

德蕾莎姆姆和她在台灣的修士修女們

堅信在貧困者、飢餓者、流離失所者、惡病纏身者、被凌辱者、被捨棄者和瀕死者中，尋見受難的基督；以不可置信的獻身，每日從事嚴酷、卑賤的工作，以實踐的人間之愛，在身體和心靈的飢餓、貧窮和荒蕪的現代世界，發散出芬芳、動人的光芒。

去年元月十六日，獲得一九七九年諾貝爾和平獎的德蕾莎姆姆(Mother Teresa)來台灣做了為期四天的訪問。她的訪問，一時間，在台灣的各種大眾傳播媒體上，出現了大量的報告。本刊避過德蕾莎姆姆個人的活動，尋找了她著名的「仁愛傳教會」(Missionary of Charity)在台灣的兩個分支組織，即台南的「仁愛修女會」和台北的「仁愛修士會」，凝視了德蕾莎姆姆所代表的信念在台灣具體實踐的內涵。

〈馬太福音〉二十五章三十五節

在《新約聖書》中〈馬太福音〉二十五章中，有一段充滿啟發意義的經句：

因為我餓了，你們給我吃；
渴了，你們給我喝；
我赤身露體，你們給我穿；
我病了，你們來看顧我；
我在監裡，你們來看我。

千年以來，這一段經文，曾經平淡地被教會視作勸勉教會施行慈善的話，視作教徒個人平時對困厄之人伸出援手、實行救濟的根據。但在漫長的教會歷史中，更多的時候，教會成為世俗體制（institutions）的組織部分，與權者、富者相結合，甚至與世俗的權者、富者共同逼迫和盤剝飢餓者、衣不蔽體者、疫病纏身者和囚犯，成為壓迫性的世俗政治經濟結構的體制性共犯。

最小的兄弟

上述經節，原是以寓言的形式表達的。在最後審判之日，上帝把教徒分成兩種。一種是受到指責的，另一種是受到獎賞的。基督對那些被分別出來受獎賞的教徒說明他們被褒獎的理由，就是上述著名的經節。那善良的教徒，滿心困惑地問：實在他不記得在什麼時候給基督吃過、喝過、穿過、看顧過、探望過和遇見過基督。這時候，耶穌基督這樣回答：

這些事你們既做在我這弟兄中一個最小的身上，就是做在我身上了。

德蕾莎姆姆，把「兄弟中一個最小的」人，做了激進的詮釋。這「最小的」兄弟，對於德蕾莎姆姆和一九六〇年代崛起的「解放的神學」的信徒者，意味著現世中的破落者、弱小者、被侮辱者和被逼迫者；意味著占當前全世界人口三分之二以上，在遼闊的第三世界中，被慢性的飢餓、疾病、匱乏所困的人們；意味著被不公平的體制囚禁的人們；也意味著在富裕、飽食的社會中喪失了愛的力量，孤獨、絕望、喪失了生命的目標與意義，心靈荒枯的現代人。

尋覓至愛的耶穌

在科技每日突飛猛進、物質主義澎湃氾濫的現代，教會普遍地面臨著信眾的庸俗化和大量從教會脫落的重大危機。但是，在同一個時代中，德蕾莎姆姆的「仁愛傳道會」，卻在全世界各地吸引了越來越多來自各國各族堅心守貧、服侍和奉獻的基督徒，每日以不可置信的、最低的物質生活，面對嚴酷的勞動，為不可勝計的飢餓者、罹病者、貧困者、不幸者和瀕死者餵食、看顧、探訪，預備比較舒適、平安的臨終。他們每天做著最沉重、卑賤的勞動，去照料被自己的同胞、親人捨棄和卑視的人們。

到底，是什麼樣的力量，什麼樣的信念，感召著全世界的德蕾莎姆姆的修女和修士們，選擇這樣一種生活的態度？德蕾莎姆姆的一個著名的祈禱：

每一個病人中，讓我們找到祢，看見祢，從而讓我們全新服侍祢。

求祢在那些滿身汙穢、惡臭，面貌醜惡，性情暴戾蠻橫，難以施愛的人們當中，讓我們看見隱密其中的祢，至愛的耶穌。

求祢在我們面對任何卑賤、汙穢、艱難、委曲的工作時，我們也能由衷地說：

至愛的主喲，能服侍祢，真是喜樂！

在一切不幸者、弱小者、被侮辱者、受鞭笞者、貧窮者和飢渴者中，看見她（他）們所至愛的基督。這樣激越地把握了〈馬太福音書〉二十五章三十五節的德蕾莎，對於教外的人，乍看似乎只出於宗教的熱情，而把世之被壓迫者看成神聖，但是對於世界壓迫結構缺少政治、經濟學的分析，從而過度簡單化的感想吧。但就宗教思想之史的觀點來看，卻有著不可忽視的激進性。在信仰和教會體制化的千餘年前，基督，一個貧困的木匠的兒子，壯年的基督，說出「神即是愛」的訊息，無疑是石破天驚的激進的言論。正是這激進的語言，顛覆了法利賽人的信仰系統，建立了新的基督教文明。把為今日世界政治、經濟體制中所困軛的廣大的民族和人民，賦予神聖的性質，從教外的立場看來，其實便為一切人的解放，即一切人從心靈和物質的壓抑中求得自由與解放，以宗教的語言，賦予認識上的重大基礎吧。

被徹底實踐的愛

從德蕾莎姆姆的思想和行動，讓人感到她就是〈馬太福音〉那有名的章節的本身。仔細思量，她的話語，從未超過耶穌的話語；她生活，其實貴在把基督當年的生活具體活出來。她在一切被棄者、不幸者、被虐者和弱小者當中，看見神的擬像，而通過對於世之不幸者的服侍和敬重，貫徹了愛的福音。她那感動凡俗、震驚公卿的魅力，在於她謙卑而嚴肅地力行了基督所揭示的道路。而她所宣說的愛的福音，確實是這荒廢的時代中，人心深處企盼的聲音。尤其在科技發達、物欲氾濫的現代，德蕾莎的宣教，主張人的內部的刷新，讓孤獨、荒廢的心靈重新能相互關愛，確信著超越了種族、國籍、語言、階級和信仰的每一個個人的寶貴而尊嚴的存在，這樣的理念，即使去除宗教的因素，也是具有極為重大的意義。

初刊一九八六年一月《人間》第三期，署名李明

台灣第一部「第三世界電影」

電影《莎喲娜啦・再見》的隨想

黃春明早在六〇年代寫成了他著名的小說〈莎喲娜啦・再見〉，深刻地反省了以日本「買春觀光」為焦點的日本戰後資本主義對亞洲的衝擊與加害，明顯地標明小說家黃春明在批判思想上的高度敏銳和前進的性格。

日本人對於亞洲婦女肉體的嗜欲，象徵著日本經濟帝國主義對利潤的嗜欲。因此，黃春明以日本「買春旅行」為主題的小說〈莎喲娜啦・再見〉準確而高度形象化地批判了戰後日本在亞洲人心目中的日本像，也把握了戰後日本經濟帝國主義在亞洲「進出」的問題焦點。黃春明的問題意識，其實在小說中日本買春團體以「千人斬俱樂部」為名時，便直指日本侵華期間日本軍人在南京和其他地方的暴行，生動說明了日本戰時和戰後帝國主義的同質性。

為了電影的映像思考的需要，黃春明使電影劇本更為豐富了起來。在中正機場上隨台灣赴日觀光客湧入的日本貨品，在夜的台北市閃爍的日本商品廣告，列隊流入台北的日本買春隊伍，都使得幾乎習以為常的日貨充斥的生活現象，變成極具批判力的映像。日政下教育中的語言歧視，台灣媚日文化的殘留，台灣年輕一代對日本的盲目讚揚和對日批判意識的闕如，都以極為生動的映像，直逼我們的良心。在原小說中沒有的黃君的父親，以對日本懷抱無知的傾慕的人物登場，對台灣當下殘存的少數人親日感情做了深刻的反省與批評，也因而使本片的日本批判加深了它的真誠與深度。

在車廂中的一場論辯，是全片的高潮。在日本演員極為認真的演出中，日本與台灣、日本與整個亞洲的戰後關係的癥結，在映像中有極為生動而撼人心智的衝突和迸發，留下引人深思的震撼。

幾年來，有許多我的文學同事的優秀小說在台灣電影化了。一般而言，這些電影化的作品，可能有三方面的缺點。第一，為了市場需要，不必要地增加了庸俗和色情，降低了原作原有的風格；第二，對日本人的描寫顯得幼稚和過度醜化，日語對白的處理，沒有語言上的嚴肅態度；第三，缺少第三世界電影應有的思想批判性。

由於黃春明親自改編，電影《莎喲娜啦．再見》避免了上述缺失。以日人買春為題材的本片，聲色場景的描寫是必要的，但卻沒有必要誇張，而不曾損害本片嚴肅的抗議性格。日本人的人物描寫和日語對話方面，由於合作日方認真的工作態度和對本片中心意念有深入的認識，表現極為優異，令人激賞。最後，由於原劇本思想上表現出鮮明的對日批判，《莎喲娜啦．再見》是台灣第一部堪稱「第三世界電影」的作品，足以與第三世界其他電影並列而無愧色。

導演葉金勝以素人執導，在尚未看到影片時，不免令人憂心。但看完全片，他的工作，有出人意表的成績。葉金勝相當程度地忠於原劇本和原作的思想精神。在全片的形成中，有出乎意外的自然，從而表現出了原劇本的磅礴之氣。當然，在細微末節上，不是找不到這樣那樣的缺失。但在主題和思想的蓋地彌天而來的氣勢下，一些微小的疵誤，自然地顯得不重要了。這正如讀台灣先行代小說巨匠楊逵的小說時，以現代歐美小說美學，或者可以找出一些技巧上的問題，但這些小問題，卻絲毫無損於楊逵小說的成就與意義一樣。

《莎喲娜啦．再見》是數年來台灣新電影中最為重要的作品之一，值得一切中國知識分子、文化人、青年和市民的注意。它在台灣的賣座程度，直接表現出中國人對近代史中，中日關係的態度。注目於《莎喲娜啦．再見》在台灣賣座的人，絕不只是她的製作者印象公司。日本的體制批判系知識界，龐大的日本的右翼文化界，東亞和東南亞反日、日本批判的學界和文化界，都在注視著台灣對電影《莎喲娜啦．再見》的反應。

對於中國，對於亞洲，日本是一個極為重要的存在。如何正確地認識日本，關係著中國和亞洲對日相處之道的探索。基於自己民族利益和歷史經驗的對日本的認識，就不能沒有一個批判的態度。台灣的日本研究還停留在極幼稚的階段。在對日批判異常弱質的台灣背景下，電影《莎喲娜啦．再見》的登場，就有相當重大的意義了。

初刊一九八六年一月二十六日《中國時報．人間副刊》第八版
收入一九八八年四月人間出版社《陳映真作品集9．鞭子和提燈》

兩鬢開始布霜

去年的一年裡，有兩件事，是我難於忘懷的。

首先，是七月七日，中華雜誌舉辦了與往年很不相同的，名為「紀念抗戰四十週年講演會」的七七抗日紀念集會。通過旅日學者戴國煇先生的邀請，有五位日本學者來台參加。這幾位日本朋友自備旅費，來台灣向中國人民就南京大屠殺、日軍當年在中國戰場使用毒氣彈、正確認識中國以防止日本成為軍事大國，以及就日本對中國的抗日戰爭史的研究，做了極為深刻的研究、反省和批判。這些日本學者，在當前日本體制派官僚和學者悍然修改日本教科書裡的日本侵華史實，宣傳日本在「太平洋戰爭」中的無罪論，以「南京大屠殺」為「虛幻」，首相參拜供祀日本戰犯軍人的靖國神社，和在二次世界大戰歷史中抹殺日本侵華戰爭犯罪的洶湧的日本軍國主義回潮背景下，在日本奮力抗爭，苦口婆心地要日本人民不可遺忘日本的戰爭犯罪歷史，以免重蹈日本害人害己的覆轍。這些日本學者告訴我，他們艱苦的工作，已經被日本右翼戰爭勢力戴上「非國民」的罪名，甚至面臨被迫離開教職的壓力。他們因為理解到日本的和平主義和反對日本軍國主義再起的運動，必須團結在二次大戰中被日本侵略戰爭加害的亞洲人民，而來台參加了我們的抗日紀念會。我忝為大會的主席，並且權充一小部分語譯工作，切膚地感受到這幾位日本學者的正義與道德，對中日間的真正和平展望，燃起了希望，對這幾位日本朋友，我懷抱了很深的敬意。尤其是森正孝先生，帶來自力完成的兩部紀錄片《侵略》和《侵略原史》，以極為強力的映像，重現了日本對台灣和中國的戰爭罪行。當一位曾經身歷抗戰的慘酷，被紀錄片刺痛了舊創的觀眾，起而對森正孝怒責日本對中國慘烈的加害時，森正孝哽咽地回答，他今日一切的努力，便是為了代贖上一代的日本人的罪惡，堅決不讓日本重蹈過去的錯誤。在一旁語譯的我，不禁走近他的身邊，緊緊地擁他入懷。我至今猶原難以忘記，那成長於戰後的、年輕的森君，在我懷中飲泣的顫動，如何深深地傳到我激動的內心……。

籌備了十九個月，終於在去年十一月公刊的《人間》雜誌，受到台灣知識、文化和文藝界超出我意想的高度評價。有二十多位學者、文藝家和社會工作者，不惜以他們長年優異的工作表現向社會熱情推薦了《人間》雜誌。接著，又有三十多位學術、文化和文藝工作者，自動捐款，集資十多萬元，購買報紙版面，以文化廣告向社會推薦。許多讀者給我們寫信、打電話、讚美、鼓勵和批評。雜誌出刊以後，同仁和寄稿者忽然成為大專院校邀請講演的熱門名單。有不少的朋友擔心我辦雜誌太過辛勞，損害健康。他們說，「《人間》雜誌有別人可以替代你辦得一樣好。但是你的小說創作卻只有你自己才能寫啊……」

這些激勵和支持使我深受感動。對於朋友、先進和讀者們這樣熱情的愛護，我甚至是驚異而惶恐的。我深知，我的一點工作和創作，其實是還不配受到這麼深的關懷與愛護的。我深深感到名實間明顯的差距，而覺得羞慚。

高信疆兄是幾位擔心編務工作將重大影響我的創作的朋友之一。他終於答應負責《人間》雜誌總編輯，和其他同仁一塊艱苦地生活和工作。信疆兄答允主編的那天，在深慶得人，感念他不減的熱情之餘，我以在這新的一年內交出十萬字小說為約。我公開這原是兩人私下的約束，一面表示對信疆兄的敬意，一面亦所以表明我不悔的創作承諾。

《人間》雜誌出刊之後，我忽然跳進不可思議的忙碌裡。這忙碌，其實與我的不擅理事、個性散漫有極大的關係吧。許許多多來自國內和海外的朋友、先進的信，都不曾回覆，而日日深自咎責。

這過去的一年，因此於我是難忘的一年。在顛躓、困厄的半生裡，這過去的一年，也是我形容開始枯老、兩鬢開始布霜的一年。然而，我卻有這時代中難有的希望和幸福之感。

初刊一九八六年二月九日《中國時報・人間副刊》第三版
收入一九八八年四月人間出版社《陳映真作品集8・鳶山》

電影思想的開放

第一次看中國大陸的電影，是在一九八三年訪美的時候。那時，愛荷華大學的電影週，有一部《西安事變》，便抱著極大的好奇心去看了。我看的這生平第一部大陸電影，令人極為失望。影片中的那些中國近現代史人物，沒有一個是活的。他們全是些刻板、平面化的人物，沒有了人的生命。

後來，我看到了改編林海音原作的《城南舊事》，卻叫我震驚不已。到加州，我又看到《駱駝祥子》，也儼然是具備世界水平的作品。我也在加州大學電影圖書館一口氣看了一些中國四〇年代的老片子的影片和錄影帶，我這才知道，中國的電影，自有鮮明而卓異的傳統，有自己民族的風格、語言、傳統和精神。而我於是也才知道，台灣電影和文學一樣，有一個因為歷史和政治所引起的斷層。五〇年代以後，台灣新文學和中國三、四〇年代的文學傳統斷絕了。而在這斷絕的空檔上，飢餓地在美國和西方的文學中找尋養分，造成二十年西化、模仿的文學。

而在台灣的中國電影，也因為三〇、四〇年代中國電影傳統的中絕，一直使模仿好萊塢、香港和東京的電影，長期支配了台灣的電影內容和形式。五〇年以來，東西冷戰，二體制對立的國際政治結構，如何影響了台灣的文化，回顧之餘，有令人震撼的感受。

七〇年代以後，通過現代詩論戰和鄉土文學論戰，台灣文學逐漸呈現了具有民族風格的形式與內容。在電影方面，隨著戰後第三代導演、劇本作家的湧現，在八〇年代初期，初步出現了摸索自己的風格、語言和思想的動向。這一動向，從目前看來，基本上還不很穩定，仍然受到商業主義的威脅，仍然面臨著電檢、市場庸俗主義、製作上的投機、不嚴謹等作風的有害影響。它的未來和前途，因此也處在一種極不穩定的狀況中，整個台灣新電影的發展，還只是一小群有熱情、有理想，卻在人力、物力上十分孤立、微弱、無援的處境中。

中國大陸電影在文革的摧殘和政治的強大主導力下，當前的情況如何，筆者不得而知。但是由於大陸有中國電影史本身所遺留的、卓越而獨特的民族電影藝術傳統，再加上經過苦難和生活的鍛鍊，大陸電影「有話要說」——即在思考和內容上的強力和豐富性，引起我們的注目。我的這種認識，是從有限理解七九年以後的大陸文學而來的。台灣在七九年前後，也出現過一些看來深具發展前途的年輕作家，但卻一般地沒有進一步發展成為有深度、更成熟的作品。大陸在七九年的「解凍」後，在歷次收、放的轉折中，新舊作家，顯現出令人矚目的發展和收穫。

這是很值得關心台灣文學的人深思和反省的課題。

在這樣的問題意識下，台灣的年輕的電影工作者，以客觀、冷靜的態度去凝視大陸七九年以來的電影，去檢視自三〇年至五〇年這一段中國電影的發展，是一個極為困難，卻又極為重要的事。當然，台灣可能而且應該發展出和大陸電影不同形式，甚至異質的電影，在最終豐富中國的電影。但是，這發展，尤其在港、日、好萊塢電影長期支配下摸索著走出以台灣的生活為主軸的電影時，中國電影傳統的認識、分析和吸收，卻是不可缺少的。

環顧這個充滿了危機的世界，當西方電影越來越成為個人「藝術」的表現，越來越成為富裕、飽食的白人憂悒、疏離、犬儒世界觀的發洩，中國和台灣的電影，似乎應該開始注目於第三世界的電影。關心祖國和人民的命運和出路，關心自己民族在當前世界政治經濟結構中的地位，從而探索人間解放和世界新的和平秩序，是目前第三世界思想、文化、文藝和電影的中心主題。

中國新銳的電影人，似乎有必要做更深刻的思考，在目前平實、回顧貧困的五〇—六〇年代、樸素的人道關懷、真誠樸實的作風完成之後，早日邁開步伐，走向更開闊的道路。目前剪接中的《莎喲娜啦．再見》之所以特別值得關心，是因為它是台灣第一部開展了國際政治經濟視野的作品。思想的解放，是電影創作事業之解放不可缺少的基礎啊！

一九八六年二月

初刊一九八六年二月《400擊》
收入一九八八年四月人間出版社《陳映真作品集9・鞭子和提燈》

世界體系下的「台灣自決論」

冷戰體制下衍生的台灣黨外性格

從香港即將脫離英國的殖民統治說起

前年九月廿六日，中共和英國當局簽署了《香港前途協議》，正式宣布將結束英帝國主義對香港的殖民地統治，香港重歸中國的版圖。中國人民，不論在國共對峙的局面下，各別政治立場如何，都不能不承認英國在港殖民體制的結束，是中國近代史上的一件大事。

在台灣輿論中，對於這個歷史事件的反應，卻不能不說是離奇的。

國民黨對香港問題反應的退縮、笨拙、形式主義和官樣文章，港台兩地，都有人批評。而且揆諸國府近十五年來在外交政策上的僵化和缺乏創意的一貫作風，國府對港聲明之不切實際，早在許多人的意料之中。

但是，平時一貫批評國府政策的黨外言論，在香港問題上，卻表現出和國民黨一樣恐共的保守主義本質，大肆抨擊中共用民族主義和愛國主義作為「陰狠」的「統戰」技倆。對於美國，有人認為老美出賣台灣是旦夕間事；有人則又搬出《台灣關係法》和幾位據說很關切台灣前途和台灣人民的美國自由派參議員，力言美國朋友絕對不會出賣台灣，中共的「統戰」陰謀必不能得逞。然而，言論方式雖有些微的不同，最後總不外是希望台灣的前途應由台灣「一千八百萬人」決定，要求及早實現「台灣自決」。

還有部分黨外雜誌斥責和教訓香港人在過去八十年間，不曾「努力學習管理自己」，奠定「港人治港」的基礎，只貪圖享受殖民地時代的「自由」，不願意負起「民主的重擔」，以致坐失了在國共內戰時期香港獨立的良機。言下之意，香港淪共在即，真是咎由自取！

部分黨外雜誌，在評論《協約》時，清晰、激動地用時空倒錯的戰後冷戰時代的修辭，表現了絕不亞於國民黨的仇共心態。頭腦清醒的人，在讀了這評論之後，不禁會想：到底這些評論家和他們所反對的國民黨之間，究竟差別在哪裡？或者，他們之間，究竟有沒有存在著真正具有意義的差別？

這需要從戰後的亞洲說起。

二體制對立的世界結構

從日本、韓國，一直到菲律賓、泰國……，都存在著緊跟美國外交政策的當地執政黨，和這些執政黨的反對派，即各國的「黨外」。這個形勢的形成，和二次世界大戰之後的局勢有關。

第二次世界大戰打下來，最大的形勢特點，是一場戰爭打出了從未曾有過的「社會主義陣營」來。從十六世紀開始發展的世界資本體制，頭一次和一個對立體制的陣營相對峙。在大戰中，國力發展到高峰的美國，這時便義不容辭地出來，一方面以它雄厚無比的資金和技術去復興在戰後瀕於崩潰的其他西方資本主義國家，一方面在「社會主義陣營」外，拉緊了戰線和防線。韓戰的爆發，美國領導的資本主義對「社會主義陣營」的圍堵戰線，便迅速地建立起來了。

美國的「圍堵」線，是以在世界上星羅棋布的美軍基地，以各國在美國指導下對所謂「赤色」活動分子的逮捕、監禁、槍殺，以對學生、工人運動的殘暴鎮壓，以星條旗的遍插，以趾高氣揚的美國軍人、顧問、商人、專家在各「自由陣營」的「進出」，以若干美國忠實「盟邦」的獨裁政治為代價去「劃」出來的。這一切布署的結果，便是(以亞洲為例)日本的保守政府、南韓……南越、菲律賓、泰國，以至全世界美國基地所在國的親美、買辦政權的屹立。

然而，戰後美國新帝國主義政策，美國在「援助」計畫的美名下對各依賴國家剝削、滲透和支配，在「自由盟邦」的美名下所掩蓋的各國政治獨裁、人權蹂躪，以及在「國家安全」的名義下對各國民族主義、民主主義國民運動的鎮壓，對各國學運和工運的迫害，普遍引起當地人民的反抗。

第三世界各地「黨外」的民族與民主運動

這些反抗，又分為溫和與激烈兩種。溫和的一派，主張以比較「真實」的民主和自由、比較「真實」的民族尊嚴為條件，繼續保持和美國的關係。另外，激進一派的反對者，主張推翻親美買辦政權，從根本上斷絕和西方資本主義世界體制間的任何關聯。

因此，不論溫和或者激進，在以美國為首的「自由陣營」中的半獨立或新殖民地國家，都有反對各當地親美政府的「黨外」。而這「黨外」，又莫不以不同的程度要求從美國與西方帝國主義、殖民主義在政治、文化、經濟上的支配中解放出來；反對各該國政府在「國家安全」的藉口下蹂躪民主，扼殺人權。民族主義和民主主義，成了這些「美國忠實的盟友」國家中不同「黨外」的共同綱領。這便是為什麼日本的左翼各黨批評日本執政黨對美從屬政策，反對《美日安保條約》；南韓的學生和「黨外」堅決反對南韓和日本恢復邦交，批評日美資本的支配和阻礙韓國民族的統一；泰國的學生和「黨外」反對田中訪泰，批判美國的新殖民主義支配的全部原因。至於菲律賓，七〇年代的反美國民運動是菲律賓人民摸索民族解放的一個重要的起點。到了今天，菲律賓人民的民主．民族運動，有了巨大發展，對美國支配下的馬可仕體制，形成堅定的威脅。

韓國的分裂，便是二次大戰後「二體制對立」下最典型的樣板。打過一場由外國勢力直接介入的、劇烈的內戰，南韓成為一個美國「忠實的」、「護衛自由」的「盟邦」。從李承晚到朴正熙，從朴正熙到全斗煥，南韓政府一直是美日兩國所宣稱與其安全休戚與共的國家。為了扶助日本成為世界（資本）經濟體系在東方的重鎮，美國使南韓成為日本工業的一個加工船塢，使日本吸取南韓超廉工資而肥大，並逐步安排日本獨占資本對南韓的支配。在這個過程中，南韓當局在美國默許和日本支持下，以反共、國家安全為口實，演出一幕又一幕鎮壓學運、工運、教會、及一切南韓民族主義和民主主義運動的殘酷場面。而南韓的「經濟繁榮」，便在這個反共、對美日依賴、軍事獨裁，對學生、工人、市民的民族與民主運動慘烈鎮壓的代價上，建立了南韓以新生資產階級為中心的「依賴性發展」，成為「亞洲四小龍」之一，而為歐美中心的經濟學家所津津樂道。

然而曾幾何時，以跨國企業賺取了全世界的美國，現在為緩和國內問題而採取保護政策，包括韓國在內的「四小龍」面臨嚴重的經濟困難。龐大的國債，為韓國帶來沉重的壓力，而韓國的民族．民主運動的黨外與學生，正伺機崛起！

但是，在南韓以美日資本主義為靠山的獨裁體制下鍛鍊出來的南韓「黨外」，他們要求什麼？抗爭什麼？想著什麼呢？

以民族分裂為代價的冷戰體制與「自主的和平統一」

韓國「黨外」的重要一翼「全國學生聯盟」，在一篇題為「沒有統一，何來繁榮」的聲明中這樣說：

> 冷戰體制最大的犧牲——我們民族的分裂和阻斷，實在是全民族無數悲劇的根源，也是我們民族一切壓迫、貧困和對外依賴的癥結。
>
> 由於軍事對峙所造成的緊張而形成的南北隔絕，使我們民族的物質資源用來為同胞相殘做準備，使我們民族的精神資源，用來助長同族間相互的不信任和仇恨，甚至互相抵消、歪扭。沒有祖國的統一，我們要怎麼思考民族真正的繁榮與發展？
>
> （隨著美國與中共的和解、兩極冷戰體制的解凍）代美國而再登場的日本軍國主義，已經成為我們民族自主與和平統一的最大威脅。

在列強對峙的東北亞情勢中，同族相爭是我們民族自滅的道路，因此緩和南北（韓）間的緊張，是我們民族一致的願望。

（最近政府同意透過南北紅十字學會進行會談，只不過是虛偽的姿態）政府全力封鎖與論對此一重大問題的參與，繼續固執錯誤的、不合時的《反共法》和《國家保安法》，對統一言論橫加干涉。因為南北韓緊張一旦緩和，政府就失去鎮壓在國內激發的民主及民權運動的藉口。在焦躁之餘，政府正盡量利用一切機會，不斷鼓吹憂患、危機意識⋯⋯。從南北緊張的緩和到自主、和平統一的過程中，最為重要的是確保自主性，亦即要摒除因外來勢力的介入，使我們不由自主地被推入同族相殘的深坑之危險中。

在此，不能已於言者，是今日南韓對日依賴的深刻化問題。如所周知，日本經濟的對外擴張性，已經在促成日本新軍國主義化的過程，使東北亞的情勢更為緊張。目前，日本早已經完成了對韓經濟侵略的整個作業，不論在經濟上、政治上、文化上，日本正在對韓國著著進逼。

今天，韓國經濟已經成為日本經濟再生產結構中的一個組織部分。韓國政治受到絕不希望朝鮮半島統一的日本國家利益的左右。當以出兵韓國為前提而訓練的「自衛隊」，竟以「保衛韓國」為它的職志時，我們民族統一的道路，又會在哪裡呢？

韓國對日本依賴的進展，促進了日本軍國主義的再生，以這樣的日本為奧援而引其登堂入室，足以刺激對日本懷抱著傳統危懼感的北韓和中共，使南北韓再次陷入緊張激化、軍事對峙和同族相殘的命運中……。

為了完成我們民族當前的任務，我們應盡最大力量組織和形成一個民族主體勢力。應該集合學者、專家、「黨外」政治家形成一個形式上的結黨機構。這應該是除了一小撮在外國蔭庇下獨占、腐敗、特權的反民族勢力之外的一切國民自動自發的參與，才能成功。

我們要將這民族主體勢力加以組織化，集中全民族自由表露的意志，以更積極的態度，為民族統一而努力。我們更斷然粉碎一切為了一黨一派的私利，援引外國勢力，助長我們民族內部分裂的一切陰謀。

——原題「高舉民主、民族、統一的大旗；一九七一年後半期學生運動的諸課題」

一九七一年九月發表

韓國進步的學生認識到韓國民族的分裂，是二次戰後「二體制對立」、超強對峙下冷戰結構的產物。當權的韓國當局，為了一黨一派之私，以「國家安全」和「反共」為藉口，壓制要求民族解放和政治民主的國民運動，援引絕不願見韓國統一的外國勢力，阻礙國家統一。因此，韓國的學生呼籲：建立韓國的民族自主力量，為韓國的和平與統一而奮鬥。像這樣的見識，在台灣的黨外和學生中，絕無僅有。

在美國政策的長期宣傳與影響下，台灣朝野有關台灣與中國大陸關係的論調，是支持、要求美國出售武器給台灣；是要求台灣一千八百萬人「自決」，以便如美國所願的使台灣成為「二體制對立」中世界經濟體系版圖的邊境前哨；並援引資本世界體系各國對台灣的「地位未定論」來支持台灣與大陸分裂的合法性；且千方百計、苦口婆心要國民黨放棄其自稱代表全中國的立場。

台灣黨外性格的根源

一九四九年中共統治中國大陸，從世界體系的觀點看，是對這資本主義世界體系的一個重大打擊與挫敗。在驚惶之餘，美國以「台灣地位未定論」為藉口，使美國第七艦隊對中國的干涉合理化。台灣和大陸的距離，成了所謂「自由與奴役」、「自由與共產」之間的鴻溝。三十多年後，台灣黨外認真地從國民黨、從世界體系承接了這個冷戰時代的思考方法，卻丟掉了國民黨不能不當作看板而保留的「台灣是中國的一部分」這個主張。相形之下韓國「黨外」，對「冷戰體制」與「祖國分裂」以及與「同族相敵」之間的關係，對買辦政權援引外國勢力而阻礙民族統一，對韓國被組織到日本新殖民主義經濟圈的依賴地位，皆有台灣黨外所不能望其項背的深刻認識。

台灣黨外對政治、經濟與國際事務的思考方式，準確反映了台灣近二十多年來加工出口經濟的精神面貌。作為美日帝國主義資本一個加工出口部門的台灣經濟，是世界先進中心國依照自己的形象，在各落後的邊陲國中塑造的。在世界經濟體系下，落後國的資本主義，是因外來新殖民主義獨占各地市場、原料與勞力的需要，以貿易、投資設廠、援助、貸款……等方式，外爍而非自然自發地形成的，這些不因民族自己的需要和目標而歪扭地發生的資本主義，產生了與民族需要和目標脫節，卻充分因應外國資本需要和目標的中產階級。因此之故，台灣黨外運動的性格，亦充分反映資本主義為了世界經濟體系的利益，阻礙和反對國家統一、民族解放的基本要求。

反省與再生

台灣黨外的「自決論」和「海外台灣人」的分離論，表面上看來，都是以「台灣一千八百萬人」的獨立自主為奮鬥的目標。事實上，從二次戰後的「二體制對立」的總形勢看來，「自決」、「獨立」後的台灣人民，依然會是「冷戰體制」下美日新殖民主義體系下的奴隸。放眼世界，在受到美日帝國主義支配下的發展中國家，莫不存在著反民族主義、援引外勢壓迫國內民族・民主主義運動的買辦當局，和與這個當局政權相對抗的、反美日帝國主義、高舉著民族・民主主義旗幟，團結了工人、農民、學生、知識分子和民族資產階級的「黨外」力量所組成的結構。

台灣黨外和國民黨之間的體質雷同、性格重疊，在富有民族解放和愛國主義傳統的台灣，顯然是一個歪曲的歷史下的產物，在性格上無法完全肩負起革新與進步的任務。反帝、反資、民族和平與民族團結的革新潮流，將有待新一代充分代表台灣勞動大眾和進步知識分子的新黨外運動的誕生與成長來推動。

今後，台灣的黨外在思維上如何自求進步，在思想上突破由資本主義、世界體制所設下的框架與符咒，以及如何對這些問題進行深刻的批判與反省，怕是一個相當重大的課題了。[1]

初刊一九八六年二月《夏潮論壇》總五十一期，署名趙定一
收入一九八八年五月人間出版社《陳映真作品集13・美國統治下的台灣》

1 根據人間版篇末編者說明，永台的駁論〈論奴隸性〉，刊載於一九八六年三月《夏潮論壇》。

從台灣都市青少年崇日風尚說起

最近兩年來，在以台北市為首的台灣城市中，有一部分青少年，表現出對日本服飾、髮式、歌星、歌曲等日本青少年流行文化的熱烈模仿和學習的風尚。這一風尚，逐漸發展成對日本文化、社會和國家的，極為膚淺的傾向和崇拜，而引起部分文化評論人士的側目和憂慮。

遲來的日本影響

台灣經歷了五十年日本殖民統治。一九四五年台灣光復之後，台灣許多有識之士，就展開學習中國祖國文化、清除日本文化影響的熱烈而主動的文化運動，日本的政治、文化、軍事勢力，也隨日本之戰敗而退出台灣的生活。一直到一九六〇年代中末期，美國對台灣經援停止，日本在戰後急速復興的資本主義，在美國安排下，開始再次將它過剩的資本以貸款和投資的方式，再度介入台灣的國民經濟中。

從理論上說，日本的文化影響，理當隨著日本資金、技術和商品重新在戰後對台灣再「進出」的六〇年代中末期，就已重新在台灣登陸，而發揮絕不亞於美式文化、價值體系……之對戰後台灣的影響的日本影響。

但事實卻不然。當美式價值、文化、思想、制度自五〇年代起在台灣的教育、思想、文學、藝術、經濟和農業等各方面展開壓倒性影響之同時，六〇年代末，政府停止了日本影片的進口。日語文在文化媒體上以行政命令加以禁止。日文書刊雜誌和報紙的進口，受到比英文書刊、報紙雜誌更為嚴格的控制，而且嚴厲限制日本書刊的性質於理工科技方面。

政府的這一措施，一方面來自國民黨在抗日期間經歷日本帝國主義殘酷加害而來的、內化了的反日性質，另一方面，也未始不在防止日本文化與台灣民間的再濫存，促成台灣民眾對政府的異心。

政府的此一政策上的、有意識地防杜日本文化影響在台灣的展開，使得日本資本、技術和商品進出台灣的同時，人為地阻遏了日本文化在台灣的「進出」。

日本文化影響在台復活的背景

但日本對台灣的影響力，卻一直強力地存在著的。在中國現代史中，國民黨與日本之間，存在著極為複雜、微妙的長期關係。這樣的關係，使得國府與日本之間，同時存在著對日本的刻骨仇恨和對日本的千絲萬縷、難於分割的特殊關係。在國共抗戰期間，由於日本軍閥以反共、滅共為名，不但出兵中國，卵翼親日傀儡政府，也還與國府相互進行過政治的和軍事上的協力關係。日本戰敗，日本頭號戰犯岡村寧次還受到國府禮聘，以軍事教練的地位，為國軍訓練反共、剿共的軍事方略，是人盡皆知的例子。

國府遷台之後，台灣在國際社會上的身分，首先是政治上仰賴美國，其次則經濟上仰賴日本的掖助。因此，台灣的國府「知日派」和日本保守派當權政治閥系，展開極度親善友好的關係。從吉田茂、芳澤謙吉、佐藤榮作一直到岸信介這一系在戰爭時期為日本侵華政策力行者，從戰敗國的戰爭官僚，一變而為台灣的老大哥，受到我們極度的優禮與籠絡。隨著戰後日本資本主義發展和日本資本在東亞的擴張，到了六〇年代末，佐藤首相已經公然狂妄地向世界宣稱：台灣海峽的和平，對日本國防有重要關係云云。一個戰敗國日本，至此卻公然擺出干涉中國內部事務的姿態。在這種國內政治和國際政治的特殊結構下，曾經領導過億萬中國人民抵抗日本的國府，失卻了立場。因此，在戰後四十年台灣的歷史教育中，嚴重地忽視了對日本侵華、侵台歷史教育，在政策上，對日依賴取代了對日批評，長時期不談抗日，不舉行任何紀念抗日戰爭的活動。另外一方面，大學或大學外的日本研究極端粗疏和落後。台北某大學日本研究所中，充斥著舊時親日台籍學者，對日本不但沒有獨立、批判的學術立場，更不允許研究生對日本採取獨立、公正、客觀和批判的研究！

新的日本崇拜

在上述的結構下，戰後四十年的今天，終於在台灣發展出一股新的日本崇拜。這新的日本崇拜論，主要表現在以下的三個方面：

首先，是對日本戰後資本主義的快速復興的崇拜。這一傾向，尤其以Vogel的《日本第一》一書在台翻譯發行為起點。日本的戰後復興受到歐美白人中心論的經濟學者所樂道，把日本的戰後資本主義復興，作為東方國家依西方資本主義發展規律成功地完成「現代化」的代表，而加以過大的評價。這一派學者，有意忽略日本的資本積累與日本戰前向台灣、朝鮮和中國進行軍事擴張的密切關聯，也有意忽視日本在戰後「二體制對立」的世界結構中，在韓戰和越戰中掙取戰爭財富的事實，也有意忽略日本在美國卵翼下，建設世界資本主義體系在東方的棟梁這個世界戰略中，助長日本戰後的經濟帝國主義，以日本過剩資本向東亞各國進出的事實，而單純從日本的文化傳統、民族性、管理體制和東方商法、對西方衝擊之回應態度等，附麗了日本戰後成功地現代化的原因。在近二十年間，以「半邊陲國家」而在出口導向經濟中取得一定成就的台灣，因而掀起了對「日本式管理」、「日本式商法」的迷信與崇拜。

其次，在台灣反體制黨外民主運動中，由於承繼了五〇年代美蘇冷戰的心智，產生了一股或明或隱的反華心態。他們從反對國民黨，發展成不反對國民黨所反對的事物這樣一種態度。四十年來，台灣官式反日、抗日言論的僵化和教條化，使我們的黨外產生「只有國民黨、外省（中國）人才反日」這樣一種邏輯。因此，台灣反體制黨外運動，成為第三世界反體制運動中唯一不批判美、日強權的一支。

第三，由於這股新的日本崇拜，由於台灣在中國現代史教育中刻意忽略抗日歷史的教學，有一些青年，宣稱「拋棄歷史包袱，重新認識和學習日本」，以為反日、對日批判，是「老一代人」與日本的歷史恩怨所造成的「包袱」，從而以反日和日本批判為盲目、無理性、不客觀。於是我們的青年要「拋棄」這「歷史的包袱」，重新去認識日本，向日本學習。而這認識、學習的具體內容，也無非是日本式管理、日本商法等層次低落的東西。相形之下，今天南韓、中國大陸、泰國和菲律賓的學生、青年鮮明的反日和日本批判的認識高度，是我們一些只知日本的賺錢法的青年，所不能望其項背的。

小兒女的日本崇拜，是一種複雜的被害

因此，台北市西門町青少年小兒女的日本崇拜，其實是一個複雜的戰後親日、依日結構下的，最為膚淺的反映。這些小兒女，只不過是模仿日本青少年的髮式、衣飾、鞋襪，崇拜日本的青春歌唱或電影明星，比起四十年來台灣在文化上、價值上、語言上、思想上的長期美國化，時期既短，深度和廣度皆不能比擬。我們的文化評論家，不曾反省、批判台灣的長期美國化(尤以近年來大量美國速食工業的登場，和即將在政治壓力下對美國商品大開門戶後為尤然)，卻獨獨對小兒女的膚淺的日本崇拜憂心如焚。事實上，今天西門町小兒女的崇日風潮，只是具體而微地表現出台灣教育的嚴重缺失，使青少年失去生活的意義和目標，失去清晰的民族和國家的認同，並且使他們成為在戰後四十年來政治、經濟和文化上的親日和對日無批判的複雜結構下被害的一代。與其責備那些醉生夢死、懵懂無知的小兒女，嚴肅反省崇洋媚外的台灣的文化結構和政經結構，恐怕才是當前的要務吧。

初刊一九八六年三月《中華雜誌》第二十四卷總二七二期
收入一九八八年四月人間出版社《陳映真作品集8・鳶山》

共同的探索

為台灣前途諸問題敬覆永台先生

在回答永台先生的來信之前，我想有必要將上一期登在貴刊中拙文的主要論旨概括一下。這是因為永台先生顯然不曾十分理解拙文的原意，比較急著提出他自己的有關「台灣人民有權決定台灣的命運」這樣一個想法的緣故。

原文要點的提挈

拙文〈世界體系下的「台灣自決論」〉的論旨，概括地說來，是這樣的：

(一)第二次大戰之後，世界根本地形成一個由「自由陣營」(以美國為首的，從十五世紀發展過來的「資本主義世界體系」)和「共產陣營」(以蘇聯為首的，社會主義國家群)相互對峙的所謂「二體制對立」結構。

（二）為了防杜「貧窮、奴役、擴張、獨裁」的共產陣營，美國對蘇聯與中國大陸展開圍堵的全球性戰略。隨著圍堵線的建立，許多國家的國土分裂了（南北韓、台灣與大陸、南北越、東西德），許多國家以大舉鎮壓各國工運、學運、社會主義者和民族解放分子的代價，建立了親美、受美國支配的獨裁、買辦政府。

（三）這些在「自由戰線」上的美國扈從國家內部，為了反抗壓制，反對帝國主義的收奪，自然地形成了反對專制體制的民主運動和反對新帝國主義的民族運動。對於這民主·民族運動，美國帝國主義和它的扈從政權，當然採取鎮壓的政策。而反獨裁專制，反對帝國主義，便在廣泛的「自由陣營」中，成為「落後」國家的反體制「黨外」運動的共同綱領。

（四）以韓國黨外為例，韓國的反體制「黨外」學生、青年和民眾，反對由外力干涉造成的民族分裂與國土分割，而力主民族和解與國土統一，對於造成民族分裂、國土分割的當權體制和日美帝國主義，提出痛烈的批判。

（五）相形之下，台灣黨外部分人士卻極力主張使大陸和台灣的分裂凝固化，極力主張美國應干涉中國事務，要求美國售賣武器給國民黨政府，確保國土分裂和同族相敵，對帝國主義干涉毫無批判的態度。

（六）台灣部分黨外的此一性格，與台灣資本主義的附庸、非自主的性格，以及外爍多於自發的性格，有密切關係。

（七）要求黨外在思想上自求進步，突破世界資本主義體系之框架，在批判和反省中求運動之新生與前進。

奴隸的解放，應該從制度的解放著手

永台先生提出的第一個質問是：「黨外是因為反對做任何人的奴隸，才主張台灣人民應該有自主權，以決定台灣的命運。他們怎麼又會想當美國人或日本人的奴隸呢？趙先生的說法，顯然不合邏輯，且過於情緒化。」

永台先生的質問，是從拙文的結論部分而來。那結論說：「從二次戰後的『二體制對立』的總形勢看來，『自決』、『獨立』後的台灣人民，依然是『冷戰體制』下美日新殖民主義體系下的奴隸。」

即使是古代的奴隸，也是奴隸制度下的現實。個別奴隸的存在，和一個奴隸的制度有關。在「二體制對立」的結構（體制）下，韓國、台灣、（過去的）南越、泰國、菲律賓，以及更多中南美洲之親美政權，幾乎沒有例外地，在政治上、經濟上、軍事上、文化上和思想上受到美國或日本或其他西方先進資本主義國家的支配、掠奪、壓迫和榨取，李承晚的南韓是這樣，代之而起的朴正熙也是這樣，今天以政變取代朴正熙的全斗煥也是這樣。但正在奮鬥中的金泳三、金大中如果取代全斗煥會不會不同呢？不同的機會相當大，理由是，今天韓國的黨外，對日美帝國主義有批判的傳統。而我們擔心，一旦台灣經「自決」而獨立成為台灣民主共和國之後，屆時當權之今日黨外，由於一貫不但沒有對日美新殖民主義的批判認識，而且一貫以有美日關係和奧援驕人，能不成為美日新殖民主義的「奴隸」的可能性，恐怕就太小了。

國民黨來台四十年中，雖然在政治上、軍事上、經濟上高度依賴美日，但國民黨的高度政治警覺性，畢竟沒有接受美國支配力量深入軍中、政府(例如由美方支發軍隊糧餉，由美方擔任高層軍政官僚等等)，換成黨外，有沒有這警覺，是值得擔心的。

永台先生，我們對黨外「不願做任何人之奴隸」的信念之誠，從不懷疑。我們想說的是，如果無法突破「美國友人」、「民主、自由陣營的盟主美國」、「自由陣營」、「共產極權陣營」這一類五〇年代反共冷戰的詞語去思考，如果對「二體制對立」和「資本主義世界體系」沒有基礎的理解，如果對窮國對強國之經濟、政治上的依賴結構不曾理解，如果戰後世界新殖民體制不打破，台灣的黨外就不能免於當現代新殖民主義的奴隸。全斗煥如此，馬可仕如此。戰後新殖民主義的體制不打倒，大國對小國的奴隸處遇，就無從避免。

民族自決乃針對殖民統治而提出

永台先生說，民主和民族自決，是「時代的潮流」。像台灣前途這樣的重大問題，應經由「公民投票」來決定。

其實「民族自決」雖然是三〇年代戰後的口號，如果把它解釋為民族不論大小，皆有其民族解放、國家獨立之權，那麼，這主張在存在著民族壓迫的新殖民主義時代，這是一個「時代的潮流」。永台先生一定知道，「民族自決」，是針對著殖民統治而言。目前台灣的「自決」，卻對國民黨統治而提出。則國民黨理應是個殖民統治者了。既為殖民統治者，那麼國民黨這個「殖民集團」的「母國」又在哪裡呢？中共政權下的中國大陸嗎？這恐怕有點「不合邏輯」也說不定。永台先生如果認為台灣人是「台灣人」，國民黨或中共全是「中國人」，「中國人」在台灣統治「台灣人」，不論國共如何爭吵，都是異民族對台灣民族的「殖民統治」，那麼，這就大有商榷餘地了！

所謂「殖民主義」，所謂「殖民統治」，是一個社會科學上的問題，有一定的學術上的界定。國民黨對台灣的統治、中共對台灣主權的主張，是不是社會科學上的殖民主義，是學術上的問題，此處就不必費辭了。而且以目前既有的社會科學標準來衡量，永台先生的中國對台灣施行殖民統治論，一定站不住腳。

殖民統治至少有一個簡單的界定標準，即統治者與被統治者雙方在民族上，是相異的民族，同時，在階級關係上，又絕對性地是支配與被支配的關係。日據時代，一切統治者皆在民族上為日本人，而在社會階級上，凡統治階級皆日本人，被統治階級皆台灣人。以這尺度來衡量，很多在台灣的社會階級上淪為工人、妓女、貧民……的人中，有不少是外省人（永台先生所說的「中國人」）；有很多官僚、大資本家、大買辦階級、工廠主、企業管理人是本省人（或永台先生所稱的「台灣人」）。但在菲律賓的美國人和菲律賓人的關係，日據時代日本人和「台灣人」的關係，古代羅馬人和猶太人的關係，卻絕不是這樣的。

「公民投票」的種種

其實，永台先生應該對美國提出台灣的民族自決才對。因為，真正支配著台灣政治、經濟和軍事的，是美國。當然，永台先生是絕不認為美國在台灣有殖民統治的。不，永台先生毋寧希望美國協助「台灣人民」趕走「中國人」吧！

說到「公民投票」，先不說台灣事實上是分裂國家，而不是殖民統治，根本談不上「公民投票」，即使是「公民投票」也存在著相當複雜的問題：

第一，「台灣人民」有一千八百萬，總要有階級構成之分析吧！不同階級的「台灣人民」，有絕不相同的政治、經濟利益。「自決」建國後的台灣，黑手的台灣人民依舊是黑手，王永慶級的「台灣人民」依舊或者更加是政治、經濟上之支配者。在永台先生舉行公民投票之前，有誰能保證讓廣泛的台灣勞動人民清楚知道投票後的命運呢？

第二，以目前情況來看，「台灣人民」在選舉中大搞派系，大搞金牛銀彈，大搞賄選買票，這當然與國民黨「中國人」有意敗壞選風有關，但如果台灣人民的民族自決意識夠高，台灣人民對「中國異族」的統治真有刻骨之仇，一定不是這個樣子。以這情況來辦「公民投票」的結果是什麼樣的，永台先生或者可以想一想，恐怕也未必如永台先生所想的那個結果。

第三，說起來也許有點像笑話，如果「公民投票」的結果，是「台灣人民」連台灣民族也不想當，大多數票決使台灣脫離中國，而要求成為日本的一個郡，或美國的另一個新州，永台先生會對這投票結果採什麼態度呢？

第四，在目前美國支配下，美國會聽從這公民投票的決定，讓一個獨立的台灣破壞了美國擴張主義的全球戰略嗎？

一九八六年三月

階級壓迫與民族壓迫的分際

接著，永台先生耐心地為我們重述了在海外常聽到的另一種台灣史觀。永台先生說台灣人的祖先是不願受滿清異族的統治，渡海來台。其實，漢人反滿，是種族主義，遠遠不是永台先生所想的，現代意義的民族主義（它因現代帝國主義的壓迫而興起）。臣僚在皇帝面前即使不以奴才自稱，其實也是一種奴才的存在吧。「台灣人的祖先」之來台灣，與其說是「不願做滿清的奴隸」，不如說是為艱苦的生活所迫，他們和到南洋去討生活的華僑一樣，逃離窮困的原鄉，出外謀生，恐怕才是真正的動機。

至於說「反抗滿清的統治」，永台先生該知道，中國農民在生計無著棄地逃亡，嘯聚山林，反叛地主士大夫官僚階級的封建政權，其實是史不絕書的，在台灣的中國農民，自然也不例外。至於這些台灣早期移民，有沒有永台先生想像中的「台灣人意識」，恐怕要做實事求是的調查研究才比較可靠吧。

階級與民族問題的連帶關係

永台先生說清廷割台，「台灣人民起而反對，並宣布成立台灣民主國」。永台先生似乎應該知道，這個由士紳官僚組成的「台灣民主國」，其實是獨立其表，遙奉大清其實的，不但沒有任何今日的分離主義內容，借用一句分離主義者慣常使用的話，簡直就是「大漢沙文主義」！永台先生說到日軍登陸台灣後，從武裝抗日到政治、文化抗日的英雄歷史，我們完全同意。問題在於：在武裝抗日中，台灣的民眾，是以漢人的意識和日本帝國主義對抗呢，還是以「台灣人」——尤其是意識地和漢族切斷紐帶的「台灣人」而與日本人對抗？這也要採實事求是的研究吧。

在日政時代，「台灣人」是與「日本人」而不是中國人相對而稱；「本島人」也是與殖民者日本的「內地人」而不是漢人相對而稱。台灣畢竟是割讓，和全國淪亡、失去祖國的許多殖民地不同。永台先生不應忘卻，對許多「台灣人的祖先」，祖國中國不曾滅亡，在民族的認同上，「台灣人的祖先」有比其他亡國的殖民地人民更強的精神支柱。

如果搞一點實事求是，「台灣人」這個特定的分離主義概念，一定要為它找歷史的話，勉強地說，只有三十年。這個概念的事實絕不在過去的「台灣四百年」的歷史中，也不在現在。這概念與事實上可能的機會，是在以後的五十年、一百年、兩百年。

至於說日本時代的台灣地主、資產階級「和日本政府密切合作，他們的後代，現在則和國民政府沆瀣一氣……」，在最概括的意義上，也許是對的。但永台先生大概也知道日本時代第一號走狗辜顯榮，是農村流亡無產階級出身，但他的自身和後代，卻頗符合永台先生所做的定性和總結。辜顯榮的「後代」，不但有國府的高官顯要，也不必諱言出過一位主張「台灣民族」，在東京轟轟烈烈地搞過獨立運動的辜寬敏。七〇年代，美國更易了對華政策，這辜寬敏「委員長」毅然投降國府，「背棄」了「台灣人民」而和「中國人」沆瀣一氣，保有榮華富貴。另一個大地主林獻堂，不但終生與日本帝國主義戰鬥，他的子孫，也並沒有同國民黨「沆瀣一氣」。

黨外和國民黨體質的雷同之處

至於我批評某些黨外和國民黨體質雷同，與上述的論旨無關。說部分黨外和國民黨體質雷同，原因在：

(一)意識形態上，同為反共、資本主義、「議會政治」。

(二)在階級代表性上，它們都代表台灣的鄉鎮到城市的中產階級、買辦階級。

(三)在對待美日帝國主義上，兩者都是無批判的、依附的、互相爭寵的。

(四)對廣泛勞動者的利益，雖有程度的差異，兩者基本上是淡漠的。

永台先生說黨外為台灣民主化而努力奮鬥，這是對的。毫無疑問，三十年來，領導台灣的民主主義鬥爭貢獻最大、犧牲最鉅的是台灣中產階級黨外運動，這是任誰都無法抹殺的歷史事實。但也要注意五〇年代到七〇年代也有無數的人為台灣的民主化而被殺、被囚，把聚光燈集中在美麗島前後的黨外，當然就有失實之處。

黨外為促進民主，反對腐化，為台灣大多數人民的福祉而反對「任何形式的獨裁，包括極右的法西斯專制和極左的共產黨獨裁」的主觀真誠性，我們絕無絲毫懷疑。問題在於對於巨大的帝國主義支配毫無認識、批判和防範力量的目前黨外，一旦掌權之後，如何不會變成另一親美的買辦獨裁政權，壓制將來的台灣民族．民主運動，就目前的狀況看來，我們實在沒有很大把握。

至於反對「極左的共產黨獨裁」，別說永台先生反對，體制化社會主義國家內部也有反對和批判運動。中國大陸的民主運動，波蘭內側的團結工聯都是活鮮鮮的例子。問題是，這些民主運動，它的文化、思想的內涵，又恐怕是永台先生比較陌生的一種，和今日永台先生所熟知的黨外，在氣象上自有不同了。

開放與自主的兩難

鄧小平對美日帝國主義開門之後，使充滿了矛盾的世界資本主義體系找到超廉工資的勞動市場，引起世界左翼理論界的嚴重批判。我的拙文中，從沒說過大陸接受美日資本是「對的」。但永台先生卻不能說，大陸也向帝國主義資本開放，所以台灣向美日帝國主義開放是對的。要不要接受和利用外來資本的是與非，在於一個國家在接受外來資本的整個政策的自主性。為了達成國民經濟計畫的一定目的，決定接納外資，自願忍受某種程度的剝削與痛苦，不能一概說是「新殖民主義的奴隸」。但是，許許多多的「經援」、「投資」、「經濟合作」，往往是為他國而不是自己的需要，並且附帶著十分酷苛的利息、政治、軍事的條件。永台先生想一想，一旦台灣獨立建國，對美日資本假「經援」、「經濟合作」而來的壓力，究竟有多少討價還價、抵抗脅迫、抓緊自主性的可能呢？屆時，這個「台灣人政府」的成績是不是就一定比現在的國民黨好呢？

到底是誰侵略了誰

永台先生最大一個認識上的錯誤，莫過於把弱小國家的農產品、原料和輕工業產品向先進國輸出，和先進資本主義大國以昂貴工業品向弱小國的輸出，或先進國以其剩餘農產品挾政治威脅而向落後國強迫傾銷，等量齊觀，這錯誤的根源在於：

第一，工業產品的價格高昂，而且往往具有壟斷性，買入的弱小國家沒有議價的能力。我們以超昂貴價格買下核能電廠，卻要以多少「輕工業產品、紡織品」去交換呢？

第二，美國對台灣有實質上的主從關係。萬一索拉茲參議員要向永台先生推銷台灣不必要、甚至足以打擊台灣工農業的美國產品，永台先生屆時大概很難說個「不」字。

第三，美國對台灣，在實際政治、經濟、軍事、外交、文化……上，有實際的支配力量，永台先生絕對不會以為有一天，台灣也會對美國產生同樣的支配力量。

「在經濟上是美國在侵略台灣，還是台灣在侵略美國？」（永台先生語）問題是問得勇壯，但恐怕沒人會說是台灣侵略了美國。當然，永台先生的意思，是說強國弱國的經濟關係是平等的，無所謂誰侵略了誰，這其實又是一個極為粗淺的國際經濟學問題，與其在這兒呶呶不休的談論，不如請永台先生想一想，從五〇年代一直到今天，韓國、泰國、菲律賓、中南美洲和非洲的民眾、學生、青年和他們的黨外，反對帝國主義經濟掠奪的鬥爭，無日無之、從不間斷的這個具體事實來做個判斷。

共同在知識上求進步

永台先生說「有人」想「煽惑」人們「不要愛台灣」，「要愛那我們從來未見過的中國大陸和那封建的中共官僚獨裁統治」，我堅信那不是指我而言，因為我在拙文中從未這樣說過。永台先生來信中的一套想法，其實和一般主張台灣「自決」、「自救」的理論差不多，在我們看來，一直脫不出以下這些限制：

（一）對中國的憎惡、輕蔑這些五〇年代冷戰時西方的蔑華、反華情緒。

（二）對美日帝國主義不但不批判，而且是溫存、依附的感情。

（三）在意識形態上，是保守的、反共的、中產階級的「自由經濟」和「議會民主」主義。

即使為了「台灣民族論」的發展，為了獨立建國運動在理論上的需要，永台先生也應該要更用心地閱讀，更深入地思考，不能老是用些過分簡單的認識，去對應越來越複雜的問題，讓我們彼此在不同的方向上共同探索台灣未來的可能吧！[1]

初刊一九八六年三月《夏潮論壇》總五十二期，署名趙定一
收入一九八八年五月人間出版社《陳映真作品集13・美國統治下的台灣》

1 根據人間版篇末編者說明，永台的駁論〈論台灣的過去與未來〉，刊載於一九八六年四月《夏潮論壇》。

台灣的殖民地體質

也談台灣的過去與未來

永台先生主張「『台灣人』和『山東人』、『四川人』、『廣東人』一樣，只是指某一省的人，大可不必和『中國人』對立起來使用」，並且認為我在這一點上「似乎和許多外省人一樣，太敏感了些」。這很出乎我的意外。不論還存在著多少疑點，我們以為應該相信永台先生的這個立場：「台灣人和四川人、山東人、廣東人一樣，全是中國人。」在這樣的一個立場上，我和永台先生是完全一致的。順便說一下，我和永台先生一樣，也是一個地道的台灣省人。如果我對永台先生上一封信的內容有「敏感」的反應，其實是因為我在不少黨外朋友中，時常聽到類似「他們中國人如何如何……」、「不要講北京語（很細心刻意地不稱北京話為『國語』），咱來講咱台灣話……」的說法的一個結果。

以下，便是站在「本省、外省人，全是中國人」的這樣一個立場來討論永台先生的第二篇文章。

多民族國家的民族關係

在早期台灣移民中，當然有「反清復明」的鄭成功部隊。這種漢人對女真族的抵抗，在滿清入關以後，在大陸中國，也進行得很激烈，例如「揚州十日」、「嘉定三屠」，反滿漢人的被殺。但是，認識到中國是一個多民族結合的統一的國家的今日，如何看待滿—漢關係，就應該超越辛亥革命的史觀去理解了。把滿族看成異民族而在歷史上長期凝固化的國民黨史觀，對中華民族重要成員的滿族人民，是十分不公平的。平心而論，有清一代，出過不少有魄力、有文治、有武功的帝王和賢臣、名將、大儒。中國今日之廣大的版圖，也大部分是有清一代拓闢下來的。清末的衰亡，是一個前近代的中國和近代西方帝國主義接觸下悲慘的結局。從帝國主義擴張的世界史來看，這悲慘的結局，幾乎是宿命的。一直延續到今天的全世界人民反抗新、舊帝國主義、殖民主義的鬥爭，生動地說明了這個鬥爭一直尚未結束的這個事實。不能只因為孫中山的反滿革命，把滿族永久地視為罪惡與羞恥，正如我們絕不應以在台漢人的「吳鳳」、「平番」史觀，永久地把台灣山地少數民族看成野蠻、落後、「出草」的民族一樣。

中國農民在封建土地關係上，幾千年來不斷重複著破產農民嘯聚山林，反抗地主士大夫政權的農民革命，是歷史學和社會學上的現實。因此，今天我們似乎不必和分離論者一樣，一再從「反清復明」的歷史，去證明早期台灣移民的「獨特」性質。其實，分離論者往往忽略了「反清復明」、「辛亥革命」史觀中，隱含著濃厚的他們口頭上所反對的「漢沙文主義」意識。至於漢滿對抗，其實是一種前近代的種族對抗。近代意義的「民族戰爭」，對於亞洲人民而言，應該在東西方帝國主義的侵凌下的反帝的、尋求民族解放的時代才登場。在社會學上，這反帝的民族主義鬥爭，又有一定的階級意義。這方面的議論很多，在「外省本省全是中國人」的共同認識下，也就不必在此辭費了。至於中蘇共、中越共之間的爭執，的確存在著「社會帝國主義」的問題，可以在下文共同討論。

台灣的殖民地性格

台、澎的確是明清時代大陸王朝的「國內殖民地」。但這國內殖民地的形成，與西方商業資本主義、重商主義時代對海外原料、奇貨的掠奪的殖民主義，有性質上的不同。前者，基本上是在母國原鄉生活勞頓無以營生，老百姓自然地向外拓殖求生而形成，後者則是貴族、豪商在強有力的王朝的支援下，作為國策而向外擴張，目的在掠奪殖民地的原料、黃金、獸皮、白銀、鑽石，甚至是土著的奴隸勞動。因此，清朝可以把在南洋被洋人、土著集體屠殺的華人視為「化外之民」、「自外於天朝」，被人屠殺，幾乎「咎由自取」。但同一類事件，日本人或英國人、西班牙人就成了興兵攻略和侵占別人領土的最好藉口了。

至於不「就地取材」設官吏，其實是中國歷史上封建王朝有它嚴整的水利系統和高度中央集權的官僚系統。在整個古老的大陸王朝歷史中，所有官吏莫不是經過考試和其他途徑從士大夫階級中吸取和建立官僚結構，然後由中央派赴各地任官，何獨對台灣為然？歷史上有名的官吏，在籍地原鄉做官的極少，何況對台灣的統治？這種情況，和重商主義時代西方殖民主義發展起來的、自然的殖民地文官體制，看雖形似，卻有著本質性的不同。分離論者最喜歡引用的美國革命，其實是新大陸發展出來的資本主義的資產階級與母國英國的資本主義、資產階級的矛盾。但對於當時在北美洲已有數十萬人的印地安人各土著民族，卻是一個悲慘的民族滅絕的開始呢。從白人中心的史觀看美洲的開發，恐怕不應是我們中國人、亞洲人應有的態度。

其實，「國內殖民地」的新的概念，遠遠不止於明清對台灣的拓殖。對境內少數民族的抑壓和掠奪，例如北美洲的黑人區，歷來就是白人美國的「境內殖民地」，在階級關係上，黑人先是南方棉花田的奴隸農民，後是美洲低賤重勞動的產業工人。美國境內黑人、波多黎各人、墨西哥人、貧困華人（不包括脫產逃亡的現代「台僑」），以及向美國移民流動的貧困歐洲人，在政治經濟學上，都是帝國美國境內的殖民地，用以取代美國向非洲、亞洲、中南美洲和歐洲進行軍事擴張，設官任吏的殖民。在我們台灣，山地少數民族便是我們不折不扣的「境內殖民地」呢！

我們的問題點是：台灣的政治，是不是一些分離派的人所說中國人（外省人）對台灣人的「殖民統治」。國民黨集團對台灣的統治，是一個歷史的產物，是中國內戰後，被一次革命否定了的舊階級、集團，以武力的強制，在台灣凝固了統治地位。但也不要忽略四十年的社會發展，已使國民黨集團在社會學的規律下形成了一定的社會基礎，使國民黨取得了台灣社會中大資產階級、買賣階級、和圍繞在台灣的國家資本主義周圍的官僚資產階級的代表性。這樣的政治、經濟學的結構，無論如何，是和日本統治台灣當時的結構，難以相提並論的。

日人治台的真相

怎樣看待日本治台期間的各種「治績」，我和永台先生之間，怕是存在著一個根本的歧異。我們台灣人，特別是長輩，有少數一些人喜歡說日本人廉潔、公正、「不貪汙腐化」、「行政效率高」。這種說法，最近也有年輕一代的台灣人在提，視「日本精神」為正直、廉明、勇敢的代名詞。

這種說法，當然，基本上是和台灣光復後國民黨接收集團來台後令人震驚的貪汙、腐化……而來。事實上，這又和社會發展階級有關。在資本主義成熟、完全發展的社會，資本主義經營「合理化」的原則產生了各種經營論，也產生了資本主義內部的管理官僚制度，而在政治上，也出現了現代化的文官官僚制度，以合理的待遇、優然的規章制度，吸取社會秀異分子，構成龐大而有效的文官制度，而成為社會「現代」化與否的標誌。法律的完備、文官制度的形成，其實都需要一個堅實的經濟基盤：資本主義的、擴張主義的強大經濟。日人治台，其實是以「近代化」的、殖民地文官制的日本，君臨了前近代的、半封建-半殖民地的台灣，使它納入近代的、資本主義-完全殖民地的秩序。而國府的台灣收復，卻使經過現代殖民、資本主義改造後的台灣，直接面對前近代的、半封建-半殖民地的中國，使這中國的後進性，赤裸裸地成為台灣人的巨大的「休克」。

殖民地官僚的性格

至於說「日本官吏清廉，沒有貪汙腐化現象，行政效率高，社會治安良好，很少發生盜竊或搶劫案件」，也是片面的理解。日本有現代化文官體制，在殖民地的官僚有加級俸給，生活上優裕，和落後國家尚未建立文官制度的社會比較起來，比較「清廉」，是不爭的事實。但也絕非一概、一向如此，例如經濟統制時代日本官吏、警察對台灣人的掠索無度，是經過日治時代的人所共知之事，在日據時代台灣文學中，表現得歷歷如繪。即使戰後，也有「洛克希德汙職事件」，倒了一個田中內閣。此外，日本財團對自民黨的「政治獻金」背後的醜聞，是日本政界的重大「貪汙腐敗」結構。像日本、美國這種超級強國，統治集團不但收國內企業利益團體的金錢，甚至也收它的附庸國的賄賂。這次馬可仕倒台，揭露出馬可仕對雷根及美國政府官吏、參眾議員的賄贈，就是一例。日本的自民黨政團有沒有接受台灣的遊說獻金或政治獻金？誰也不知道。說明「治安良好」、「很少盜竊搶劫案件」，這是殖民者鎮壓殖民地所必要之鐵腕，以利在台灣的經濟掠奪。但日本之黑社會有個獨特的傳統，今天「山口組」在日本、亞洲販賣人口、殺人、販毒、進口娼妓，是一種國際化了的犯罪企業，而且與日本政界，也有十分深密的關係，為日本人民所無可奈何。永台先生和一些人那麼讚揚「日本精神」的「正直」、「清廉」、「公正」……恐怕是一個可悲的誤解。

殖民統治的一般規律

後進的亞洲、非洲、中南美洲所存在的貧困、文盲、疾病、貪汙、腐敗、飢餓……是一個活生生的事實。但也要理解到帝國主義，尤其是新殖民主義對這些「後進」現狀的促成和加重甚至凝固化的因素。這是近來「依賴理論」中「矮化的發展」和其他殖民地研究中的主要論題。在另一個方面，說殖民者尚未來以前，我們原是如何落後、如何野蠻，恐怕就含有大量的白人中心或殖民者中心的史觀，應該搞一點自己的研究，對殖民地的原史和前史，應該做一點實事求是的研究才好。

不久以前，有一位台灣青年大力讚美過後藤新平「長官」的治台功績。永台先生也以相當的篇幅對日本治台期間的教育、公共設施的建設、工業建設，甚至日本軍隊的「紀律嚴明」給予極高的評價。還有一些人，至今認為日本對台統治，對台灣日後的經濟、工業和社會的發展，有奠基之功。

由於這些論點，戴國煇博士有一篇論文〈晚清期台灣的社會經濟——并試論如何科學地認識日人治台史〉（收入台灣遠流出版社出版《台灣史研究》一書，戴國煇著，一九八五年出版）是截至目前為止最好的一篇論文，永台先生若有興趣，可以購讀。戴先生的研究，頗不受分離派人士的歡迎，但見惡言攻訐者多，卻迄今沒有在知識上的反論。以下，我概括戴博士的意見，提供永台先生參考。

日本人在台的「治績」

每一個殖民者，都會在殖民地鋪設鐵路、開公路、改善治安、建設醫學和公共衛生體系、設立學校。對於這些事實，殖民地台灣的人民，應該怎麼看待呢？感恩戴德，熱烈歌頌呢，還是應該做一點研究和分析？

鋪設鐵路、開公路，是為了殖民者能深入殖民地「開發」，掠取殖民地資源，並且把母國的商品無遠弗屆地擴散到殖民地各角落；開發交通，有重大的支配、統治、抑壓叛亂等軍事價值。改善治安，是鎮壓殖民地人民反對殖民統治的副產品。日本人在台灣發展的醫學，和英國人在印度、非洲一樣，是從「熱帶醫學」展開的。熱帶醫學，主要是為了研究熱帶殖民地的疾病，便於保護從溫寒帶來的殖民官吏、軍隊、商人、傳教士的健康。殖民統治，主要的是掠奪殖民地人民的勞力。改善殖民地公共衛生，促進醫學，是為了必先有健康的勞動力，才有剝奪勞動力的可能。說教育吧，勞力的知識品質提高，才能增進勞力的生產性。

從整個殖民制度來看，這制度對人的肉體和精神的壓迫、凌辱，對物質的掠奪，對社會的摧殘，才是主要的。殖民地人民在心靈和肉體所受的驚人的殘害、歪扭、凌虐、殺戮，把豐富的土地、森林、礦產、農作物貪婪地掠奪，使傳統文化崩潰，傳統的信仰遭到否定，使原有社會分崩解體，社會原有的倫理紐帶斷絕！社會發展停滯，在依賴結構中國債日重，買辦、大地主、豪商、將校和新殖民者互相依存勾結，魚肉、盤剝整個民族的生命……今天美國新殖民地菲律賓就是個活生生的例子。

因此，殖民制度，對於一個有民族自尊心、有良心和正義感的人，是一種絕對的惡。殖民者國家內部的知識分子（例如日本的矢內原忠雄）尚卻以殖民制度為不可寬貸之惡，身為殖民地的兒子，我們豈能和殖民者、強者、白人中心主義的學者一樣，主張殖民制度對殖民地的發展有貢獻。

其次，永台先生認為日本的殖民統治為台灣今天的工業發展「培養工業人材，建立台灣的工業基礎」，日本的體制經濟學家也這樣說。但事實是怎樣呢？台灣如果沒有經過日本統治，自己會不會有今天的發展呢？這就要做一點殖民地「前史」的研究了。

日據前的台灣實況

據戴國煇教授的研究，鄭成功領台的期間，就在台灣興學設校，並導入大陸的製鹽、製糖、水利工程，和稻米的栽培技術，使台灣出現空前的繁榮。鄭氏為了鞏固政權的財政基礎，用國家力量，利用兵船，突破清朝的封鎖線，與日本、南洋，並透過南洋與西歐展開活潑的通商貿易，另一方面則在台灣拓展農地水田的面積。

清朝治台的二百年間，台灣的耕地面積與人口有巨大而快速的成長。以農業為中心的經濟發展，更展開了糖、茶、樟腦等出口產品的生產，開始有商業資本的形成，「行」、「郊」(guild)開始成立與繁榮。

鴉片戰爭後，台灣被迫開港，一方面使台灣農業受到「洋米」的衝擊而萎敗，一方面使台灣茶、糖、樟腦開發了世界市場，到了日人割台前，台灣農產品輸出已呈「出超」的局面。蔗糖也向大陸、日本輸出。一八五〇年，台灣的茶葉向大陸大量輸出。台灣北部一時成了經濟作物茶和樟腦的產地，而台灣尤為全世界最大的產地，台灣北部，來自日本、大陸、西歐的商人雲集，經濟活動十分鼎盛。

因此，不必等待清廷因帝國主義的威脅，開始想鞏固中國的南疆，開始以洋務運動建設台灣之前，台灣在農業、商業上，已卓然有成，形成一個完全的農業社會，並完成了一定的商業資本的積累。

在智將劉銘傳、丁日昌等人的主持下，並以台灣既有的經濟、社會的物資條件為基礎，清王朝在台灣展開了「洋務」建設。引進西方機器開採煤礦，通訊電纜的建設，石油的開採，引進西方生產方式以改善和增進製糖工業，行政組織的整飭，整頓稅制，施行人口調查，丈量土地，修建基隆至新竹的鐵路，購買輪船航行於香港、新加坡、越南、菲律賓等地，建設郵政事業，建設樟腦專賣體制，修築道路，擴充電信設施，改革幣制，設立西式學堂，聘西醫設立「官醫局」，架設電燈，獎勵種茶、養蠶，引進棉花及菸草，修設水利，甚至設招商局，向民間籌募股金，不勝枚舉。

事實上，日人治台後，還必須吸收、籠絡台灣的商業資本家，才能開展他的拓殖事業。日本來台以前，台灣已經有嚴然的前期資本主義的經濟基礎，明顯地存在著資本主義的萌芽，重整的農業社會（地主—佃農關係）的存在，商業資本的發展，經濟作物的展開，作坊工業的繁榮，洋務運動所留下的公共設施和「工業基礎」，才有日本領台後的「成就」。這只要對照一下日人統治朝鮮前的朝鮮社會與日人治鮮後的「成績」，遠不若其治台者，便很清楚了。

日據初期的軍經鎮壓

日本治台之後，台灣土著資本受到政治、社會經濟上的壓抑。日本在台灣殖民經濟的發展，是以台灣獨立的、自立的、民族資本主義的壓抑和消滅為代價而發展的。永台先生和許多人都認為沒有日本統治「奠下」的「工業基礎」，就沒有今日的台灣工業，這是因為不明白我們祖宗的偉大成就所致。為什麼不明白？第一，我們受到殖民者中心論的學者所欺騙，人云亦云；第二，我們太沒有自信心；第三，我們的歷史教育太敗壞；第四，國民黨對美、日帝國主義的溫存政策，壓制了對美、日的批判性的思考。

至於說日本軍隊「紀律嚴明」，永台先生不應該不知道，別說日人征台時期對台胞的殺戮，即使在號稱「治世」的「兒玉—後藤體制」中，日本人在台灣殺了三四七三個「土匪」(抗日台灣農民)；「林少猫事件」(一九〇二年)中，日本人處死五三九人，誘殺四〇三四人；在「霧社事件」中，日本人對我高山少數民族進行全族滅絕的屠殺，甚至對山胞投擲違反文明的毒氣彈，而引起世界輿論的撻伐。在全亞洲，認為「日本軍隊紀律嚴明」、「普受民眾尊敬」的人，恐怕少之又少吧。從這個史實看，和「二二八事變」國民黨在台灣的殺戮，不但沒有「天壤之別」，恐怕只有遠遠過之，而無不及了。

如何看待「二二八事件」

二二八事變的悲劇，最不能忍受的，是同族的相殘。以歷史眼光去看，二二八事件其實是國府統治大陸失敗最具體而微的說明。正因為有興起二二八事變的體質的國民黨，它才會在一九四九年受到全中國人民的否定。在前近代的中國，類似二二八規模的鎮壓，不但普見於一九四九年前的中國，甚至也在文革時代的大陸武鬥場中，看見中國落後部分的血腥氣味。在整個亞洲、非洲、拉丁美洲，買辦的、封建的政權對人民的殺戮，至今不絕。韓國光州事件中對韓國愛國學生、民眾的迫害；菲律賓在馬可仕時代中持續不斷的人權蹂躪，終在柯拉蓉體制建立後暴露出來。這要靠人民的崛起，在民主主義和民族主義的鬥爭中，刷新封建、買辦和新帝國主義的結構，推展以人民為主導力量的民主主義，才能根絕。我們譴責二二八事件的殘暴，也譴責它為台灣內部中國民族團結所帶來的破壞，但不能說日本的統治遠比國府為好。因為兩個問題在性質上有根本性的不同。

國民黨在許多方面，尤其是在政治上，對本省人有歧視，這是個事實。例如限制台語在電視、電影上的使用，例如各級政府中財政、兵役主管位置不予本省人，例如黨、政等重大職位禁用本省人……。

怎樣看待這個事實呢？

國民黨在國共內戰中失敗，退據台灣，並且在美國全球性反制共產圈的戰略中，以武力鞏固它在台灣的統治。這樣的統治，是以人為的、武力的強制成立，而不是由社會發展自然形成，對台灣居民而言沒有代表性。因此，國府是被大陸中國人否定的舊的政權，靠著武力，強加移植到台灣。如果沒有戰後全球反共戰略，國府早在一九四九就退出了歷史舞台。這樣一種政權，不但在大陸時對大陸人民有獨占性（如「四大家族」對中國財富、權力的獨占），來到它沒有社會根基的台灣，當然要更加強化這獨占。

是誰真正統治著台灣

問題在於，這獨占是否以全稱的「本省」、「外省」人作為界域？我同意今日台灣政治核心權力皆操在外省人手中，卻不能說「一切外省人都是統治者統治階級」吧。越來越多的外省工人、小生產者、中小公務員、甚至妓女、貧民、流氓……淪落在社會的底層，和本省人中下層人民一樣過著艱苦、受辱、荒蕪的日子。說到歧視，在教育上、人格上、經濟上，沒有本省人和外省人的差別待遇，只有強有力的階級和弱小階級的差別待遇。永台先生對日據時代似頗熟悉，應該會同意我的話吧。

其次，永台先生說到外省人口中國民黨多，證明外省人在統治台灣人。國民黨透過黨組織統治台灣，絕對是事實。但是不能說一切黨員全是統治階級。永台先生一定看過無數窘困、卑微、不滿的黨員，也看過更多沾不到權力核心，對政治冷漠、馬虎的黨員。統治著台灣的，極少數的黨、政、軍、特核心集團（絕大多數是外省人）和與上述集團緊密勾結的台灣壟斷資產階級（包括本省、外省），以及更為背後的美日帝國主義資本及其買辦階級（包括本省人和外省人）。永台先生的分析，恐怕是太簡單化了。事實上，帝國主義資本，買辦的和官僚的大資產階級才是台灣社會的統治核心。黨政軍特，是為這統治核心服務的行政單位而已。以菲律賓為例，馬可仕倒了，菲律賓人民並未獲得真正的解放。美帝國主義的強大軍事、政治、文化、經濟支配力還在；菲律賓的封建的大地主、莊園主，壟斷性商業和工業資本、官僚資本仍然盤踞在菲律賓人民的頭上。至於各級官僚、議員、警察、黨員、特務、將校，只不過是統治集團的「辦手的」（台語）罷了，走了一個馬可仕，如果社會結構不變，菲律賓人民依然有艱苦的日子要過的。

階級關係與省籍問題

說本省人是「較為吃虧的弱者」，「勤勞憨直，有點像水牛，溫順而帶有奴隸性」；大陸人「大多善於用心機，自私虛偽，投機取巧，擅長宣傳，有欺善怕惡的阿Q性格」，正如我們有些人認為山地人「懶惰、不衛生、酗酒、愚笨，沒有貞操觀念」一樣不公平。永台先生給本省人和外省人所做的「定性」描寫，絕對可以在無數個別例子中互相使用，本省人絕大多數有鷹揚虎嘯的強者風格，有機智精明、強悍而富有高昂自尊心的人，大陸人也有無數正直木訥、不自私、敢於對強者以生命挑激的人吧。外省人也有好多因為正直、耿介，備受當前政權和社會「冷落、打擊」的人。

我們的看法是，問題不在本省人、外省人，問題在於台灣的社會階級結構。在統治和利益集團階級內部，本省人和外省人可好得很；在被壓迫階級內面，本省人和外省人也好得很。因此，問題的根本在於社會學上的階級關係，而不是什麼「本省、外省」。這就是為什麼四十年來省籍矛盾日見模糊，而統治與被統治的矛盾日見明顯，這是康寧祥先生都認識到的事實（編按：見上期本刊六三頁〈統治關係與省籍問題〉），而不是因「接受黨化愚民教育」，「第二代本省人與外省人子弟之間的差異，似乎已逐漸減少」。打破「國民黨外省人」在台灣政治上的獨占，讓台灣資產階級參與政權之外，還得要有經濟上的平等權，下層本省人和外省人才有解放的一日。至於籍貫，也是人權的一種，個人應有選擇籍貫甚至國籍之權，再說壓迫和榨取的社會制度不改，光改籍貫，對人的真正平等與自由毫無助益。黑人、波多黎各人不也是美國公民嗎？但他們依然受到美國白人中心結構的歧視與壓迫。台灣山地少數民族不也是「台灣人」嗎？但仍然不改受到在台漢人經濟、文化、政治歧視的命運。

所謂「民族性論」

關於永台先生在「民主政治的展望」一節所論，我們大抵上都同意。但說因中國人有不好的「民族性」(例如自私偏狹、虛偽狡詐……)和歷史上落後的事實(權威統治、賄賂、軍閥)宿命地使中國在政治上不民主，人權上不自由，則又是太過簡單化的提法。我們反對「民族性」論，因為它發展出「優秀民族」(如日爾曼民族、猶太民族、大和民族)壓迫「劣等民族」(如少數民族、黑人、亞洲人、「支那人」……)有理之論。我們認為任何民族都是「優秀」、有尊嚴的民族。民族性格的部分歪扭，和客觀的社會制度、國際干涉有關。例如中國歷史上崇洋媚外，勇於私鬥，怯於公戰，落後、腐敗，和中國受到不良國內外政治、經濟、軍事的荼毒有密切關係。這就是我們反對後藤新平說台灣人「怕死、愛錢、好名」的理由。後藤所看到的少數的台灣人的性格，其實是我們封建的社會和帝國主義統制的一個歪扭的、被害的結果。

對統一問題的四點堅持

最後，永台先生為中國統一提出了一些方案。關於這個問題，因為十分艱難而複雜，我自愧沒有成熟的看法。不過我很同意於永台先生者有四點：

(一)海峽兩岸中國民族的相敵與國家分裂，應該結束。

(二)中國統一應以全中國人民的利益，而不是兩黨的私利為基礎。

(三)統一應該在中國人民完全參與的民主主義的條件上統一。

(四)由於獨特的歷史問題，在統一事業上，應該細緻、認真、嚴肅地考慮到台灣人民過去的歷史傷痕，以最謹慎、最民主、最實事求是的過程，在台灣人民充分參與過程中完成。

對於這些共同關切的原點上，我向永台先生深切關心台灣前途，關心國家統一的情況，以及永台先生坦誠、優雅的討論態度，表示我個人極深的敬意。

我們理解到永台先生的許多看法，具有相當的代表性和普遍性意義。在本省人內部，藉《夏潮》雜誌初步進行了這個「敏感問題」的討論，有這重要意義：當統治者為了短視和私利的理由壓制這種討論時，在歷史轉折期日益逼近的今天，人民應該起來爭取討論台灣內部矛盾的權利。因為，台灣內部的矛盾，如果不通過公開、客觀、民主的討論，矛盾就會更形惡化，終致於重大地傷害了國家統一和民族和諧的事業。

初刊一九八六年四月《夏潮論壇》總五十三期，署名趙定一

收入一九八八年五月人間出版社《陳映真作品集13・美國統治下的台灣》

誤解和曲解無損吳老[1]

吳濁流先生的《無花果》，並不是一篇小說，而是一篇極為珍貴、優美的，自敘的、歷史的隨筆。在很年輕的時代，我讀過一次。後來成為禁書，被一位於今已不復記憶的好奇的朋友借去，至今尚未回到我的書架上。

最近，由國防部長親自在立法院再次宣告了《無花果》為禁書，我找到在坊間暗中傳售的本子，重讀一次，有深深感慨。

吳濁流先生的《無花果》，可以看成吳濁流先生著名的小說《亞細亞的孤兒》的很好的解說本。將近三十年後，再讀這誠實而懇切的自敘，對於在我的記憶中偉岸、濃眉、鬢髮灰白的老人，更增添了一分敬意。

《無花果》用去了將近五分之四的篇幅，親切地記敘了日本帝國主義殖民地下知識分子的家族根源和苦悶的半生。出生於台灣地主士紳之家，吳濁流先生回憶他的家族、父母和對他疼愛有加的祖父，他的啟蒙，他的進入日人新制小學，他的被師範學校錄取而驚動鄉里。他以驚人而可敬的誠實，描寫了他時而優柔、膽小，時而對橫逆之來頑傲不屈的個性，使他在日本教育文官體制中，長期受到貶遷和壓抑的命運，卻甘之若素。最重要的是，他深刻、細緻地描寫了殖民地台灣的生活中，日本殖民主義對台人在教育、人格、文化和政治上的差別待遇與歧視，對台灣人民和知識分子心靈和精神上所造成的深刻而慘痛的加害，而成為一本殖民主義對殖民地人間破壞最詳實、生動的紀錄，從而對日本殖民主義發出最為悲忿而又沉痛的控訴。

在《無花果》全書最終的四分之一，吳濁流先生記述了戰爭末期他在絕望中帶著自己解放的希望，到中國大陸尋求思想和人生出路，以及他帶著對於前近代中國的幻滅，回到台灣的歷程。他也以新聞記者之眼，記述了台灣光復當初台民的歡躍，和接踵而至的，對於國府理台政治的重大幻滅。這幻滅快速地積累，爆發為二二八不幸事件。吳濁流先生對事件的記述，毋寧是簡約而極為自抑的。然而這源於哀矜、寬仁的自抑，固然顯現了吳濁流先生對這同族相煎的悲哀所抱持的崇高的寬容，卻使這不幸的事件，更見其嚴重與難以贖償之錯誤。

從國府的政治立場去看，禁刊吳濁流先生的《無花果》，毋寧是因為這本自敘傳記載了國府在收復台灣時政治、道德和紀律上的荒廢，以及因這荒廢而引燃的二二八不幸事件吧。事實上，戰後國府在整個中國所表現的政治的、經濟的、道德的荒廢，光是文字上的紀錄，怕已汗牛充棟。抗戰勝利之後，以全國國民最巨大的犧牲和苦痛面對「五子登科」的戰後政治、社會面貌，以那種全民族的絕望和悲忿，來看二二八不幸事件中台民的挫傷，應是可以充分理解的。事隔近四十年，回頭面對這歷史上無法抹除的問題時，若猶以禁一本《無花果》就可以解決，我們就要詰問這種處事態度的心智了。

歷史遺留下的問題，就應以歷史的視點去認真面對。如果四十年的時間已使國府變得比較聰明和實事求是，國府就應該勇於面對這歷史的錯誤，面對二二八事件中政策、態度的嚴重錯誤所造成的冤枉、錯誤、虛假、羅織的案件和因而造成的錯殺、濫殺、誤囚的事實，公開承認錯誤，並做出誠懇的補償。只有認錯，才能在那重大錯誤長期滋生的毒怨中獲致解放。不肯面對問題，改正錯失，把《無花果》一手可笑而又可悲地推到分離運動的懷裡，只有使國府像一個永久的苦役，背負著他堅決不可卸下的罪擔，不得有片刻的解脫。

國府應當向歷史俯首，不只為了卸去罪責，也為了從基本上促成台灣內部的民族團結。

至於吳濁流先生在文學上的成就和他作為中國偉大的愛國主義者和優秀的文學家的地位，莫說禁一本書，即殺其人、奪其志、囚其身、盡焚其書，都不會一絲一毫減少吳濁老原有的清輝。文字、作品本身就是最堅強不可抹殺和壓迫的證據。政府官員對他誤解的指控，以及海外分離主義者對吳濁流先生的愚拙的攀附，時將勢易，當歷史的流水澄清了眼前的小小的爭論的塵泥，原初的、誠實、善良而又偉大的愛國主義者、傑出的文學家吳濁流的形象，將發出更為瑰麗的光芒。政府要不要為吳濁流平反，要不要解禁《無花果》，已無足輕重了。

我於是回想起吳濁老在三十多年前，有一回突然造訪在板橋的我的極為局促的客廳。他偉岸、濃眉、鬢髮灰白。談論中，不時有他那朗朗的笑聲。現在想來，那笑聲是那樣的寬潤而磅礡，使今日凡俗隘瑣的指控和曲解顯得可憫了。

初刊一九八六年五月《中華雜誌》第二十四卷總二七四期
收入一九八六年十一月帕米爾書店《走出台灣歷史的陰影》（王曉波著）

1 本文為「關於『二二八事件』與『無花果』之討論」專題文章。

用舞踏向「現代日本」叛變？

「白虎社」社長、企畫訪談錄[1]

由日本人大須賀勇（Osuga, Isamu）領導的日本「舞踏」（Biakko Shia），在三月二十日來台演出，造成一時的、局部的風潮。文化評論界對白虎社的演出，有極端不同的評價。由於白虎社的舞踏帶有明顯的「現代」主義的性格，例如荒謬、死亡、痴狂、惡夢、殘虐、色情……的表現，使主題意識有極大的歧義性。白虎社多年來有意識、有計畫地在遼闊的亞洲地區巡迴公演，使我們對白虎社的藝術思想、表現主題寄與必要的關心。為了追究過於歧義的主題核心，我們訪問了白虎社的領導人大須賀勇和該社企畫人蛭田早苗（Hiruta, Sanae），做了一次深入的訪談。以下是這訪談的精要部分。

在「物」的飢餓感與「物」的裸身接觸經驗之中

陳映真（以下簡稱「陳」）：從資料和評論中，知道大須賀先生是在戰後的廣島出生。戰後日本的記憶與體驗，對於你有什麼影響？比如對你的藝術觀、對你關於人和生活的看法的影響？

大須賀（以下簡稱「大」）：終戰最鮮明的記憶，是我在母胎內的記憶。

陳：母胎內的記憶？

大：（笑）嗯。原子彈在廣島開花。我還記得玻璃窗上有一道強光，先是藍光，繼而是粉紅，又繼而是紫色。

我覺得我自胎兒期開始一直到現在，就對色彩具有十分敏銳的感覺。最近幾年，我們在整個亞洲、東南亞地區旅行公演，對這些地區印象最深刻的，還是各地、各文化不同而豐富的色彩。

陳：可是，所謂胎兒期的記憶（不相信地笑）？

大：從小，我的母親就不斷地述說原子彈爆炸那一天的回憶。當時，她正懷著尚未出生的我。家人正在用早餐，在玻璃窗上乍現了變幻的強光……也許吧，因為母親常常說起，不知不覺就誤以為是我自己在母胎內的所見，也說不定（笑），不過，它卻像我自己真正的經驗一樣鮮明而真實。

陳：總之，你是在戰敗後的廢墟中度過了你的童年。這些童年的回憶和體驗，具體地說來，有哪些事是至今難忘的？

大：那是個物資、食品極端貧乏、短缺的時代。我們天天喝稀飯，吃鹹蘿蔔乾過日子。但是，幸而年紀太小，回想起來，也不特別悲苦。我和許多別的小孩一樣，把磁鐵拴上長線，在街上、路上打轉，收集一些磁鐵吸住的破銅爛鐵、鐵釘、鐵片等等去賣，換取自己的零用錢。一直到上中學前都這樣。現在想起來，戰後時代的我們，對「物」有強烈的飢餓感，使我們對每一件東西都要好好地凝視，好好地去感覺。不像今天，日本在物資上太富裕了，反而使人對「物」鈍感了。

其次，戰後的時代，人們，尤其是小孩，大多衣不蔽體。這使我們竟以裸身去接觸「物」，用我們全身的皮膚去接觸物的世界。這也許是崛起於戰後六〇年代的「舞踏」這個表現形式，所以會有「裸體」這個重要的共同質素的部分原因吧……

從「燒後情結」與「廢墟日本」出發的藝術

陳：蛭田小姐的幼年，當然又比大須賀先生晚些。不過，你的戰後體驗是什麼呢？

蛭田（以下簡稱「蛭」）：我小的時候，是日本戰後社會的恢復期吧。那是日本社會開始發展、變化、速度化的時代，是我們開始生產東西的時代。在我的幼稚園時期，家裡開始搬來一架電視機。我長大了，搞藝術和文學。我學繪畫，熱衷於超現實主義，也搞文學。

我的青年時代，讀的全是戰後兵火劫餘體驗的東西。我們這一代，有所謂「燒後情結」（yakeato complex，即對於不熟悉的戰後體驗的心理情結），因為余生也晚，對於日本戰後極端殘破、窘困的時代不曾體驗、眼見，只能從以戰後日本為題材的文藝作品去想像的一種情結……

大：六〇年代的日本，同時並存著兩種文化。一個是戰後民主主義下學生權（student power）的高漲，左翼政治、工會、學生組織形成一股強大的反對日美安全體制的力量。另一個，是從西歐輸入的前衛的、實驗的、超現實主義的文化。當時的這些前衛主義文化的共通而主要題材，就是「廢墟日本」，是被戰火夷為原野、廢墟的日本。

陳：這「廢墟」的主題意識，在舞踏上，是怎樣表現呢？

大：先簡單地從「舞踏」這個概念開始。

舞踏當然是舞的一種。但和「舞踊」又不一樣。西洋的芭蕾，是從人體之外去思考，以對人體的「科學」的認識，人本位的思想為基盤，試圖把觀念的世界，用人體去表現。芭蕾舞的基本語言，如圓、四方、三角、旋轉、飛躍……總之，技巧成為十分重要的質素。

日本的戰後，在廢墟中，人以裸身去接觸、面對生活與現實。以肉體去思考人、生活與世界，去表現廢墟日本之中的人的境遇，成為「舞踏」的根本精神。

「等身高」的視座與舞者「末端」的甦醒

蛭：戰後，日本人才開始以肉體自身去看肉體。如果西洋的舞，是以基督教的神，從「至高處」去俯瞰人生，那麼舞踏則毋寧是從蟲豸、從臥佛的「等身高」的視座來看待人生，即從可觸及的周遭，一步步去探觸、接觸人生。我們看事物時，同我們的位置有關。從高處儼然地俯瞰，和以臥姿、伏姿、蹲姿去看人生，一定不一樣。

大：西洋的舞，有強大的合理主義性格。舞者的「末端」——例如顏面、手指，在舞的語言中是粗鄙的部分。但我們在東方的舞踊文化中，發現面部表情、手腕、手指這些「末端」的表情的重要性。西洋的文化，主要來自理智，以頭腦思考。但「舞踏」卻主張肉體自身的思考。我們重視人在「判斷前的動作」。這些從西洋傳統觀念看來是「非合理」的部分，已大量被今日「現代化」行程所割捨了。

陳：我所關心的，是這一切前衛的、實驗性的思想，和對戰後日本、廢墟日本的反省，有什麼關聯性？

蛭：戲劇和文學因為以文字語言表現，所以它們都有比較清晰的社會定位，表現出清楚的國家、民族、時代和階級……的變化。舞踏，是戰後劫餘世代的人，孤單地一個人站在兵火燒餘的廢墟與夷為原野平地的土壤上和青空下，開始舞出來的東西。六〇年代輸入的超現實主義，使我們想用「異物」——即非合理的、怪異的東西，去打擊現代化世界中的「合理化」了的現實，然後看看有什麼新的東西出來。

戰後日本「近代批判」的兩個手段

陳：「看看有什麼新的東西出來」，顯然帶有實驗主義精神。我的問題是，六〇年代日本文化的雙重構造，即激進的、左翼的政治、勞動和學生運動的構造，和實驗的、個人主義的、心理主義的構造之間，是否有一種矛盾？激進的文化，側重現實主義，側重對現實的反省與批判，進而有人間改造和世界改造的意識。這和表現人的內面葛藤，對生活的倦怠，對歷史、勞動的冷漠，不關心人和世界的改造的二次戰後的現代主義，其間的矛盾，又如何去解決呢？當然，我理解三〇年代歐戰後的超現實主義、現代主義，是有強烈的左翼的、激進的性格，對於當時西歐資本主義的布爾喬亞文化和價值，進行全面的反叛。不過，二次戰後的現代主義卻完全喪失了這激進的、世界改造的性格……

大：戰後日本，在經濟復興的同時，有過強烈的「近代批判」（即對日本資本主義現代化的反省和批判)這個文化和文藝上的主題。在這「近代批判」運動中,有兩個手段,一是檢視日本「前近代」的東西,並賦予高的評價,從而對日本的現代,提出批評。不過,這個方法,需要很長的時間,即對日本的「前近代」的文化,逐一研究與調查,並賦予意義。另外一個手段,是比較省時而有即刻效果的,就是以超現實主義和遊戲主義(asobiism, asobi,日語遊戲之意)來顛覆近代日本的現實,或以近代日本的現實為兒戲,變換各種不同的觀點去看待近代日本,看看會產生些什麼樣的、新的東西來。

陳:我們沒有看過五〇年代到六〇日本「舞踏」的精神面。作為舞踏的第二代,即完全戰後一代的「白虎社」,這種「近代批判」的精神,是否也存在於你們的創作與表演中呢?

大:我到東京時,已是一九六八年了。那時候的東京新宿,充滿了學生權的各種運動,每天有示威遊行,學生反亂,學生與警察的衝突,也同時每天都有街頭民歌表演、戲劇表演和舞踏表演。我成天在街上轉,看人家示威、表演。後來我也參加了戲劇活動。不久,我感覺到演戲很沒意思,許多人要背劇本的台詞,背別人寫的話,表現別人而不是自己的思想和感情,於是很想用自己的身體、行動直接地表現自己。那是一個行動的時代啊(笑)。

蛭:表現「現代化」後的日本現實中的矛盾與荒謬,創造出現實中所沒有的、現實以上的(超現實的)東西,把日本當前的現實加以異化。

大：用「異物」去異化現實，在街頭以不見容於現實的表現去打擊現實，這樣的「近代批判」，時間上省時，效果上強烈……

顛覆既有事物的位序

陳：問題是，超現實主義是你們的目的自身呢？還是一個手段？完全沒有結構性的意識，只是實驗、遊戲，然後津津於它的結果，這樣的超現實主義呢？還是有清楚的批判意識，以超現實主義為表現形式或手段，對表現效果大抵是清楚的、預知的……

大：（沉思）老實說，我們注重的是實驗和創造的本身，對於效果或結果，應該說並不預知。

蛭：可以用中國的煉丹術來比喻吧。重要是煉丹的過程而不是結果。這就是我們和戰後世代的不同。我們應該是「後戰後派」吧。

大：「安保鬥爭」（註：一九六〇年反對《日美安全保障條約》的全國性國民運動）退潮後，日本迎向一個更為高速發展的時代。我們對政治產生了巨大的無力感和挫折感。我們現在所關心的，是「現代化日本」的人的均一化、管理化和創造力衰退的傾向中，如何極力追求原創力的再生。這其中，當然有體制批判的一面吧。但我們熱心於創造新的東西，把既有的東西重新排列，顛覆既有的東西的位序，做出各種實驗，看看有什麼新東西出現……

陳：能不能說，白虎社的意識，並沒有現實改造的意圖。過程重於一切。結果則不是你們所關心的。「看看有什麼新東西出現」然後就滿足了。而不是看看那出現的「新東西」，從而促進改造。

大：（沉吟，看看蛭田，然後謹慣地說）我們沒有改造意識。我們不是政治家，我們是原創者。我們只搞創作。

陳：可以說，你們和二次戰後的現代主義一樣，是唯心論者吧？

蛭：可以這樣說。在實驗過程中凝視形形色色的新東西的出現。這過程才是重要的。

人的「零化」、「矮化」、「蟲豸化」

陳：現在，我們換個話題吧。從一個亞洲人的觀點看，白虎社的舞踏語言，有一些相當突出的特點。首先，裸身塗白，是否有特殊的意義？

大：首先，塗白，是人的「零化」，使人歸於零；其次，是使人體成為畫布，像畫布可以畫上各種事物一樣，人也可以舞出、演出石頭、動物、空氣和水。這又是舞踏與芭蕾不同之處。後者是以人為主軸的舞。

陳：在我們看來，白虎社的舞踏語言，突出了死亡、惡夢、白痴、癲狂、殘酷、性的倒錯、色情和噁心這些意象，效果驚人。這些主題，在西洋現代主義中極為常見。一般評論認為，人在現代社會、現代歷史中的矮化和蟲豸化，是現代資本主義下人間疏隔的重要症狀。我想聽聽你們的說明……

蛭：關於「殘酷」的主題，有一位流亡波蘭的作家，做過很有趣的說明……

大：幾年前，我們參加了在韓國舉行的「第三世界舞祭」的演出。那時候，很多評論家認為我們的殘酷意象搞過頭了。有一位流亡美國的波蘭莎劇學者獨排眾議，為我們做了反論。他認為，殘酷與色情，恰巧是二十世紀文藝的重要的主題。核子戰爭的可能性，原子彈的爆炸，納粹德國集中營的屠殺……就是人類空前的殘酷……從莎翁研究者的觀點來看，篡奪、陰險、謀害，其實是人類文學中偉大作品常見的主題。

陳：問題是，白虎社的殘虐主題，是對於二十世紀結構性的殘暴的批評呢？抑或是耽溺在殘酷的本身，甚至在殘酷中體味著某種欣快之感（euphoria）？你方才說，你們的藝術重在實驗的過程，基本上沒有理念的指導。那麼，你們的殘虐意象，是不是也沒有具體的意義……

人應該怎樣看待「性的倒錯」？

蛭：對了。大須賀桑對於殘酷和eroticism（色情）有一種特別的感覺——

大：在六〇年代末，我讀到一本法國哲學家題為Eros的書。在書中有一張顯示清朝中國凌遲死囚的照片。被凌遲的囚人腹膛已剖開，肝腸外溢。但那囚人因為吃了鴉片，並不痛苦，面上帶著愉快的微笑。在一邊旁觀的孩童，也面露笑容。當時，我立刻感受到一種強烈的色情。一種殘虐瞬間的色情。

蛭：人，其實充滿著類似這種在殘虐中感到色情亢奮的、非條理的一面。只是平時備受壓抑罷了。我個人就深深覺得，自從參加了舞踏的演出，使我成為真正解放了的人。回想起來，在加入舞踏之前，我一向在文化、思想和身體、情感上，都是個自閉的人。人應該如何對待那強烈地屬於肉體內的原初的本能？對我而言，舞踏的面對無垠的潛意識，是我的救贖……

陳：其實，在殘虐中體會色情的亢奮，在性的「異常」者的世界，並不罕見。虐待狂和被虐狂就是例子。問題在於，人應該怎樣看待性的倒錯。把這性的倒錯的一面，有意識地作為藝術表現的主題的理由是什麼？

蛭：倒錯、殘虐的一面，是事實上存在於人的內面的。現代化、合理化的社會，卻把它割捨、壓抑了。但這無條理的人性的一面，依然要曲折地表現出來……

陳：這樣說，似乎把這人性中「非條理」的側面普遍化了。我在想，那基本上是富裕化的近代日本人的問題。對其他亞洲地區的藝術家，這種主題是奢侈，甚至可恥的。民族解放、國家獨立……這些問題，占滿了他們的思維，沒有餘裕去想「非條理」的人性也說不定。

對「合理化」、「管理化」日本的反映與反叛

大：嗯。我們日本問題，是在現代化和合理化之中，日本的集體潛意識已喪失殆盡。從集體潛意識到神話到文化的創造的行程中，近代日本的合理化主義，扼殺了集體潛意識中無條理的心理世界，使日本人喪失了生命力。現代化使日本人在創造性上陽萎了。

蛭：事實上，近代日本的合理化抑制、無視人的生命力中非條理的側面，反而出現了許多倒錯、異常，而成為問題。

陳：其實，正好是富裕化的日本，使人對物和肉體的欲望解放。官能的解放與恣縱，使現代人不能在正常的刺激中得到滿足，而必須在倒錯的、異常的刺激中滿足。對於這樣的現代人，倒錯恐怕已經日常化了。

蛭：恐怕是這樣。

陳：因此，白虎社的藝術，恐怕是倒錯的日常這麼一個現代日本的反映吧？

大：這大抵不能否認。但這是個蠻困難的話題。無論如何，對合理化、管理化的日本的反叛，是白虎社的精神之一。我們覺得，日本現代化所切除的東西太多了。

陳：白虎社成立於一九八〇年。這和舞踏形成期的五〇—六〇年代有二十年的距離。無論日本社會或思潮，都應該有著很大的變化了——

二十一世紀日本創作主題的思考

大：首先是「戰後時代的消失」，即敗戰遺跡的消失。戰後因應駐日美軍需要所設立的「日劇座」戲院，專演康康舞、大腿舞的，在八〇年正式停止營業。一直到七〇年代，日本戰敗的殘跡猶在。八〇年代，產生了「不知戰後時代的一代」。照目前的情況看來，二十一世紀日本的創作主題，應該是：

——高度情報化社會的形成。大眾傳播巨細靡遺地支配著人的思維與思想。

——傳統家族的崩潰，產生以夫妻為中心的「核家庭」，使人失去了大家族中由族長輩處繼承豐富的傳統感和生活智慧的機會。人和家族的斷層化成為問題。

——小孩有了自己的房間。一回家，就躲進自己的房間聽音響、看影帶，或玩電動玩具。小孩與家人的溝通淡化，育成一批不善於與人溝通的、魯莽的一代。

——中產社會的形成，使人的生活與風格劃一、均一，馴至不認識人與人之間的殊異性。

——管理社會的形成，使人在企業合理化體制中失去人間性。在劇場上，大眾傳播媒體使六〇年代小劇場、街頭劇失去了活力。在六〇年代，資訊情報尚屬稀少時代，結集五十至一百人的舞台和劇場，有密宗、秘密結社、密室等性格，而來觀看的群眾，則有深刻的參與性和「共犯性」的性質。八〇年代的情報化時代，破壞了觀眾與舞台的緊密的「共犯者」關係。他們像看電視一樣冷然地面對舞台。他們去看戲，也是偶然性多於積極的參與性。

現代日本「症候群」雙性化、非性化、新種族……

陳：八〇年代的日本，和六〇年代的日本有很多基本的不同吧。戰後日本資本主義的再建設，已使日本成為經濟上、工業上足與美國匹敵的國家。保守黨連續四十年執政，日本知識界、政治界的右傾化，革新政黨的更深一層的無力化，「輕薄」短小型庸俗文化的擴大生產……

大：基本上是如此的。年輕一代的冷漠，人的疏離更形嚴重……

蛭：社會的中產階級化；經過大眾傳播渲染的虛構的「中流意識」（即中產階級意識）。超過需要的生產，配合了超乎收入的消費。日本中產階級家庭的貸款、分期付款等債務，逐漸成為社會問題。

大：這種幻想的中產階級意識，成為有力打擊日本左翼的、革新派思想的力量。

蛭：從另一面看，日本的意識存在著某種分裂症。生活右傾的人，可能在認識上懂得很多革新派的歷史和想法、知識。你很難定性某人是保守派或革新派。性生活上的「雙性」（bisexual）化的流行，象徵著今日日本在政治、文化、意識形態上的「雙性化」。

大：有時甚至是「非性的」（non-sexual），一種普遍的冷淡……最近的話題是所謂「新種族」的出現。

陳：在八〇年代成為問題的日本新生一代……

大：對。今天的日本年輕人普遍對政治冷漠，但對六〇年代的風潮知之甚稔。他們讀大量有關六〇年代風雲的電視、書本、漫畫……甚至蔚然成風。他們面對大量的情報，熱心於情報的組合，卻不熱心於新事物的創造。

由於面對大量情報，學童失去對於老師的信賴而信賴電視。這使學校與老師加緊對學童生活和行動的干涉。現代的學生慣於花錢買各種東西，但卻失去創造力。很多小孩不會用筷子，不會自己削鉛筆。考試競爭的激化，考卷和答案的標準化（是非、選擇題）剝奪了思考力和綜合力。社會的均一化和管理化也反映到學校裡來……這就是新一代「新種族」的形成過程。

陳：聽說日本校園的暴力問題越來越嚴重了。

大：對。在上述情況下，小孩的精力無從發洩。於是發洩為對同班、同校弱小者的欺凌行為上。

「神魔交戰」的闇黑啟示錄

陳：你對日本八〇年代的背景這麼清楚，那麼白虎社在這樣的現代日本中，畢竟想要說什麼？表現什麼？

大：方才已經講過。我們主要是實驗。在各種藝術表現形式的專精化和分殊化中，我們強調綜合性。我們自己釘布景，服裝自裁自製，傳統音樂與現代電子音樂同時並用……

關於前不久你提到我們殘酷、死亡、痴狂、倒錯和色情這些意象，我舉我最近旅行印尼巴里島的體驗來說明。

在旅行中，我發現印尼文化中「神魔交戰」的主題極為常見。但不同的是，他們交戰的結果，絕不是神勝魔敗。在印尼文化中，天人神魔的交戰是沒有終期的。這給我啟示很大。在日本文化中，神魔交戰的結果不問可知：聖神得勝而邪魔鬥敗。近代日本的平均主義、合理化主義和管理化主義，把大多數的生命中痴、狂、嗔、殘酷、色情……割捨了，使日本人成了沒有生命力的人種。

陳：從生命的黑闇之力，復甦日本的生命力嗎？但是，在批評上，這些有decadant的性質……

蛭：decadant？

陳：可以譯成「世紀末」、「頹廢」……

蛭：有頹廢的部分。但絕不全是。（對大須賀）是不是？關於色情的因素，大須賀桑有另外的意見。

大：我從印度、東南亞到日本，發現這地帶的舞踊語言有一種S型的基模。S型的姿勢，基本上是人工的，有如盆栽。但S型卻是接納的、柔媚的。這S型的身體語言，彷彿孕抱著風、水、自然。對於我，這又是一種eroticism（色情）。

陳：（詫奇）怎麼說？

蛭：一種人與大自然交媾的那種色情……

在亞洲人心目中的「日本人像」

陳：最後，想問你們一些別的問題。二位對中日戰爭，有什麼看法？

大：中日戰爭？（自問）哪一年的事？

陳：一九三七年。

大：噢。（沉吟）這兩年，我在亞洲巡迴演出，才發現殘留在亞洲的日本人還非常多。他們原是為了戰爭而來，卻成了沒有國籍、失去故土的人。在民族上，他們是日本人，但在生活上，他們卻土著化了。每次我思考這些人，我就不能以國籍為單位，而想到一種亞洲文化的混血。戰爭帶來這種混血。

陳：我絕無意逼迫你們為中日戰爭向什麼人道歉。但對戰爭裡日本的加害所造成的被害，你們有什麼看法？

大：如果要追究「為什麼日本發動了戰爭」，就要探求日本向來的文化觀和民族觀。日本一向認為自己是神所開立之國，在文化上和民族上有高度的自主性。其實不然。亞洲之旅讓我們明白，日本接受並累積了許多亞洲文化。在人種上，日本人和台灣高山族一樣，是漂洋而來的民族。我自己在亞洲演出旅行時，就一面覺得自己是日本人，也同時是亞洲人。日本發動對亞戰爭，就是因為不認識這一點。我們願在這一方面略盡棉薄……

陳：在亞洲旅行時，你感受到的亞洲人心目中的「日本人像」是怎樣呢？

大：有過去戰時留下的印象，有戰後經濟侵略者的印象。我們的巡迴，使他們第一次明白，日本除了有錙銖必較的商人之外，還有我們這種文化、藝術方面的人，而大為驚奇。我們很想讓亞洲人認識到現代日本的另一面，也要讓日本人認識到日本與亞洲在文化上的混血性格……

陳：在亞洲旅行時，碰到過反日輿論的挑戰嗎？

蛭：在台北，王墨林先生就是一個。他熱心幫助我們在台灣的演出事宜。可是有一次我們在台北龍山寺演出，大須賀桑以兩隻大摺扇為道具，扇上有兩個大紅太陽。王先生要求停演，一方面是蛇店蛇籠倒了，繼續演出太危險；另一方面則因為太陽是日本的國旗……

大：在印尼，我在後台排演時，習慣性地對不盡責的日本團員開罵bakayaro！印尼籍的舞台經理聽到了，千方叮嚀我們不可再說bakayaro，因為會喚起日據時代日本人用它來惡罵土著的記憶。即使罵日本人，也要避免。

陳：可見bakayaro，連繫著多少日政下印尼人民被害的記憶。

蛭：是啊。

陳：以摺扇的紅太陽而言，儘管你們只當作是單純的道具，但在被害者眼中，它有強烈的象徵，足以引起舊創的復發。

大：嗯（沉默）。日本和亞洲新的團結與和平的再建設，不清算過去加害與被害的歷史，是沒有基礎的吧。

台灣印象種種

陳：對台灣的印象？

蛭：我們碰到幾個上了年紀的台灣人，對我們很親切，要我們合唱一些日本童謠。

陳：有什麼感受？

蛭：覺得有一點尷尬和不可思議。

陳：（苦笑）請千萬不要以一兩個老人的態度去判斷全體台灣居民的態度。在台彎的演出，聽說很成功。

大：嗯。百數人在最後衝上舞台和我們握手、擁抱，有人甚至哭了。這種情形，是白虎社在全世界各地公演時所不曾有的。

陳：你們怎麼解釋這種情形呢？

大：老實說，我們不知道。甚至有點想請教你呢。

蛭：我們只覺得這兒的年輕一代有充足的energy（精力），似乎可以在將來發揮出來，成就許多事。

陳：近一年來，台北的青少年有一股日本熱。商界和一部分學生、知識分子也搞日本商法崇拜……

蛭：我們希望不只是因為這樣。如果我們的演出摸到現代人不分國界所面臨的內在生命的問題，我們才算成功。

陳：覺不覺得台北和東京有不少相似之處？

蛭：（詫異）相似的地方？（沉思）有當然有，可也互不相同（笑）。生活步調，台北的甚至比東京快。在這兒常看見全家出去大吃一頓。這在日本就沒有了。大人很少帶孩子到外面大吃。現在的日本人總是一個人用餐，甚至全家一起吃飯的時候都不多。因為父母子女的生活日程表各不同啊……

陳：謝謝你們。這是一次有趣的談話。

大：（笑）謝謝。

初刊一九八六年五月《人間》第七期

收入一九八八年四月人間出版社《陳映真作品集7・石破天驚》

1　訪問：陳映真；記錄：李明。李明為陳映真筆名。

我們做的，還不夠

四月二十七日，我到台中大里鄉，參加了台灣省第一個反公害住民運動組織「台中縣公害防治協會」的成立大會，並且藉此向可敬的協會領導人黃登堂先生致賀。

《人間》雜誌在去年五月間，蒙黃先生全力協助，採訪大里鄉的公害問題時，我們就深刻理解到，大里鄉及鄰近鄉民為了反對三晃等農藥廠肆無忌憚的汙染加害，已經走過不可置信的、艱難卻堅毅不拔的道路。黃登堂先生把這五年來大里鄉公害的實況，以日誌的形式發表了〈空氣有毒的日子〉（《人間副刊》，四月二十八日）。這是台灣第一篇有關一個地方社區公害最詳實的紀錄，對於台灣公害和公害史的研究，必然是一件極為重要的參考文獻。

讀黃登堂先生的日記，最深刻的感受，是台灣企業界對於社會的責任心和道德心的驚人淪喪。五年期間，三晃農藥廠發生過二十三次以上排放惡臭有害氣體，其中有兩次爆炸。最嚴重的一次爆炸事故所逸出的煙氣，甚至造成二百九十餘個村民集體中毒、多人當場不支暈厥的事件。可是五年來，雖經鄉民不斷陳情，甚至忿怒的到三晃工廠嚴重抗議，三晃卻依然未做改善，繼續排放有害氣體。五年來三晃和其他農化工廠排出的廢水，已使大里鄉及附近六、七丈深的地下水都有強烈的異味，被政府檢定為不適灌溉和飲用。

三晃農藥廠的不德，可以從兩件事情上典型地表現出來。一是暗埋水管、排出有毒廢水，卻以公開的排水管供抽檢單位取樣！二是七十四年五月十七日，衛生署、環保局因三晃公害嚴重，勒令停工，但三晃竟以「尚未接獲停工公文」為由，繼續生產！

另一個感想，是我們對於台灣整個公害問題，看不出有系統的防治政策與決心；例如公害防治行動的遲緩，法律的不備，責任機構事權的渙散，等等。早在民國七十二年，環保局和省議會都說要「盡速」、「輔導」三晃遷廠，卻一直拖延到今天。以這種官僚作風處理每天、每刻都在毒害空氣、水和土地的公害，豈止叫人頓足而已？對於居民的陳情，中縣衛生局可以用公文做這樣的回答：「目前無農藥工廠廢氣排放標準，本局束手無策」！工業安全、水利、工業局、農林單位，對三晃公害的認定不一，甚至完全互相背反。還有中央單位勒令三晃停工，顯然都沒有發生效力。

在這樣艱難的條件下，大里鄉及鄰近鄉民可一點也不氣餒。陳情、請願、舉發兩百次，忍無可忍，呼告無門時到三晃廠激烈抗議，最後也克服有關方面的疑慮，終於組織了民眾自己的、合法的公害防治團體。從今以後，他們可以公開工作，可以向有關部門行文，可以自己調查檢驗，可以直接和國內外環保單位、學者、專家聯繫；這對今天知識分子廣泛的無力感、犬儒主義，是多麼生動有力的教育和啟發。

在為「經濟起飛」狂奔的三十年間，不知不覺中，台灣已形同廢墟前的、沉疴的大地，河流、海岸、空氣、水源、自然生態，都受到最深刻的挫傷。在這個過程中，我們的知識分子為它做過多少努力？「為什麼，什麼人讓它發生？」當我們面對這歷史的質問，把責任推給冷血、貪欲的企業和國家公害防治政策的闕如，是否過於犬儒？你和我，都是今日台灣公害構圖的共犯者吧？

成立一個公害防治協會，只是個極小的起步。面對廣泛的公害的沉疴，面對財勢利益的掣肘，黃登堂和他的「台中縣公害防治協會」，還有一段艱苦崎嶇的路途吧。請讓我們一起來，學習黃登堂和他的鄉親們的工作和精神，以我們各自的能力關心、支持、協助這個可敬的協會，用住民自己的決心和對本土的深厚情感，一點一滴的討回潔淨的空氣、健康的水流和大地。

初刊一九八六年五月九日《中國時報・人間副刊》第八版
收入一九八八年四月人間出版社《陳映真作品集8・鳶山》

核電危鄉行

徘徊在核一、核二的邊緣[1]

石門鄉廟口的陳老先生說：「在劫難逃啊，怕，有用嗎？」有一位漁夫說：「自從蓋了核電廠，石斑、魩仔、鰹仔……全不見了。」金山鄉代謝弘治說：「如果金山鄉的毀滅是註定的，我們也該有權利要求死亡前的補償吧。」他們都不喜歡核電廠，因為……

對於極力推展核能發電的科學家、工程公司、原子能發展委員會和相關的官僚，反對核能發電的言論、報導和運動，是一種對於核能的「過敏症」和無知的表現。台電的科技人員就曾說，核電的問題只有台電知道。言外之意，似乎是說台電之外的任何人，都沒有置喙的餘地了。

這種「科技的驕慢」，就台灣核能發電的問題來說，則因台灣核能發電具有國營企業和國家政策的性格，而使這「驕慢」一時發展到橫恣的地步。一直到蘇聯車諾比爾核能電廠發生惡夢似的「爐心熔化」事故之前，台電對於社會上有關核能電廠的危懼，一貫視為杞人憂天，堅決抱定

「核能發電勢在必行」的政策。

世界上主張推展核能發電的人士，都說核能發電最大的惡夢「爐心熔化」，「幾萬年中只可能發生一次」。一九七九年，美國發生「三浬島事件」。隔年打開檢查，爐心已熔掉了百分之二十。事隔僅僅七年，又發生了蘇聯的車諾比爾事件，造成活生生的「爐心熔化」事故，使科學家開始重新評估爐心熔化的機率。即使說事故機率是「幾萬年中才發生一次」，黃提源教授說得好：這並不等於說幾萬年後才會發生可怕的爐心熔化事故，而是不知道什麼時候會發生——也許就是明天！

最近一年來，推展、擁護核能發電的知識分子，和批評核電發展的科學家、教授、專家、記者之間，一直進行著不曾間斷的辯難和討論。但是，由於核電的知識太過高深，一般的民眾、知識分子極難理解，更遑論參與辯論了。但這討論的過程，卻準確地傳達了社會對核電的憂懼和不安。

住在核一、核二、核三、核四周近的人民，那些在居家的後院蓋著神秘而又危險的核電這個怪物的人民，究竟怎麼看待、怎麼感受核電的問題呢？

這個疑問緊緊抓住了《人間》編輯部的關懷。我們花了二十多天的時間，初步做出了這份報告。

國家會安排的

在核一廠門口賣冷飲、茶葉蛋的吳姓老先生，已經七十歲了。人長得瘦高，看來老實、忠懇。問他擔不擔心核能電廠，他說不用擔心。「安全得很，廠裡邊兒一千多人在工作，怕什麼？」他認真地說。他說核能電廠是國家辦的，「自然有道理，」他說，「一旦發生事故，國家會有安排。」

半生為糾彈核電政策而努力的日本報導攝影家樋口健二也說，日本民眾「一切為了國家」的想法，使日本反核運動增加了困難。陳世惠，金山鄉的二十七歲青年也主張不應該對國家核電政策做「誇大的批評」。「這種批評，使核四廠的建設不能順利進行。」他說，「也使金山鄉人口因為核電的憂懼而外流，而使金山鄉的觀光事業也受到打擊。」

在劫難逃

除了這兩個人以外，絕大多數的人，都感覺到核能電廠神秘的災難性和危險性，卻又無可奈何。一樣在核一廠門口擺冷飲攤子、賣茶葉蛋的羅榮福（六十歲，本鄉人）說，人不論貧富貴賤，都不免一死。「有洋房汽車的人，應當怕。像我們這種窮苦無用的人，跟著人家怕個什麼？」他咧著嘴笑。問他願不願意也讓自己的兒女繼續住在這核禍的危鄉，「苦瓜長的也是苦瓜。我那幾個兒女，我最知道，也是一世窮苦無用的人，活下去都夠累了，怕什麼。」他依舊咧著嘴笑，「你說，怕，有用嗎？叫它遷走，不可能的。」

在萬里鄉的一個廟口，有個陳姓的退伍士官，七十四歲，身體還很硬朗。問他擔不擔心核電發生事故，他說，「在劫難逃，怕有什麼用？」在十八王公廟口上賣很好吃的燒酒螺的陳君枝，七十八歲，很以為他的名字應該改成陳君基才好。「樹枝總是隨風飄搖，怎麼會有基業？叫君基就好了，基就是根基嘛。」他說。看報紙知道蘇聯有一個重大的核電災禍。「當然擔心。」他說家業在這兒，年紀也大了，遲早要死的人。「不過，我把兒女都趕出去，到台北、下港去討吃、去生養子女，不能住在這個危險的地方。將來我死了，還有後嗣拜。」他說。

五月初的石門鄉到萬里鄉一帶，在晴朗的天空下，人民的生活看來和其他鄉鎮的生活一樣，為每日的生業孜孜矻矻地忙碌著。即使背負著不知何時在核電災害中猝死的疑懼，生活還是必須每時每刻勤勞地面對。我們對於生活的固執而強大的驅迫力，從來沒有過這麼大的實感。也許，對於其他人生中許多無常禍福，宿命論或許也不失為一種對應的態度吧。但是，對於可以使方圓數百公里成為廢墟，輻射塵非經千年無從消散，數萬人在十幾二十年中罹患癌症和其他惡疾，甚至對人類生殖細胞造成長遠的影響，產生更多無法估計的畸胎和突變……這樣的核能曝害，鄉民的這種單薄的宿命，顯得多麼令人悲愁和不安。

當時，我們都不知道……

因為身在公職，要求不透露姓名的二十七歲謝姓青年說，核一建廠時，他是個國中生。那時候，他迷迷糊糊地覺得核能發電是現代尖端科技的代表，在自己家鄉建廠，甚至以為是一種光榮。「我對科學有一份崇拜。」他笑出一排好看的牙齒，「後來？後來我知道它的利害了。」他說要核能電廠封廠他遷，斷無可能。他想搬家。搬哪兒？「從南到北，搬台中也許安全些。恆春有個核三廠啊。」他說。

年輕的漁民羅春發（二十七歲）說，「我們老百姓都沒有知識。就是因為我們沒有知識，他們才能到我們這兒來蓋廠。當時它如果到台北附近蓋，有知識的台北人一定會反對，他們就蓋不成了。」

金山鄉的謝弘治鄉代表（四十五歲）也說，十幾年前，人們對核能電廠的高危險性完全無知。「當時，他們要來建廠時，告訴我們核能電廠絕對不會破壞生態環境，會增進地方工作機會，促成地方經濟繁榮……」他說，「現在才知道不是那回事……現在老百姓普遍感到憂懼，卻也無可奈何。」

茫然和憂懼

對核能電廠安全與否完全無從知道，卻心中籠罩著憂慮和恐懼，是大部分石門、金山、萬里三個鄉的居民最普遍的心情。關於核電的尖端科技知識，別說對於核一、核二所在地三鄉鄉民，即對一般高級知識分子，也難於理解。「但是，核一、核二廠已蓋在那兒，這個事實是誰也無法改變，」從事建築設計工作的謝炳煌（二十七歲，金山鄉人）說，「有時風聞核三廠故障，真叫人提心吊膽。」

車諾比爾事件之後，這種憂悒和恐懼變得更深了。茶餘飯後，年輕人談核電的人越來越多。「談，也談不出個道理來。核電的知識，簡直是不可知的。」謝炳煌說，「但總歸一句話，我們不喜歡它（核電廠），因為它就在我們家隔壁。」

不喜歡有一個充滿危險性的核能電廠在「我家隔壁」，和歐美當前反對核能電廠、反對核武基地的口號「別在我家後院」（not in my back yard），頗有異曲同工之處。然而，以核電災害所能波及的範圍之遼闊，影響之嚴重而深遠，這「後院」的範圍，已經遠遠超出了核一、核二所在地的三個鄉鎮。

石門、金山和萬里，原就是漁鄉。核一、核二的日常性輻射曝害不易察知，但對於這兒的漁民而言，核一、核二設廠後最尖銳感知的是漁獲急遽地減少。

漁獲減少了百分之九十九

在接近金山鄉的一處優美的海灘上，我們看見難得一見的牽罟採魚的景象。我們走了一片沙地，穿過木麻黃林，趕到現場，魚罟已經牽上來了。

「牽了多少了？」我們一邊探望著魚籠一邊問。

「沒有。什麼都沒有。」一個負責補網的老人說。

魚籠裡只有一堆顏色焦索、狀若鱙魚的細小的魚。

「這，不是鱙魚嗎？」

「現在還有什麼鱙仔？」漁民笑了起來，「垃圾魚啦。味道不錯，可賣相太壞。拿回去醃鹽巴，配稀飯……」

這些漁民和近海漁夫羅春發、簡聰明（二十七歲）、簡銀結（三十歲）都說，核能電廠運轉之後，從富貴角一直到基隆嶼一帶近海水域，因核一、核二排出的熱廢水，大大改變了生態。「清華大學九年前來找我們幫他們測海水的水溫，」簡聰明說，「水溫有三十度。越接近核電廠排水口，溫度越高，三十五度都有。」

哪些魚不見了？少了？「石斑、鱙仔、魩仔、四剖、鰹仔，好幾年來，全不見了。」漁民們說。漁獲銳減的程度？「過去，在近海出去一趟，捕個一千八百斤，是常有的事。」一位姓蔡的漁夫說，「現在，出去一趟，往往空手回來的多。魚都不知跑到哪裡去了……」漁獲銳減的比率，據漁民說是「百份剩不到一份」。恆春核三廠附近的漁民說的比較正確：漁獲只有過去的千分之一。「十年前，我們這兒有一種紅魚。」那牽罟的漁漢子說，「紅魚來時，海面都紅了。現在，一尾都看不到。好多年囉，一尾紅魚都看不到。」他搖搖頭，望著大海抽菸。

在萬里鄉周近的海灘上，我們遇到一位海釣的顏先生（五十四歲）。他說他從小在這個海灘上長大，海釣是他打從童年時代的嗜好。核能二廠建廠之前，他家從來沒有買過魚。「到海邊來一趟，就有各種肥魚帶回去。」他說，「這幾年來，我們開始買魚吃。往年，到冬尾時節，這個海灘，從這兒到那一頭，總有十幾二十隻釣魚竿子插著。現在，沒人來啦。釣不到魚嘛。」他說。往年，每次出來釣魚，沒有過一次空手回家的。「現在，十次有八、九次空手回去。」他無奈地笑了。釣不到魚，為什麼還來呢？他沉默了，點上菸，獨語似地說，「下了班，消磨時間吧，」他說，「坐在這兒，回想過去釣過的各種魚，也是樂趣。」

珊瑚礁塚

顏先生一再說，台電認為核電廠不影響海洋生態，不是實話。「我在這海邊過了半輩子，從來沒見過海裡打出那麼多珊瑚礁。」他說，「那說明海底珊瑚死了，剝落變色，叫海浪打到沙岸上來。就在那一頭，海防站再過去一點。不信，過去看看。」

我們走了百把公尺，果然看見一大片變成白色的珊瑚礁的墳場，和打上沙岸的保麗龍、保特瓶、玻璃瓶、化學膠鞋這些醜惡的現代文明廢棄物，堆成一片淒楚的珊瑚塚。

我回想起在金山鄉一個賣餅乾舖子裡遇見的，喜歡潛水的青年張正傑（二十六歲）。他個兒不高，卻身材碩健，穿著血紅顏色的T恤。據他說，海底很多植物不見了。熱帶魚幾乎絕跡。「海底下，我眼看著整個風景迅速改變了。」他說。

由於漁獲長期、巨幅減少，漁民和漁會收入銳減了。萬里鄉漁會被逼從七月開始停辦漁民保險，漁民積欠漁會巨額購船貸款無法償還，背了一身的債。「有人說金山、萬里、石門一帶漁獲減少是因為少數不肖漁民炸魚和使用細目魚網採魚，這只是一小部分的理由。核電廠破壞海洋生態才是最主要的原因。核一、核二、核三海域都捕不到魚，不是很好的證明嗎？」一位老漁夫說。

臨死前的安慰

比起石門鄉和萬里鄉，金山鄉的鄉民代表和鄉長，對核電抱持比較高度的關切。鄉代表主席郭先生（四十五歲）說，金山鄉夾在核一廠與核二廠之間，處於兩方廠周邊危險的「低人口密度區」。「金山離核一廠四公里，離核二廠五、六公里。全在五公里危險範圍內。」他說，「兩個廠任何一個廠發生事故，金山都是災區。不知道什麼時候，金山人全部死光喲。」

據郭代表主席和其他鄉代說，核能電廠不但沒有帶給金山繁榮，反而阻礙了繁榮。建廠後，外來投資停止，地價暴跌，漁獲減少，鄉人口顯著外流，財稅收入逐年減少，使鄉政日趨於艱難。他和金山鄉代表們有這些要求：

（一）比照先進國家一樣，核電周圍社區電費折半。「這一方面可減輕鄉民負擔，一方面可以因低電費吸引投資設廠，從而增進就業和稅收。」他說。

(二)核電所在地的三個鄉辦全民核害保險,並應定期為他們檢查。一旦有事故,家屬可以獲得理賠。

(三)加強核能安全及緊急應變的宣導教育工作和相關設備。

(四)台電應開闢疏散道路。「現在這條濱海公路太狹窄,一旦事故發生,必然堵成一堆。」他說。

鄉代表謝弘治對最近台電撥二五〇萬「合作」建金山垃圾場很有意見。金山鄉要建一個大垃圾場,找台電補助。台電答允撥二五〇萬元,條件是台電有權在這個垃圾場倒核能電廠的垃圾。「台電要倒的,雖然不是核能廢料,但核電廠出來的垃圾,必然有程度不同的輻射汙染。」他說,「台電想得太便宜,太方便了。」

女性鄉代表何嬌說,蓋一個密閉性垃圾場,要四千萬台幣。「核能電廠出二五〇萬,取得倒一輩子輻射汙染垃圾的權利,太說不過去。」她說。但是這個條件好像上一任鄉長已經允諾下來,幾乎成了定局。「我們可以要求台電在倒垃圾前先行處理汙染。此外,我們要求台電按年付給垃圾場維修費。」

謝弘治認為台電應該已經有一筆核電安全教育、宣導的預算。他要求台電撥下這筆經費給三個鄉,「由我們自己搞核電知識、安全的研究、宣導和教育工作。」他說。台電有沒有找三個鄉的民代表做簡報？「有啦。他們總是說核電的安全性萬無一失。」他說，「為什麼萬無一失？他們說的，我們怎麼也不懂。不如我們自己請專家來搞清楚。」

陳正次代表和大部分代表一樣，關心事故發生時的安全措施。他建議除了緊急安全措施知識的教育外，台電應該為鄉民建一個可以容納兩萬人的避難地道。他對核電廠輸運核廢料的做法也感到不安。「輸送廢料的車隊，往時都在午夜十二時進行。現在提早到晚間十時，路上還很鬧熱，安全不安全，叫人擔心。」他說。他認為台電應該另建離社區較遠的核能廢料輸運專用道。目前，在金山和萬里之間，有一個海運核一、核二兩廠核子廢料的專用小碼頭。安全問題至今在世界上遭到強烈爭論的核能廢料，就是從這個小碼頭運到我們美麗的蘭嶼島上掩埋……

謝弘治與何嬌也關心在核電廠工作的金山鄉的工人。謝代表說當初金山鄉歡迎核電廠來設廠，是以為可以增加就業機會的。「建廠時期，確實我們大大小小都可以找一份零工來做。可是一旦建廠完成，他們要的是技術員和專家。即使粗工，也挑跟他們有各種關係的人……」他說。

何嬌代表說經常有工人去向她訴苦。「當初他們建廠，我們出人出力。這些金山鄉的工人，如今毫無工作保障和福利。最近我們金山調到核三的工人，六月底要被大量裁汰，說遣散就遣散……」她說。

蕭先生是新進當選上任的年輕的金山鄉長。他說他的立場是支持國家核電政策。他認為到目前為止，尚沒有直接的輻射曝害發生。對於台電，他的要求和鄉代表會一樣，但他特別強調平時的輻射安全測定。「我希望原委會在我們鄉經常測定日常性的輻射情況，提供鄉公所，由我們向鄉民宣導。」他說。他計畫在最近期間內，與鄉代會共同辦理核電安全性的公聽會，邀請台電和批評核電的兩造專家舉行聽證。

金山鄉代表的這些建議，沒有一樣是根本反對核能電廠、要求政府封廠遷廠的。聽起來，就像被鎖在火山口上的囚人，要求各種死前最後的美食、舒適似的，令人感到一種唐突的悲愁。事實上，金山鄉另一位鄉代表張孝勤就在代表會議上說，「我們金山鄉人是註定不知要在什麼時候死於核電事故中的人。如果這是無法避免，我們應該有權利要求在死亡前獲得起碼的補償吧……」

失去了人間性的科學信仰

核能發電，作為一種工業，是人類史無前例地巨大的工業之一。它的「巨大」，不止乎每一座核電廠都是千億以上的新台幣資金、人材的工業，也在於它的高度巨大的尖端科學與技術。這高科技的性格，不僅僅造成核電科技知識遠遠超出尋常百姓和一般知識分子可能企及的範圍，也遠遠超出了國家核心政治、經濟決策者所能理解的範圍。對於一個以「經濟成長」為國家宗教的發展中國家，核電建設，極具有一種國家政策的強制性。然而，支持這核電國策的核電安全知識，在科技上存在著高深、複雜的一面，和科技上普遍存在的「未知」(unknown)領域。事實上，科學家承認，對於原子反應爐的知識，目前還存在著許多「未知」的領域。今日世界上整個核能發電廠的操作，由許多專精於各別物理、化學、機械和電腦部門的專家在各別部門管理，卻一般地缺少對核電廠全體具有知識的人。如果加上核電廠科技官僚在整個核電管理的結構、行政中所產生的怠忽、粗疏、甚至瀆職，世界性反對核電運動對核電安全深重的疑慮，就絕不會是杞人之憂了。

人的一生，千古以來，都把他一切的努力、心思、財物，投入他所居住的土地和他生活的家庭。在綿延不絕的生活和勞動中，在他們的土地上、在他們居家的「後院」，忽然建立了像核能電廠這樣神秘而且有種族滅絕危險的設施，而又不能輕易離鄉他去，而又不能不懷著對於核電災難的大憂，日日度過每時每刻的生業，正是因為人和土地、家、故鄉和鄰人親族有著無法割切的愛戀和責任。這種愛戀和責任，豈不是人類一切存在、創造和文明的意義嗎？而一旦對於「科技」、「進步」、「繁榮」、「發展」的信仰，面對著像核電問題那足以根本性毀滅人的存在、創造和文明的設施——那怕這毀滅只有「幾萬年發生一次」的機率——這信仰立刻墮入無法解脫的荒謬與非條理的困境。

然而，即使是在三浬島事件之後，世界上擁護核能政策的科學家還在津津然主張「三浬島事件恰好說明了核電的安全性」，三浬島事件，是被核過敏的大眾傳播所製造云云。即使是在車諾比爾事故之後，我們的核專家還曾把事故的原因歸於蘇聯核電知識、設施和人材的「落後」，卻迄今沒有人到核電所在地去走一走，用自己的皮膚去體會一下核電危鄉中人民的宿命論、無奈的憂慮和恐怖、死亡前要求片刻物質補贖的奇異和悲願，以及甚至對核電安全盲信或漠不關心所呈現的另一種悲哀。三浬島事故遺留下來的、對於人和自然的曝害，正在受到長期跟蹤和調查。而車諾比爾事故已初步勘定有五萬人將受到曝害的腫瘤、遺傳障害的浸染。

離開了人間性的核電科學信仰、科技官僚體制和國策論，在我們親自訪問核能危鄉的人民時，深深地引起我們的疑懼與反省了。

初刊一九八六年六月《人間》第八期，署名李明

1 本文為「核電廠就在我家後院」系列專題之二。

《怒吼吧，花岡！》演出的話[1]

這次得以邀請到日本報告劇作家石飛仁和他的劇團「不死之鳥」報告劇場，來台灣演出《怒吼吧，花岡！》，是有這樣一段因緣。四月，甫從日本回來的陳慧如，把「花岡蜂起」的剪報、資料、書籍和石飛仁報告劇《怒吼吧，花岡！》的影本，帶到人間雜誌社，引起編輯部極度重視。不多久，王墨林也為我們提供了別的有關花岡事件的資料。及至石飛仁經由陳慧如寄來當年領導花岡蜂起的耿諄大隊長親筆所寫〈我的回憶〉，編輯部認識到人間雜誌有責任把這種鮮為中國人所知的一段悲辛的歷史，公諸於世（見《人間》雜誌第九期）。

五月初，王墨林有東瀛之行。人間雜誌遂委託他代為面邀石飛和他的劇團來台。石飛的回音是肯定而熱情的。他並且為人間雜誌寄來極為豐富而珍貴的歷史見證照片，和一本優秀的木刻連環畫集《花岡的故事》。五月底，王墨林回國後，立刻積極地展開演出的各種準備工作。

另一方面，我們開始翻譯和潤修華語劇本。

一九八六年七月

讀過劇本的人，沒有不為花岡事件的悲慘與黑暗所震驚。甚至許多身經抗日歷史的長輩，為了過去竟而沒有讀過、聽過日本在華北擄掠五萬中國人伕到日本列島從事奴隸勞動，造成七千人慘死於飢餓、酷役、虐待和撲殺的悲慘歷史，而感到不可思議。

《怒吼吧，花岡！》是石飛仁原作報告劇《（日本）擄掠中國人紀錄》的中譯劇目。它不僅報告了戰爭末年，在日本秋田縣花岡礦山不堪奴役的中國奴工決然蜂起，事敗之後，又如何遭受酷刑拷問，虐死百數十名中國人的故事，也報告了日本帝國主義如何在歷史上以強擄酷使朝鮮和中國人伕，來肥大日本資本主義的發展；報告了日本在二次大戰中國戰場中，如何推行殘酷的「三光作戰」（殺光、燒光、掠光），並以「獵兔作戰」為名，政策性地擄掠中國人，押送到日本。

整個劇，是以幻燈照片和各相關見證者的證言所構成，沒有舞台的幻覺，沒有「藝術」的虛飾，也沒有任何表演的成分，為的是把歷史的真實盡可能如實地搬上舞台，突出真實本身的力量。結果是：日本軍國主義加害的慘酷、陰森的歷史真實，以無比的迫力，打擊了觀眾的良心。甚至對於中國人而言，這些花岡事件的歷史的證言，其慘絕人寰的程度，到了令人難以信其為真的地步。因此，看過劇本的胡秋原先生慨嘆地說：「一定要告訴觀眾，這是千真萬確的史實，絕不是反日宣傳創作。看到別人這樣對待中國人，中國人怎能再自相殘殺！」

從日本戰敗的第二天開始，日本當局和酷使中國奴工的日本各廠礦，立刻著手湮滅證據。

戰後四十年來，日本當局有政策、有計畫地經由修改歷史教科書、湮滅戰時的各種戰爭犯行，堅定地為恢復日本軍國主義準備條件。

在這樣一個政治背景下，以及在戰後數十年日本高成長的經濟舞台上，石飛仁和日本少數一些良心的、正義的、和平主義的知識分子，艱苦地頂著狂瀾，不斷地研究、調查和揭發被湮滅、扭曲的日本戰爭歷史，為的是他們堅定相信，日本一天不承認、不反省過去的戰爭罪惡，日本人民就一天無法從過去的滔天罪負中獲得釋放，無法避免重蹈戰爭的覆轍，而日本與中國和亞洲之間真實的和平結構，也就一天無法建立。幾年來，石飛仁不斷地在日本各地旅行公演，不斷地挖掘新的花岡史料與證言。就在去年，石飛仁和刻在中國大陸的耿諄大隊長取得了聯繫，迢迢到大陸去尋訪倖存的當年花岡奴工，增補了許多花岡事件可歌可泣的證言和史料。

加害者刻意湮滅加害的歷史，和被害者善於遺忘被害的歷史，其間就有一種相互鼓勵的作用。我們四十年來在中日歷史教育上的怠忽，為了現實政經利益而輕易犧牲歷史的正義，已經使台灣成為東亞地區最缺少對日批判的社會。今天，年輕一代的青年、知識分子，把日本批判看成過時的、「歷史的包袱」，而汲汲於對「日本商法」、「日本式管理」和日本青少年次文化的盲目崇拜。以這樣的社會背景，去迎接石飛仁和他的劇團在台演出《怒吼吧，花岡！》，我們的心情是十分複雜的。

我們期待，這次由日本人「現身說法」的演出，能讓台灣的戰後一代青年和知識分子認識到，批判和清算日本法西斯主義的罪行，絕不是什麼「過時的」「歷史包袱」。絕不只是被害的中國人和其他東亞人的事。不，批判和永遠記住日本人在上一次大戰中在東亞所犯的罪行，進一步建立亞洲和世界真實與和平，是具有鮮明的當代性的議題，也是包括日本在內的東亞和世界上一切愛好和平的人民最重要的共同的事業。在這意義上，石飛仁和他的劇團此次來台公演，便有重要的近現代史和戲劇史上的意義。

親愛的朋友，歡迎您來欣賞我們這次的演出。希望這次的演出，能使您以新的角度，去思考歷史為我們留下的許多課題。祝您晚安！

初刊一九八六年七月七、八日《怒吼吧，花岡！》報告劇演出手冊

1　一九八六年七月七、八日，東京事實劇場「不死鳥」劇團在台灣公演《怒吼吧，花岡！》。這場演出由人間雜誌社策畫，中華雜誌社協辦，陳映真、高信疆、王墨林製作，陳映真同時擔綱「人間世劇場」演員之一。同月《人間》雜誌第九期並有「怒吼吧，花岡」特輯。

石飛仁的正義感與海峽兩岸之冷漠

1

七月，經過幾次國際電話與書信的往返，我終於見到了領導「事實的劇場．不死鳥劇團」的石飛仁。生於一九四二年的石飛，看起來比他的年齡還年輕些，戴著眼鏡，是一個謙和、親切的日本人。

在激盪的六〇年的「反安保」鬥爭那時，石飛是十九歲的少年。一九六五年開始，東京、巴黎和北美洲的青年、學生和知識分子掀起了廣泛的反叛，反對西方既成的教育制度，爭取校園和民眾真正的自由，對五〇年代以來的冷戰的思想和文化結構展開批判。在北美洲，學生和教授投入了黑人民權運動、反越戰運動、校園自由運動和言論自由運動。在那個年代，石飛是二十三歲以後的青年。

「哦，六〇年代的一代啊。我認識的比較『有勁兒』的日本朋友，數六〇年代的最多……」我說。就這樣我和石飛開始攀談起來。「好像是吧。六〇年代以後的一代，一般地說，全不行了。

六〇年代搞過運動的人，垮的人也不少。」石飛說，溫和地笑了起來。他說有些「左派」文化人變成大商品，以「左」的文化品牌，大賺其錢，但他們的人間品質全變了質，過著欺世盜名的腐敗生活。

石飛從大學畢業那一年，正是日本學生運動很興旺的時代。小劇場運動，是當時日本學運的重要戰鬥武器。他義無反顧地投入當時著名的革新派青年劇運團體「青俳」。六〇年代末葉，運動退潮，日本在七〇年代起躍入急速而巨大成長的時代。由於面臨運動退潮局面的思想意見不同，他解散了他自己親手帶大的劇團。為了餬口，他進入一家銷行最廣的週刊雜誌，從戲劇運動家變成報導作家。

依石飛的看法，日本軍國主義不是死而復活的問題，而是它根本不曾死過的問題。一九四五年日本戰敗，一九五〇年韓戰爆發。「在韓戰爆發前幾年，一九四七、四八年吧，國際冷戰的烏雲已經逐漸凝聚，美國盟軍總部迅速改變了對日戰後處理政策。防蘇反共成為美國全球戰略的主要精神，」石飛仁說，「在這個冷戰結構下，美國開始扶持、恢復而不是打擊、清算日本戰前的戰爭勢力：財閥和政客、華族。這些戰前右翼的戰爭勢力，在戰後日本搖身一變，仍然在美國卵翼下掌握日本戰後四十多年的政治和經濟支配權。特別在面對中國和東亞人民時，日本擴張主義系的人們，從來不認為日本戰敗過。他們只承認敗給美國過。」

問題不在日本軍國主義是不是在復活，問題在日本軍國主義因為戰後國際政治而從來未曾死過。這說法叫人吃驚，可是卻有很大的說服力。偽滿開發時代的「革新系官僚」岸信介，就曾擔任戰後日本政權的首相，以鎮壓日本革新的民主勢力，推行在「對美隨從」政策下的高成長路線而聞名於日本現代史中。「這些戰前的人的系譜，不但在戰後支配著日本，也同戰時一樣，支配他們在中日戰爭中熟悉的中國和東南亞事務。」石飛仁說。

從揭發「花岡事件」的十幾年過程中，石飛仁深刻地了解到，日本的戰後，其實是對擴張主義的戰前，未經批判，而僅僅是更服易帽的延長。「對戰前毫無批判的戰後，其實就是戰前的延長。」石飛仁說。以「花岡事件」為例，強擄殖民地人民加以虐役這個政策的最高責任者岸信介等，以及鹿島組的最高負責人，都沒有受到戰犯宣判，對被役奴工工資和損害，也毫無賠償。在戰前跟著日本軍隊到東南亞去「建設」軍營、機場、軍火廠、倉庫、修路的「鹿島組」，在戰後依然在美國和日本的旗幟下，在東南亞以建設水壩、發電廠、修路，賺回日本對東南亞「經援」的現款。「光是花岡事件就足以說明中日戰爭尚未結束。」石飛仁說，「中日兩國許多戰後歷史問題都被有意地抹殺、掩蓋、不加清算和處理。這是日本傲慢的地方。除了對美國，它從來不承認它在二次大戰中被打敗了。」

這種不承認失敗的背後，其實也就是一股不以侵略戰爭為罪過、為羞恥的可怕的傲慢。「這種傲慢不但對不起中國人和其他過去被日本加害過的東南亞人民，也對不起日本人民。」石飛仁說。因此，「戰後世代」的他，在他不斷地揭發像「花岡事件」這樣罪惡的歷史時，深深感到徹底清算日本的「戰後」的必要。他說——

今天，日本享有炫人的、高度成長的社會，追究起來，和日本戰前的擴張主義歷史、以及和這未經清算的日本擴張主義在戰後東南亞的「進出」，有密切的關係。日本今天的「進步」、「繁榮」，如果離開日本殘酷、蠻橫的擴張主義歷史和傳統，是無法理解的。

不論是美國的福格爾，或是此間的日本崇拜的學者、專家，都有意無意看漏了日本侵略對日本資本主義發展的重大影響。石飛仁說，沒有《馬關條約》的賠款，沒有日本對台灣、朝鮮和「滿洲」的掠奪，沒有殘酷役使朝鮮人和中國人的奴隸勞動，沒有未支付的戰敗賠償，沒有諸如韓戰和越戰的地區戰禍……日本今天的繁榮是不可能的。傾聽著石飛的反省，使我深切地感到，近年來，台灣的經理階級和青少年盲目的日本崇拜，不免益發顯得愚昧、無知而可憫了。

在高成長的日本，在從不承認對中國和東南亞人民戰敗過的日本，在對亞洲自大傲慢、對西歐自卑的日本，石飛仁和他的劇團在日本的工作是極為艱苦的。「為什麼中國人不向日本要求戰爭賠償？為什麼亞洲人不出來嚴厲指責日本的軍國主義殘餘？只要中國人和亞洲人一天不清算日本的戰爭責任，逼使日本真正地改變體質，亞洲和世界的和平就沒有可能。否則，我們日本人孤單地在日本工作，是沒有希望的！」石飛仁說。

關於花岡事件，政府一直到今天都保持著奇怪的噤默。中國大陸呢？中共告訴石飛仁說：「都是過去的事啦，現在是中日友好的政策，過去的事不要再提！」花岡事件的領導人耿諄，大約是因為他是原國民黨軍官，在大陸也一直沒沒無聞。「文革的時候，他一定吃了苦頭吧。他總是謹慎地不談他的過去。」石飛仁說，「我總以為中國抗日戰爭，是人對於鬼加以批判的戰爭。是為了保證人性尊嚴的戰爭。你們有很多抗日英雄，但很少可以和耿諄比的。在日本土地上敢於從事絕望的、自殺的蜂起，這是大英雄啊！有這樣的英雄，卻任其寂寞一生……」

海峽兩岸對慘烈的花岡事件所取的怪奇的沉默、怠忽甚至冷漠，到底在說明著什麼？思之悽然，再思之則憮然了。

初刊一九八六年八月《中華雜誌》第二十四卷總二七七期
收入一九八八年四月人間出版社《陳映真作品集8．鳶山》

1 本文為「七七抗戰紀念會」專題文章。紀念會主辦單位：中華雜誌、人間雜誌；時間：一九八六年七月七日；地點：國軍英雄館；主席：尉天驄；講演：石飛仁、譚世麟、繆寄虎、蔡廣源、胡秋原。會中演出報告劇：《怒吼吧，花岡！》（石飛仁・不死鳥劇團）。

不怕寂寞的獨行者[1]

你這樣蒼白的容顏，
你這樣瘦削的身材，
啊，誰知道你滿腔熱血，
誰瞭解你堅貞的愛戀？

——高準〈白燭詠〉

在台灣，從事文學創作的人，兼寫文學評論文章的很不少，但能寫得理路立論言之有物的，並不多見，高準卻是這不得多見者當中的一個。

但二十年來，高準一直是個寂寞的人。他在文學上、政治上的看法，和目前支配性的觀點有很大的不同，因此，對他猜忌、排斥、誣陷、扣帽的人是成群的。他的生活秩序有點漫無條理，因此愛他、關心他的朋友，一般地對他是敬遠的。一種善意的敬遠吧。

然而，就在他的孤獨中，高準搞創作、搞研究，有一定的、卻不廣為人知的成績。現在回顧起來，高準的詩，是台灣極少數優秀地秉承並且發揚了中國抒情新詩傳統的詩人之一。他的語言清晰，充滿了濃郁的情感。他的漢語準確、豐美，並且表現出中國新詩的韻律和音樂上的遼闊的可能性。比楊喚、覃子豪、鄭愁予和瘂弦遠遠年輕的高準，在抒情詩創作上的成績，不論怎麼說，是極為獨特的。而在與他同輩的文學家中，高準幾乎是沒有匹類的、唯一的存在。

對於這樣的詩人高準，台灣的詩壇一直不曾給予他應有的關注和評價。這是對台灣詩壇一直極不了解的我，所深以為不可思議的。

但是詩人高準之所以被忽視，當然和五〇年至七〇年間台灣詩壇的近乎全面的模仿歐美「現代」主義這個氛圍，有密切的關係。隨一九五〇年韓戰爆發而登場的冷戰，從日本、韓國、台灣一直到東亞各地，民族解放的、干涉社會生活的、現實主義的、愛國主義的政治、文化、文學和社會運動，受到全面的彈壓。正好是在這全面的「巫師狩獵」(witch hunt)後荒蕪的、白色的廢墟上，從美國新聞處和文化中心散播的西方「現代主義」文學，支配了包括台灣在內的、遼闊的亞洲、第三世界。在三〇年代的歐洲，以顛覆當時資產階級人文價值為職志的現代主義，至此成為政治肅清後逃避現實的、白人崇拜的、反對民族解放的文學形式。

台灣現代主義的巔峰時代的一九六〇—七〇年，高準從少年期進入青年期。高準沒有在這個時期一窩蜂地跳入現代主義的潮流，是他的不可思議之一。而在創作上，他表現出他和中國新詩的抒情傳統的高度癒著，在台灣文學的著名的「三〇—四〇年傳統的斷層」下，是高準的另一個不可思議吧。

大約是從一九六八年他初次遊學美國時起吧，他開始注意到三、四〇年代的新詩發展。到他一九七四年遊學澳洲時，高準更得到「研究當代海峽兩岸詩歌的發展」的機會。這研究機會，使高準成為台灣極少數越過了上述的「傳統的斷層」，在認識上、閱讀上和具體創作上，熟悉整個五四運動以來中國新詩傳統的詩人。在國外研究的便利，也使他得以親炙一九四九年以後中國大陸新詩的發展。高準在這一方面長期的關注和研究，落實成為他一篇極值一讀之論文〈論中國現代詩的流變與前途方向〉，這文在一九七二年就已寫下初稿，到一九七八年重加修訂。對於因為國內外政治條件而懸隔了中國文學的「三〇—四〇年斷層」的文學青年，高準的這篇論文，應該是很好的教材。另外，他在一九七九年率先赴愛荷華與大陸作家聚會而在會議中發表的〈中國文學的前途〉一文，也正是他長期關注海峽兩岸新詩發展後所做出的扼要的初步總結，對於一九四九年以後兩岸新詩的比較，有一定的參考價值。高準更費心力的《新詩史論》一書，由於一再被迫中斷而現在還沒完成。那麼，以上的兩篇，在目前來講，還是這方面最好的導引。

一九八六年七月

一九七〇年，世界和台灣都面臨戰後三十數年來的巨變。世界[2]知識分子、學生和青年的反亂、越戰的挫敗、亞洲民族主義的高漲、冷戰結構的再編成，使遭受釣魚台事件衝擊的台灣知識分子開始了反省的運動。一九七二年，高信疆、唐文標、關傑明揭開了以反省和檢點台灣現代詩為焦點的「現代批判」，高準一直是「現代詩論戰」的重要的旗手。在這一年三月，高準寫〈文學與社會〉一文，是七〇年代開始反省文學與社會、生活之間的關係的比較最早的一篇文章，早於關傑明的文章半年。相對於七〇年以前文學的天才論和文學的個人主義、形式主義、心理主義背景，高準「文學與社會」關係問題的提起，有重要意義。同年末，他寫〈論中國現代詩的流變與前途方向〉，高準在中國新詩歷史和藝術發展的背景上，暴露了五〇年以後台灣「現代詩」的空虛和病態的特質。一九七三年的〈七十年代詩選批判〉、一九七七的〈八十年代詩選的奧秘〉，以及他主編詩刊《詩潮》的一些文章，基本上是批判台灣現代主義新詩的工作。

收集在這本選集中的高準的論文，拙見以為，要數〈論中國現代詩的流變與前途方向〉寫得最好。戰後台灣的論文，絕大多數是枯索無味的學匠文字，語言上往往表現出一分拙劣的、歐語中譯的惡文氣味。但高準的這篇論文，從頭到尾，都是清暢的中國白話寫成。由句而段，由段而節，由節而終篇，意理明瞭，語言清俊流暢，絲毫沒有咬人舌唇的「理論臭」和不中不西的惡文氣味，讀來真有耳目一新之感。他引用了在台灣一般人難於入手的資料，把台灣的現代主義詩放在整個中國新詩地圖上加以說明和批評。論文之末，他羅列了現代詩的「八病」，並且為將來新詩的再建設舉出「五點基準」和「三項方針」，頗有參考價值。有人說，日常生活中的高準之無條理，恰好與高準在論說、寫文章時的條理整然，成為明顯的對比。熟悉高準的生活與文章的朋友，一定都能同意這個看法。

但雖然如此，他在行動上卻絕不「臨事而懼」，當需要挺身的時候，他總是勇敢的站出來。在一九七七年展開的台灣「鄉土文學論戰」中，高準的立場也是明確的，而且也是具體地參與了戰鬥的戰士。

高準的論說文還不只是說理清暢。很多的時候，他頗有獨到的立場與見解。例如上述他自稱為「新八不主義」的對新詩再建設的「五點基準」和「三項方針」，是其中之一。此外，在他關於政治社會的幾篇文章中，也多有獨特之點，不過這不在本文談論之列了。除了在台灣「現代主義」狂瀾中，他始終在創作上和理論上批評和反對「現代主義」，他一直是一個熱情而終始一貫的愛國主義者。他熱愛祖國，關心祖國的前途的情懷，洋溢在他的詩創作和理論、評論文章之中。其執著、熱情的程度，又是四十年來國土分裂、歐美價值體系和冷戰心智強大影響下的台灣文壇中所不能多見。而也因了他的愛國主義，他受到文壇同儕和有關方面的猜忌、排斥、告黑狀和打擊。

一九八一年，他為了研究中國新詩的發展，在不持有外國護照的條件下，到中國大陸作研究旅行。這是高準「特立獨行」這個性格側面的一個例證。他以這信念打破了台灣學人忌於訪問大陸的既成禁忌：「我是中國人。中國本來就是我的。我不承認任何人有權阻止我走遍中國的土地。」

有這樣的認識其實並不難。難則難在高準毅然力行，結束大陸訪問後，他還堅決要求政府允其返台，成為一九四九年以後，台灣公開訪問大陸的唯一的詩人。訪問大陸期間，高準對大陸提了不少批評意見，如「釋放民運人士」，「為中國統一召開國民會議」等，都是頗具見識和知識勇氣的提法。

如果一定要在他的文學評論文章中找缺點，也許可以提出這三點。第一，文學批評本身，在世界範圍內，有巨大發展，甚至成為一門越來越體系化的人文科學的一個組成部門。在這一方面，不必說主要地搞文學創作的高準，即使學院中的文學系，也極少有文學批評上較新、較激進的論文。第二，在批判台灣的「現代主義」和「超現實主義」時，高準似乎沒有分別三〇年代革命的現代主義和五〇年代頹廢的、冷戰的現代主義的區別。第三，對於七七年台灣鄉土文學論戰，高準基本上正確地把握了它相對於五〇—七〇年台灣文學西化、模仿和輸入的性格，並加以反省和批判，而有（中國）民族文學意義這樣的認識。但高準擔心「鄉土文學」在「推衍過度」

之餘，有被台灣分離運動所利用之虞。

高準的憂慮，其實也不能說全為杞憂。八〇年初，有「鄉土文學是『台灣人意識』的文字」論，「參與鄉土文學論戰的人是過激派，真正的鄉土文學另有流承」等奇譚異論出現，或為了掠奪這歷史性論戰的果實，或為了改寫這論戰之性質，以適合分離主義的台灣文學史綱。但是，從思想史的觀點來看，「現代詩論戰」和「鄉土文學論戰」，不論從七〇年代世界思潮、政治的背景來看，從論戰關係人的「人脈」來看，或從論戰文章的思想內容來看，鄉土文學運動，其實具有明顯的中國反帝民族文學運動的特點。這是任誰也篡奪、塗改不了的。高準的憂慮，似乎缺少對具體問題做具體分析和定性的缺點。

事實上，歷史給予高準的主要評價，毋寧是那秉承了中國抒情新詩傳統的、才華飛揚的他的創作吧。而他的評論，對於詮釋詩人及其所處的時空，正是一個重要的註腳。

一九八六年七月

初刊一九八六年八月二十日《自立晚報．副刊》第十版收入一九八六年十月文史哲出版社《文學與社會》（高準著），一九八八年四月人間出版社《陳映真作品集10．走出國境內的異國》，一九九二年八月文史哲出版社《民族文學的良心：高準作品評論選》

1 本篇在文史哲版及人間版之標題為「不怕寂寞的獨行者高準：高準《文學與社會》中文學評論文章讀後」。

2 「世界」，人間版為「西方」。

釣運的風化與愁結

讀薛荔小說集《最後夜車》隨想

一九六〇年代吧，台灣的小說中多出了一種比較獨特的題材：從台灣到北美去留學的青年一代的生活。這一類小說，幾乎一律是由旅美留學生所寫，內容大致上是寫遊學滯美的生活，和這生活與台灣的牽連。比較早的於梨華，和後來的白先勇，是比較著名的作家。尤其是白先勇，在他留美後，也確實繼續寫下了幾篇極好的、以北美的港台留學生為題材的小說。

七〇年以後，這姑且稱為「留學文學」的內容，有了很大的變化。經過七〇年的保釣運動，以及接踵而至的美國與中國大陸的關係解凍和大陸對外開放，中國留學生在北美洲寫的小說，開始寫北美中國人（大半是知識分子）之北美—台灣、北美—大陸的複雜的葛藤。在這些小說中，開始呈現前一期「留學文學」所不多見的內容：對文革風暴的反省；對分裂的祖國所帶來複雜問題的探索；對近代中國歷史的凝視，等等。當然，在後期的「留學文學」中，這一代滯美知識分子由於客寓異域而來的精神的不毛與荒廢，和前期者一樣，仍然是重要的題材。然而，經過保釣、文革和文革的幻滅，在「留學文學」中，鮮明而急切地提出近百年來中國新文學中歷久常新的主題：中國往哪去？中國前去的道路在哪？怎麼個走法……？

日本年輕的台灣史、台灣文學的研究者松永正義認為：台灣文學中對於中國全體未來的方向性思考的深刻關切，使台灣文學成為中國文學的一個組成部分，而有別於其他地區由華人以華文寫成的文學。則特別是後一時期的「留學文學」中所呈現的對於文革風暴、對於分裂的祖國所帶來各種複雜問題的探討，對於海峽兩岸各種問題的關懷……使這「留學文學」，儼然地成為近代中國文學的一部分。當然，有人以不同的視點，據以批評陳若曦小說中過分關切中國大陸而不是關切台灣，但這批評也恰好說明了「留學文學」，尤其在七〇年以後的題材在視野上的開展，顯現了它之作為中國文學的性格。而這後一期「留學文學」的作家，有陳若曦、張系國和這本小說集的作者薛荔。

陳若曦屬於我這個世代。早在激盪的一九七〇年代之前，彼此並不熟悉的我們，一個在台灣，一個在北美，不約而同地讓「中共的革命」[1]吸引了我們的注目。六〇年代末陳若曦取道法國，進入文革的火焰正熾的中國大陸，我則因讀左翼思想書刊繫獄。七五年，我出獄。差不多在同時，經歷了「革命的暗夜」的陳若曦離開大陸，隨即發表了一系列以她的大陸體驗為主要題材的〈尹縣長〉等小說。如果從回顧、舐吮、反省和控訴「文革」的人間破壞和理想破壞的傷痕的，所謂「傷痕文學」來看，陳若曦的作品，毋寧是中國的這類作品中最早的。

薛荔在年齡上，遠遠地晚了陳若曦的一代將近十年吧。但她適逢其會地趕上了七〇年北美的保釣運動，大約隨著運動的浪潮，一路衝過認同運動和統一運動，從而進入當前的反省期和再探索期吧。

然而不論一早、一晚，七〇年前後的滯美留學生的視野，在戰後頭一次在思想、知識和感情上，衝破了五〇年代以來在台灣和美國的政治、軍事、文化共同體所不斷地再生產的「冷戰心智」，向著歷史的、文化的、近代的中國開眼，重新思考祖國和民族的命運和去向，較之較早期的「留學文學」之比較局限於關心留學生個人內在的葛藤、關心滯美知識分子失根失土的苦悶與矛盾，有了題材上更為開闊的展開。加上在具體實踐上，七〇年的港台留美學生參與了釣運，在身分認同和思想價值上經歷了天翻地覆的變化，在運動中對於民族主義、民主主義，對於現代史中的中國，以及在這現代史中知識分子的位置……有過深刻的思索。他們在運動的勝利與挫折、理想與幻滅、高亢的歡呼與錐心的眼淚中，學習了怎樣重新在北美探索和思考中國——包括大陸和台灣，或者至少學習了重新探索和思考包括大陸和台灣在內的中國之必要。

也正是在文革-釣運……的激盪、幻滅、勝利、挫敗之中，文學似乎成了七〇年代滯美知識分子自我反省和批評的比較重要的表現形式。釣運經驗一般地尚未做好歷史和思想總結的今天，小說，至少是間接地，或者還不怎麼深刻地，從釣運的反省出發的文學形式吧。

正如薛荔所說，六〇年代以後到美國的知識分子，是「中國有史以來最大規模的知識分子海外移民」。至少就中國來說，這包括了近年大陸向外「開放」之後湧入美國的中國「知識分子海外移民」，有相當獨特而又複雜的意義。先進國美國在科技、知識上對落後國的優位；知識分子在香港、台灣以及在大陸社會中的苦悶和「有志難伸」；在中國國家分裂的構圖中，對香港、台灣政治前途的慢性不安；對自己國家、社會事務的疏外之感，以「一走了之」逃避自己的責任……基本上，都與戰後「二體制對峙」的世界政治、軍事、文化、價值結構，有著極為密切的關聯。而這「中國有史以來最大規模的知識分子海外移民」運動，在七〇年的釣運中，原有過對五〇年代冷戰體系的全球性的反亂，而具有從消極的流放轉為積極的祖國復興運動的機會。但隨著文革和釣運的廢頹，因著運動在大陸和台灣沒有堅實的基礎，運動至少在表面上有如一現的曇花，過往的雲煙。四人幫體制崩壞，鄧體制形成，中國大陸向在長期的停滯膨脹的世界體系敞開了大門。不論在大陸，在海外，對於文革的實際的否定，連帶地全盤否定了文革的理念。以釣運為象徵的、戰後港台留美知識分子的理想主義與愛國主義迅速風化。

一九七〇年北美釣運後第十六年的今天，當年北美釣運的一代，做了初步的、集體的回顧（北美《台灣與世界》雜誌，一九八六年六月，李渝整理的一篇座談〈保釣人士話當年〉）。在這回顧中，有一些人表達了「如果再有一次類如釣運的運動，自己必然還要參加」的想法。如果這不是釣運理想主義與愛國主義風化的終止，至少也是這風化作用的緩解或反抗吧。

薛荔是北美知識分子中從釣運的挫折中掙扎著起來，開始以小說的形式去思考的極少數文學工作者之一。用文學的形式去思考運動後個人和整個祖國和民族的去路，毋寧也是上述的反風化作用的實踐吧。七一年，薛荔發表了比較不成熟的〈譚教授的一天〉。一直要到七六年才開始寫猶原未臻成熟的〈夜樹〉，說明了運動的潰敗給予個人的挫損，需要多少時間去恢復。一九七八年，她發表不論在內容和形式上都有很好成績的〈西江月〉，生動、豐富地表現了一個被歷史所否定和捨棄的勢力的孤單、無奈、悲哀的結局。同年發表的〈喜宴〉，諷刺了欺世盜名、長袖善舞的「學人」[2]醜陋、堪憫的性格。八三年，她發表〈最後的夜車〉，獲台北聯合報文學獎。〈夜車〉描寫了一個心中苦苦懷思著已經病死的、讓她向「革命的中國」張開眼睛的男友的、溫婉、慧貞的來自台灣的女孩，和一個「出身不良」、參加過「文革」、在心中深鎖著巨大風暴和沉哀的、來自大陸的男孩，在美國相遇。在他們的感情來不及更為成形之前，男孩死在深夜裡異國的小小的驛站，描寫了兩個間接和直接地受到不同時期的「革命」的中國影響的、海峽兩岸的青年，在不毛而又飽食的美國相遇的、荒涼的故事。八五年，薛荔寫〈失去的龍〉，以輕快、生動的對話描寫了在美中國知識分子夫婦的美國式的婚姻困境——分居，語聲淒楚、煩躁、無奈，顯現了滯美中國知識分子極度不毛的精神的荒原。八六年，她以時空交錯的手法，在〈雪地〉中描寫了一對從中國大陸來美的夫婦，在中國大陸和美洲大陸，因著不同原因所進行的殺嬰（流產手術和謀殺女孩），是薛荔所寫最慘惻的故事。中共一家一胎的「政策」，滯美生活的艱難，恐怖的殺嬰，對母性的戕害……薛荔向時代提出了淒厲的質問。同年，她寫成〈春望〉，寫的是被海峽分隔了三十多年的父子，在香港初次見面的感人的故事。

薛荔說，「國家的分裂」和「自我的流放」，是經過釣運的衝擊之後的她的不可解抒的「心結」。從〈西江月〉一路到〈春望〉，薛荔寫的故事裡，總是有著這樣或那樣的對於大陸和台灣兩地的牽連，和流放異域的、心靈與生命的荒涼，卻又始終透露著作者的對於人的良善的不二的信心。〈最後的夜車〉裡的兩個真摯、純潔的青年；〈失去的龍〉裡那極端聰明，出語「不遜」卻怎也掩藏不住對於父母、家庭之愛的飢餓的「小傑」；〈春望〉裡出奇地善良的兄妹，和終於捶打自己的胸膛號啕著：「……這麼多年，你們吃了這麼多苦……這一點點，什麼東西呀？……我算什麼呀！我—算—什—麼—呀！」的父親……

在藝術上，薛荔的語言有一種獨特的素淨之感。她的語言質樸、冷靜，有時甚至是近於木訥的。經過五〇年代到六〇年代台灣「現代主義」在語言上惡質的雕琢、扭曲、誇大……之後，台灣的文學語言，失去了一份漢語的準確和素樸的原質。讀薛荔小說的語言，蕪詭荒奇盡去之後，看見了中國現代漢語比較質樸的原點，幾乎叫人驚異地發現到這質素的語言在思想和情感的表現上的豐富可能性。而這種平白質樸，又與大陸文學作品中的文字不同。後者在平白中有一種口語的熟練和流利，是活生生的口語現實生活中擷取的語言吧。但薛荔的質白，是一種寫出來的質白，卻絕不是沒有動人鮮活的描寫。

以〈西江月〉來說，她這樣描寫離開耳朵後的電話機裡的語聲：

他把話筒掛上之前，還聽見哥哥在嘰哩呱啦地說著，好像是個被關在電話裡頭叫喊著要出來的人。

薛荔寫曼笙第一次陪繼祖去看一個來美國當寓公養病的、神秘的、過氣的軍政界人物，有這一聯想——

她突然覺得恐怖——她想到他們要去看的人，覺得自己像是聊齋裡的書生，跟著情人的鬼魂去荒郊塚堆一幢烏有的大院裡，探望一群不存在的幽靈。

繼祖的哥哥，顯然是個性別認同上的倒錯者。薛荔這樣寫他：

他哥哥來開了門，白皙浮腫的臉上是十分嫵媚的微笑，頭頂心的毛髮愈來愈稀疏，卻還不時伸纖纖的手指掠掠頭髮；一邊非常親切地把他們引進小客室去。曼笙每次見到他哥哥都有一種說不出來的不安，覺得像對著一個裝置錯誤的東西，每個零件都不是那麼回事。

寫一個燈光照明通亮的早餐間，她可以慢條斯理地說——

天花板也特別高，滿是幾何圖案的日光燈罩，好像有人會在廚房繡花，需要那麼好的光線。

曼笙終於看到那神秘的、舊時代有過生殺予奪之權的人物。理當是個驃悍偉岸、濃眉煞眼的凶神吧。薛荔先從那豪華、帶著沉重碩大的傢俱的臥室寫起，卻托出一個「分外癟小的老人」——

樓上走廊盡頭的臥室門敞開著，曼笙跟著耀宗輕輕走進去。迎面便是一張大床，床頭上方的牆上掛著一幅很大的西洋織絨掛氈，房裡的傢俱都是龐然而笨重的中式雕花木器。每一樣東西都像是碩大無朋的，曼笙這才發覺在大床上半靠半躺著一個相形之下顯得分外瘸小的老人。

接著，她這樣給了我們這老人的特寫，還是那一點也不激動的調子：

老人的面部有點異相，多看一眼就覺得鼻子以上全是臉，鼻子以下幾乎什麼也沒有。曼笙後來發現那是因為老人的頭已經禿光了，額頭雖然皺縮還是明顯，而沒裝上假牙的嘴全瘸縮到鼻子下面，剩一點下巴連著板鴨似的脖子，才構成這樣奇怪的面孔。被單下面幾乎是平平一片，不大看得出來有個身體或者骨架子在底下。

薛荔老是這樣平平穩穩地說故事，卻往往會像這段文字那樣叫人驀焉吃了一驚，或者會心地一笑，或者在心中「啊！」「哦！」地吶叫起來。像下面寫海灘的一小段，就會叫人讀著微笑地搖頭稱許吧——

老人眼光直直地望著前面的海。遠遠的海灘上有幾個人在散步。夏天過去了，弄潮的人都散掉了。海水是藍灰色的，連著黃灰色的天，像一張陳舊的畫片。他們靜靜地面對著浩浩的太平洋，一波一波無休止的海浪，像是許多洶湧的手臂，一次又一次地徒勞往返，想要攀附上一片陸地。

這樣不文不火的薛荔的語言，也終於不能不成為她獨有的風格了。而她幾個為人留下較生動印象的人物，其實也就是靠這樸質溫和的語言去烘托出來的。背負著歷史沉舊包袱，對著它刻薄嘲笑的陳耀祖；懷著對改變了她一生對中國的情感的死去戀人的哀思，放浪於不毛的異國的黃珏；那馱負著「革命中國」難言的創傷，懷著初萌的愛意，在回憶的夢魘中荒謬地客死他鄉的沈長安；寂寞、聰黠、渴想著父母、家庭之愛的，被生在異國的小傑……也就那樣溫文、素樸地活在讀者的心中。

離開風雲激盪的七〇年，又是十六個年頭了。對於西方的知識分子，七〇年是一個激進的、反亂的年代。對於港台留美知識分子，七〇年是一個難忘的鍛鍊年分。日本六〇年代末七〇年代初的反安保世代，和西方七〇年代反越戰、為言論自由鬥爭的一代，在全面右迴旋的八〇年代中，撐持著[3]批判和思想探索的工作。如果打這歷史背景去看，對於經過釣運洗禮的一代，歷史怕是會向他們提出比較苛護的要求——要求他們在各方面提出更為優秀、豐富和壯碩的成績來。就薛荔來說，光只是表現「國家的分裂，自我的流放」這兩個「解不開的愁結」，就夠激勵她再接再厲，寫出一篇比一篇好的小說來。

然而，「釣運後」的留學生文化的風化過程中，薛荔在文學上畢竟堅持了勤勞的工作，並且初步提出了充滿著應允的成績來。我們以大的喜悅，祝賀她這初收的、美好的果子，在她鍾愛的故鄉台灣結集出版，並且期待她有更好、更豐盛的創作。

初刊一九八六年九月六日《自立晚報．副刊》第十版
另載一九八六年九月《洪範》第二十八期第四版
收入一九八六年十一月洪範書店《最後夜車》（薛荔著），一九八八年四月人間出版社《陳映真作品集10．走出國境內的異國》，一九九八年九月聯合文學出版社《初雪》

1 「中共的革命」，人間版為「中國的革命」，且於文中未加引號。
2 「學人」，人間版為「海外學人」，有引號。
3 「撐持著」，人間版為「少數一些人還在撐持著」。

千年古塚

試評王小虹散文集《葡萄樹》

《葡萄樹》是王小虹女士自一九六一年以來二十五年間所寫的散文選集。從數量上說，她不能不說是少產的。但從品質上說，她寫的散文中最好的幾篇，卻已卓然成家，有她極為異色的風格。

王小虹女士的散文世界，有一種極為獨異的寧靜。她的時間，總是從現在往湮遠的回憶和夢境似的過去倒流。夢和回憶之間，又不見清楚的限界，塵封、清冷、靜止而憂悒。在她不知寫於什麼年代，而定稿於一九八六年的〈天堂之獵〉中，有這樣的句子：「……過往的生命，日日面對千年古塚」。我簡直以為這是王小虹女士表現於她的散文世界中的、她的心靈最中心的吶喊了。

在靜止的、過去的時光中，王小虹女士的散文，透露著一種深沉的、生命的枯索和空虛之感。〈乾燥金錢花〉裡寫唐突的死亡、唐突而絕望的重逢、對於哀怨的姊姊的回憶；〈無河之渡〉寫「漂流了一世，飄泊了一生」的、怨悔的、荒廢的、寂寞的生命的熄滅；〈錢塘江潮〉的孤獨、靜止的童年記憶，充滿著噤默的吶喊、恐懼和瘋狂；〈燈海〉中黯黯的清冷和絕望；〈輪迴〉中靜止不波的時間、煩悶和極為巨大的空虛；〈兩顆星〉中散發著腐味的、衰頹的過去；〈加酒的咖啡〉寫一種荒漠的幽怨；〈黃昏〉中虛擲的年華和對於生命的一股無助、痲木與頹敗之感……構成一種巨大的、令人悚然的憂悒、孤獨、幽怨和荒疏的痛楚，讀之怦然心動。

我從來不曾讀過此間的散文，像讀王小虹女士上揭的數篇，那樣屏神、反覆地讀的。晚近的社會學，也分析了飽食的、高成長社會中的「現代人」的各種疾患：理想和人生目標的喪失、異化、空虛、窒息、荒廢……的心靈。但王小虹女士所表現的這一切心靈的憂悒、空虛、荒蕪和枯索，似乎發乎她生命本身的內面者，遠遠多於現代生活所外鑠於人者。早早在一九六一年發表的〈十字路口〉，年輕的王小虹就透露著一種她那近乎本質的孤獨，與青春相對的衰竭、放棄和絕望感。一九六三年，她就寫成了於台灣為僅見的、精美的散文詩〈甬道〉，就散發著絕不只是少年之愁的不可知論、寂寞和「牆」的重壓和苦悶。一九六七年，盛年的王小虹在〈黃昏〉中寫著一種自棄、頹萎、空虛和浪擲的心靈世界。

這是王小虹女士對於生命之淒愴、空虛和荒廢的側面的、天生的、敏銳的直感吧。這種淒愴，這種荒廢、孤獨和空無之感，甚至在她寫著愛情的時候，也絲毫沒有歡喜和狂野。她寫的愛情，總是經過千百層的壓抑，顯得僵直、尷尬，甚至是不快的。她寫梨花和銀子之間的同性之愛，是古典、隱晦而且悲傷的〈燈海〉；在〈輪迴〉裡，愛情充滿了氣悶、厭倦、「窒息」而且「冰冷」；〈兩顆星〉裡的薄命紅顏豔萍，也不是浪蕩和冶豔的；在〈加酒的咖啡〉裡，私情[1]顯得「僵硬」、笨拙而尷尬。王小虹女士的語言，在她寫得最好的時候，凝煉、準確、精美。她在表現情感的時候，是壓抑、迂迴、內斂而晦暗的，在中國文學中，近於義山。但李義山卻在千重晦澀與變貌中，仍然透露出一種強烈的肉感（sexuality）。而王小虹女士卻以近似的晦澀與斂抑，表現出人的激情的不在，從而形成了令人震驚的，對於生[2]的深沉至極的悲傷。

王小虹女士的這淒愴的世界，離開了她在語言和形式上驚人的成就，是毫無意義的。出身於中國文學系的王小虹女士，在現代美文–散文上的成就，十分令人注意。中國文學的專業，沒有使她的語言變得陳腐和殭死。相反，在四十年來台灣現代漢語日益俗鄙、粗糙，若江河之日下的時候，她的語言有生動的、優秀的漢語傳統，高度凝煉、準確，含蘊著極為豐富的詩質，並且奇異地顯示出語言上和中國三、四〇年代白話文學的自然的傳接。寫在一九六三年的〈甬道〉，有極為優秀的、三〇年代散文的氣韻。她這樣寫：

我靠在一座低低的牆上，面對著我的是一座高大的、淨色的牆。這是一條窄窄的甬道，我在這甬道中，極高大，卻又感覺渺小。我不知自己從何而來，往何處去。

我還像走在水面上，飄浮著，閃耀著。

我又好像在井的底，那麼深沉，那麼死寂。

不知哪裡來的聲音，它們在說：

「你是誰？」

「我是誰？」我反問著。

偶然抬起頭來，有一輪皓月，獨行於如洗的青空，無視於煙霧浮騰的人間，亦無視於漫無涯際的天宇。

又彷彿有魚，婀娜地游來。五光十彩的魚鱗！迷戀了一雙雙眼睛。

有流浪之鳥，悄悄地飛來，輕輕地掠過，未曾留下一鱗半爪。

似乎沒有風，也沒有雨點。我看不見顏色，聽不見音樂。

踩在我腳下的，是一片淨色的地，一如那低低的、高高的牆。

這樣的語言，雖然絕不是中國新文學中所無，卻也是四十年來台灣散文中所極罕見。當她寫一個敏感的小女孩，眼看著母親因情愛的驟變，神智狂亂，她的語言發散著一種寂寞和至深的哀痛：

我帶著這種鞭策，慢慢地成長。我們離開了魅影似的日本房子。市面在歲月推移中慢慢改變。我們遷入一幢公寓，母親被從地面關入高樓。在一間較小的房間裡，她是全然地獨居了。有時候她一點也不認識我。每天我為她清理床褥，我發現她變得驚人地小，小得像一個枯槁的嬰孩。我注視她布滿雲翳的眼睛，她會握著我的手。

「潮來了，潮又來了。錢塘江的潮水啊！」

極度地想逃出她的房間，逃出整座大樓，變成田畦中的螻蟻，滿張了微弱的觸鬚……

——〈錢塘江潮〉

瘋狂。恐懼。悲傷。充滿著夢魘似的聯想。有時候，王小虹女士的語言，像是舊時沉重、清冷、發著古腐的幽光的梨花心木傢俱。

「梨花，梨花。」銀子輕呼著。剛才回來以前，手裡摸著四色牌，她就幻想著，梨花坐在她的旁邊，彷彿托著茶盤的侍女；而她的美是驚人的，髮髻高高聳起，古典的肩頭，承侍著煙騰而低矮的房間，散發著小而明亮的光。銀子激動起來，但願她永不離去。那是什麼時候？銀子記起第一次看見梨花，鄉村裡小小的戲院，喧嘩著人聲和鑼鼓，十六歲的梨花，在台上詠嘆著哭調，淚流了滿面，銀子挾著小女兒回家，淚流了滿面。愛情啊！命運啊！銀子苦苦地哭著。

——〈燈海〉

〈燈海〉如果離開這樣暗暗的、清冷的語言，是無從表現那湮遠的孤寂和極為古典而又晦澀的激情的。王小虹女士的語言，時常充滿著生動的意象。像〈錢塘江潮〉中孤單的庭院、桃樹，桃子的墜落，來而又往的口哨，枯萎的生命，深埋的、羞恥而又苦痛的記憶；像是〈燈海〉中青色的髮，紅得叫人不安的燈海；在〈那落淚的眼睛〉裡，甚至出現了奇異的、深深地囚錮在潛意識，只出現在荒疏的、超現實夢境中的意象：「在翳鬒之中顯現的眼睛」。

「誰在哭泣？」

他的身影在窄小的房屋裡，看起來是如此地荒謬。沒有回答。紀芸抬起頭，隨又旋視：

「誰在哭泣？」

哭泣之聲，仍在微微響著。他們巡視著，那是一雙在翳鬒之中顯現的眼睛，眼睛在流著眼淚……

許多的時候，她的文字喚起了我們深鎖在回憶中的聲音。

——〈那落淚的眼睛〉

直到有一天，康民和紀芸也看到了渴望，在彼此之中找尋的東西。他們說不上來那是什麼，彷彿是夏雨之後的清涼的氣候。紀芸看著康民騎單車。單車的雙輪，咱達咱達，在紀芸的眼前旋轉著，旋轉並在擴大擴大，彷彿午夜裡飛機的羽翼旋轉之聲，十分古老而又熟悉，在這樣的曠野，漫浸著都市殘留的氣味。炊煙裊遠，紀芸嗅不到一絲家鄉的風味，她依附著康民的單車，單車上的咱達咱達的回響！回響透過那些房屋，那些三三兩兩，似群聚而又獨自的人們。咱達！咱達咱達！

——〈那落淚的眼睛〉

這些聲音，乍看是荒謬的，但在雜沓的夢中，卻有永恆的真實性。但聽這夢中的簷滴吧：

「你牽引我到一個夢中，我又在別個夢中忘記了你。」真的忘記了嗎？那是很難說的事，這個夢到那個夢，都是夢，沒有醒的時候，也就沒有忘記的時候。但確乎有的時候忘記了，彷彿屋簷上，深深的夜裡，一直滴滴答答，滴著雨淚，靜靜一個人傾聽的時候，聽著聽著，一下子，停住，不滴了，有那麼一會兒，一切都是靜止的，彷彿在真空的漏管裡一樣，什麼都不想，什麼都忘記了，然後，再開始滴，再開始連著想。

——〈加酒的咖啡〉

這種夢的、記憶的特質，到了她在一九七七年寫的〈髮〉，幾乎成為無條理的、心理葛藤的流動。通篇只有一種無法甦醒的、卻絕不恐怖的夢魘，充滿著奇幻的、變化不居的意象，無從索解，也拒絕著詮說：

我看不見你的臉，你的臉被烏絲掩遮。我只能想像你有著細細的膚和亮亮的眼，想像纍集起來，幾乎變成真實。我已不再渴望細賞你的面目。我以為，擁有那麼一頭烏絲的人，一定也彷彿如是。因而我深深感到快活，我更感到驕傲，我把你的髮，出示於人。我內心知道，有些炫耀的不妥。然而我禁不住，而每次你也很亭亭地站起來曳曳生姿地展示開來，讓我更快活，我向我的神說，我向我最親密的朋友說，我向我的良心說——我向一切，我自以為足以信賴的對象述說。

回歸原來的道路上，那是不可能的事，而一切都在改變當中，首先，你的髮，的確稠密，然而漸漸也有空隙，時或能在這些小空隙當中，發現你髮中有雜色，其色羼雜，一如良中之莠，而我又是一個喜愛完全的人——這二重人性，恐怕不是你始料所及的了——。後來，我又發現一小部分，一小部分的肌膚，上帝，居然你能夠那麼辦事小心，竟讓我看到了你的肌膚，你的肌膚一如魚鱗，不但層疊，而且隨時脫落，而你尚且用你的背後的髮，在人群中，很曼妙地來往著。我注意到，其中有傾慕的眼，有神往的光，有默默的述說，有衝動的起立，於是，我在為自己惋惜，為他們扼腕。

如果不是王小虹女士那堅實、煉凝、具有因深厚漢語傳承而來的典美，這些意象的流動、思維的唐突和斷裂，這些晦澀和荒謬，就成為流行於台灣五〇至六〇年代的「現代主義」。思想和生活幾與所謂現代（modernity）絕緣的王小虹女士，毋寧是只能從她天生的對於生的唐突和無條理的、殊異的敏感去解釋她的散文的異色的性格吧。

收在《葡萄樹》中的二十四篇散文，品質和風格上有很大的出入。也許出於出版社對書本有一定的頁數上的要求吧，選擇上沒有一定的標準，是這本散文集的重大缺點。王小虹女士似乎最拙於論議。而她的散文中，最失敗的部分或篇章，往往都是她的議論之處。例如她的極好的一篇〈錢塘江潮〉的末尾，談論著類如什麼是「實質」的、哲學性的問題時，她顯得極為拙劣而不自然，徒然為一篇意境淒寂、充滿著豐富意象、語言古美的散文，拖上一個粗惡的尾巴，叫人扼腕。〈葡萄樹〉中關於「我和葡萄樹之間，是一體的兩面」之類的議論，也是失敗的。使〈消逝的國度〉成為失敗之作的原因之一，正是王小虹女士沒有讓她那獨異的、從心靈自然而濃郁地流出的意象，浸湮成篇，反而思有所象徵，思有所論議的緣故吧。她的幾些遊記，例如〈珍珠圓夢〉、〈金線嫁衣〉、〈遊戲與冒險〉、〈一片惘然〉都沒有寫好，恐怕也是要在遊記中發為論說所致。最能說明王小虹女士不適合有意識地在文章中寄寓意理者，莫過於她的〈奴隸市場〉了。從題旨上看，從作者的野心看，這應該是一個可以寓言豐富意念的題目。但仔細審讀，卻是貧乏、紊亂。

毫無疑問，王小虹女士，以她秀異的語言所表現的異色的心靈世界，靜謐、停滯、空虛、孤單、窒息、無助、荒蕪、枯萎、懷疑和悲淒，都是那麼深沉而獨一無二。這獨異的特質，卻同時使她的作品自然地看不見生活和歷史。她呈現了生命中無條理的、心理葛藤的、沒有目的的、淒哀而又無奈的流動，卻同時使生活只剩下漫長難挨的時間。如果文學還要求讀後對人、對生活、對自然的新的啟悟、新的認識，從而去轉變自己，改變生活，那麼，王小虹女士的這些珍美而獨見異色的散文，除了給予我們對生的絕望這個無疑為生之真實的重要側面，有極深的再認識和再感受之外，也不免空虛吧。

然而，表現人生的空虛，畢竟也是文學的重要素材吧。經歷了人世的沉哀與摧折而初老的我，認識了除卻歲月之外所無法教我的，對於生命的軟弱、無告和廢頹的可哀的本質。因此，我已無法若少時的愚騃，機械、教條地指責文學中自存的「非戰鬥」性的側面。然而，我也還無法對於王小虹女士生動地感應了我的，生之淒愴、孤獨與非條理的悲哀，給予極高的評價。但無論如何，在語言和形式上，以及和她以獨有的語言與形式相應而表現出來的停滯而荒廢的這一代人的精神世界，王小虹女士的散文中最好的幾篇，極值得嚴肅的文學讀者屏息細讀。因為這本集子篇章雖少，卻以它無可類比的風格和精神世界，確立了它自己在文學上的價值。

初刊一九八六年九月二十五日《自立晚報．副刊》第十版
收入一九八八年四月人間出版社《陳映真作品集10．走出國境內的異國》

1 「私情」，人間版為「感情」。
2 「生」，人間版為「愛」。

大眾傳播與小雜誌 1

以清楚的語言確立宗旨

要辦好一份雜誌，有幾項要點，第一個也是最重要的一個便是宗旨。市面上有各種不同的雜誌、刊物，每個雜誌都有自己的身分和性格，這個身分和性格就是宗旨確立後所顯的標誌。要如何確立宗旨呢？我的建議是：「一定是可用一句、兩句或三句非常簡潔明白的語言寫出來的，一定是可用清楚的語言講或寫出來的。」因為用清楚的語言才能表示出你非常了解「什麼是你的宗旨」。當然，宗旨有兩種，一種是教條的，宣揚三民主義、政府政令之類，另一種是你真正要的東西，真正希望你的雜誌表現出來的東西，這是在編輯部策畫整個刊物時就要考慮清楚的。每一個刊物最重要的便是須弄清楚其性格為何。以《人間》雜誌而言，則是以文字、圖片從事記錄、報導、發現、再發現、評論的雜誌，這些就是宗旨。

設專欄來實踐宗旨

第二個要點是如何具體實踐宗旨。宗旨是抽象性的指導方針，要具體實踐之，便要「設專欄」。宗旨影響專欄，如果所有專欄的設立沒有宗旨，專欄就是分散、模糊而沒有目標的，所以，一定要確立宗旨後，才可以設計專欄。

輕重文章的分配有其技巧性

第三個要點是比重的分配，亦即調配一本書的輕重。調配後讓讀者有均衡的感覺，這是比較技巧性的問題，應由總編輯來評估。此外，重頭文章放在前面或後面，亦由編輯部來決定。

以上三點是要辦好一份雜誌，其本身所須具備的條件，接著討論幾個其他的問題。

了解與創造讀者的需要

「有沒有人看」，這是個又矛盾又統一的問題。一個辦雜誌的人，尤其是在市場上競爭的雜誌，如果特別重視市場，那他就是個傻瓜。了解讀者的需要是什麼固然不錯，但除了迎合讀者的需要，更要有能力創造讀者的需要。現代的編輯須明白雜誌是透過一定的市場規律賣出去的，要懂得整個流通、發行的過程，和其與廣告的關係。我們所需要的是一個有文化領導力的編輯群，社會的庸俗化東西出現在雜誌上，是因為市場需要庸俗的東西，所以才生產庸俗的東西，生產出來的庸俗東西又使我們的生產愈來愈庸俗化，這是一種惡性循環。可是我們一定要有些有眼光的編輯，我們一定要相信，既是人，就有一種對高尚的、感人的、愛的、提升人的東西的飢渴，這種飢渴的存在，如果不是比對庸俗的東西的飢餓大，至少是同樣的大。在這個基礎上，才能辦一個又暢銷、又有風格的雜誌，我們的編輯部一定要有此概念，及深層的文化素養，絕不用庸俗的眼光來看讀者。所以，編輯部不僅要了解人的需要，更要創造發掘人的需要。

雜誌的包裝

再過來是「包裝」的問題。包裝是很重要的，一個雜誌因為愈來愈具有商品的性質，便須考慮在市面上如何能讓雜誌站得出來。然而為包裝而包裝則是無用的，因為內容貧瘠，對不是那種讀者的讀者而言，包裝得再好亦屬無用。包裝的需要一方面是時代的趨勢，二方面也是可以推翻的。在雜誌愈來愈成為商品的時候，包裝上就愈是爭奇鬥豔，如開數的變化……等。

編輯人的自我成長

「編輯人員的自我成長」，就是一定要好好用功念書，因為一個編輯人是大眾傳播的負責人，他對文化、思想影響力之大是驚人的，所以一定要充實自己，深刻了解人文素養，才能勝任這個工作。沒有一種工作像編輯這樣每天接受新的工作、知識、挑戰及活生生的人事，現在的社會愈來愈階層化、分散化，只有從事新聞工作者，一有問題可以隨時請教老師、專家、查書，然後你的閱歷便不斷增長，這不斷增長的閱歷、知識又使你在臨場的時候立刻又碰到新的問題。故一個編輯人要有非常深的人文素養，同時亦須有強烈的求知欲、好奇心及強烈的社會責任、正義感。

編輯人的社會理念

「編輯人的社會理念」，社會理念就是對大眾的強力性要非常了解，一個編輯人要有正確的社會理念，他必須公正、客觀，有豐富的學術素養、強烈的社會責任心，甚至對祖國也要有強烈的責任感。

傳播者無疑的重在口傳、招貼。今天的傳播是以大的規模在進行，在人類的時代中從來沒有如今天一樣，傳播的規模是以整個社會為範圍，人類的歷史時代從未受到如此廣泛的傳播影響。造成這種情形的條件何在呢？第一，是印刷技術的改變，由過去的木刻進步到現在的快速轉動印刷機器。第二，是電子資訊器材的改變，電報、電訊、衛星的科技改進，才愈來愈形成一種大眾式的傳播時代，使得時間和空間縮小。

大眾傳播的龐大體制

大眾傳播是一種繼承的體制，就像政治、階級的結構，在既定次序裡的一個巨大結構中，這是很重要的，它是現有秩序裡的重要體制。首先，大眾傳播是個不折不扣的大型工業和企業，是個龐大的體制，需要巨額的投資的巨大產業。再者，它賣的是一種媒體。在資本主義社會裡最大的特色就是商品，如果我們身體的基本單元是細胞，那麼資本主義社會的基本單元就是商品，我們是生活在完全被商品所堆砌的社會。這些商品必須銷售，而如何使消費者知道有這樣一個商品，便須依賴大眾傳播為媒體。大眾傳播發出每一種商品的消息，故其主要收入就是這些商品的廣告，因此媒體的獨立性亦受到一定的懷疑，因為它本身是資本主義社會、商品經濟、貨幣經濟下的重要媒介，亦即大眾傳播本就是這個體制中一個非常重要的部門，要這樣的媒介去批判反省現有的體制，基本上是較困難的。

強力的大眾傳播所帶來的問題

報紙在社會上可能形成一種報系，成為一個大的綜合企業，此一集團的力量可代表國家文化、經濟、政治利益集團及龐大的社會力量、階級力量，亦可以操縱政治、經濟的方向及利益。這樣的大眾傳播帶給我們下列的問題：第一是強大的壟斷性，此壟斷性即因它的巨大而產生，這是很大的問題，因為所有資訊、消息、知識的傳播都在其一手之中，無人與之制衡。第二是強力性——強大的性格、暴力的性格、強迫的性格，大眾傳播有能力把資訊傳到每個人家裡，對我們每天的生活都發生影響。它用甜美的力量，利用今天社會的庸俗、官能主義、享樂主義去驅使我們接受其資訊，以達其廣告的效果。第三是庸俗、浮淺的性格，報紙愈來愈少令人深思的文字，除了一篇社論，其他通篇都是暴力、犯罪、色情等。電視的庸俗性，所謂的圖像文化——我們看了電視，不會用文字語言去思考，而是用圖像去思考，亦即圖像抑止了我們文字的思考。圖像有幾個特性：（一）瞬間的，不論是書上、電視上，一看就過去了。（二）沒有文化的脈絡，後面有歷史，當前有分析和批判，前面有展望，這樣的東西才可算是有文化，可是從圖像看不到這樣的東西。（三）圖像是美的，是虛構的，因此從雜誌攝影、商業攝影中看不到生態的變化，也看不到我們追求社會成長所付出的社會成本、人的成本和文化的成本，這在所有的媒體中都看不到。因此，圖像文化帶給我們非常大的知識性危機。同時，我們亦須注意，享樂主義、官能主義的普遍，大眾消費社會時代的來臨，一方面創造了消費的文化，一方面創造了所謂的「消費人」——人唯一的目標是賺錢，我們的文化是鼓勵消費，這個消費哲學，就是人生是要快樂，人生是要享受，人生就是要過得很舒服，不要跟自己過不去，這才是人生的真義。沒有一個時代像今天一樣，在廣告、在大學經濟的課堂裡，在我們的文化裡，公開的說「消費萬歲」、「享樂萬歲」而臉色不變。由此可知，大眾傳播所顯現出來的是消費的問題，因此我們就比較不注重思考、反省和批判。

大眾傳播常常代表階級和人種上的偏見，在研究整個北美洲歷史之時，是白人侵占印第安人的土地，用欺騙、放逐的方式騙得原住民的土地，同時大量屠殺野生動物，只為了白人的生存，現在卻顛倒過來，白人變成是非常文明的，而印第安人卻是非常欠缺文化，這種階級上的偏見即是大眾傳播的偏見。大部分的大眾傳播都以強有力者的立場解釋世界，因此種族、膚色上的偏見，強國對弱國的偏見都充斥在我們的大眾傳播中。

非體制的小雜誌與其生存問題

小雜誌在富裕化、庸俗化的社會中行銷量較小，這是一個特點，原因之一是文字文化及思想的枯萎所產生的結果，因為這種小雜誌大部分是傳播觀念、思想、反省意識，所以大部分得力於文字的傳播，而且這種文字又非常艱深，並非文字寫得難懂，而是文字背後所代表的思想架構不是如今不用大腦的人所能理解的，所以這是限制小雜誌銷行數目的一個因素。原因之二則是這種小雜誌銷行的對象是訴求之於少數思考的、創造的，或是較具反省、批判力的知識分子，因為它的對象少，故銷行量就少。小雜誌的第二個特點，就是它具有知識的、歷史的、文化的重要性，它的壽命雖短，銷行量不大，可是它在那個國家的文化史、知識史、文藝史上一定會留下永遠的地位。常常這種小雜誌會促起新的文化思想、文學運動，因為它在知識上、思想上、歷史上有這種開創、改造、革新的功能，所以它長久。另外一個特點，是它有改造的可能性，很多雜誌與革命有關，以最新的風氣、思潮帶來了最新的時代，這是小雜誌的功能，也是因為它小，所以有非體制的性格，因為它沒有那麼大的力量，沒有那麼大的壟斷性，而且它的本質上都帶著一種體制批判和體制反省的個性，這些都是消費性雜誌所不能負起的責任。下一個特點是小雜誌比較站在少數者、弱小者的立場去看人、世界、生活，所謂少數者是少數先覺者，像　孫中山先生認為中國應該革命改變，便是當時少數思想上的先覺。另一個是弱小者，小雜誌常以弱小者的立場從事評論、反省的工作，這亦是小雜誌的一個特點。

下面再談談小雜誌有哪些問題。(一)發行量少。在經濟掛帥的時代，便易產生此情況，因為小雜誌具有反庸俗的性格，以及有批判力、進步力的知識分子的孤島化，再加上市場的白痴化，對小雜誌便沒有接受的能力。故使小雜誌的發行量減少。(二)媒體價值小。發行量愈小，媒體的市場價格就愈小，於是就愈沒有廣告的支持，這是財務困難的原因之一。(三)小雜誌常有反企業文化的個性，比方它常常報導公平、公正、汙染……等，這些是在企業方面極力要掩蓋的部分，所以企業界對這種雜誌印象不佳，便產生了一種惡性循環。

消費者對雜誌文化的覺醒

關於雜誌文化產品的消費者之覺醒方面，如果出版品也是一種消費產品的話，那麼我們對於文化性消費產品的消費者應該有一種新的覺醒。文化的庸俗化使得文化產品庸俗，文化產品的庸俗化使讀者更庸俗，這種惡性循環應該有個切斷點，不能讓它永遠這樣，或者讓它變成小循環，使更大的循環變成比較良性的文化。有時候商品社會逼得一個文化庸俗，這一客觀的體制又逼使雜誌庸俗化，此乃目前雜誌文化所面臨的問題。在此原因下，便產生嚴肅雜誌、優良雜誌的「窒息化」，這與整個社會的庸俗化是一個銅板的兩面。此外就是台灣企業非文化即反文化的性格，日據時代，台灣的資本家比現在中級資本家賺的錢還少，可是他們在台灣美術運動史、文化運動史上的貢獻比現在大的多。

我們的知識分子、青年、大眾應該覺醒起來，對於好的、優良的雜誌應該表現出一種力量來支持它，積極而言，應該有個評議會，對有害的雜誌加以批評和反省，對有益的雜誌加以肯定。

初刊一九八六年九月《東海文藝季刊》第二十一期

1　主講：陳映真；整理：宋家怡。

不可為一時權宜犧牲民族大義[1]

主席，愛國的朋友們！

方才，我們已經從主席宣讀的抗議文，對於藤尾正行的暴言，有了概括的理解。

我們不禁要問：為什麼二次大戰期間日本的侵略戰爭勢力，在戰爭結束後四十年的今天，還盤據在日本政界要津，發生這樣的「暴言」事件？

這是因為發動侵略戰爭的勢力，在戰後沒有受到應有的清算和打擊。歷史進入五〇年代，日本軍國主義勢力巧妙地利用了美國反俄全球戰略，不但得以苟活，而且進一步發展和壯大了自己。各位愛國的朋友們！在這個意義上，日本軍國主義並沒有被打垮。它脫下了軍裝，換上了燕尾服，長時期騙過世人的耳目！到藤尾暴言的出現，不外說明了日本軍國主義，已經坐大到何等狂慢囂張的程度！

以藤尾暴言為代表的日本軍國主義勢力得以坐大的另一個原因，是亞洲被害各國政府，對加害者日本的優容態度和行為。

韓國當局和日本當局的苟且合作，歷年來受到韓國愛國人民和學生強烈的糾彈，不在話下。日本當局在表面上似乎對中共的反日立場有所忌憚。其實，中共反日立場的軟化，近來也受到日本反戰和平運動的深刻懷疑。

今年七月帶著劇團來台灣，和此地的中國青年共同演出批判日本侵略暴行、歌頌中國奴工抗日暴動的報告劇《怒吼吧，花岡！》的石飛仁先生，最近來了一封信。他說中共對於中國奴工反日抗暴的花岡事件，態度極為冷淡。對於領導這個抗暴運動的耿諄大隊長，不聞不問。他說中共現在盲目崇拜日本戰後資本主義的巨大發展，大搞沒有原則的所謂「中日友好」。

石飛仁說，戰時被害亞洲各國，曲意優容前戰爭罪犯日本，是促成最近中曾根蔑視美國黑人的言論、藤尾日本侵略正當論的原因之一。亞洲各國放縱、阿諛日本反動軍國主義勢力，使日本侵略戰爭不但沒有受到批評和審判，反而把日本的罪惡戰爭，轉變成正當的戰爭。這樣的現實，不但對世界、亞洲人民的安全，世界與亞洲的和平，造成嚴重威脅，也將為日本人民帶來深刻的危機！

就在後天，這狂暴傲慢的藤尾正行，就要搖搖擺擺地隨團來台，並且接受最高、最豪華、最恭敬的招待！

像藤尾這樣的人，敢到韓國去嗎？不敢！敢到泰國去嗎？不敢！敢到菲律賓去嗎？不敢！

因為那些國家的政府可能沒有原則，可是他們的人民卻有不可輕慢的原則與傲骨。

愛國的朋友們！

對於政府這次歡迎和接受藤尾正行來台，我們感到最深的失望、悲痛和忿怒。

但是，我們人民的態度呢？

這幾年來，我們的社會刮起了一股崇拜日本商法、日本管理的風潮。我們的青少年中，也刮起了一股「儂儂」、「安安」、「原宿」的怪風。我們抗日戰爭的歷史教育長時期荒廢，我們在對日關係上，窩藏了太多的是非不分、忠奸不辨和躲躲藏藏的勾當！

愛國的朋友們！

在這藤尾來台蛇行的前夕，換成任何一個亞洲國家，保證各大學校園抗議的學生鼎沸，街上一定是盛大而憤怒的抗議遊行。可是，在台灣，只有我們在這兒聚集……台灣已經成為全世界、全亞洲最缺少反日、反帝國主義文化的地方。

朋友們，我們要怎樣面對這莫大的羞恥！

從今爾後，我們要開始好好地反省這個問題。

我們勸告政府當局，停止為極為短暫的政治權宜，犧牲了民族大義，羞辱抗日領袖蔣介石先生，侮辱千萬在抗日戰爭中英勇犧牲的中國將士和人民。

對於不知以暴力為恥的藤尾正行們，我們表示最深切的憤怒和最嚴厲的抗議！

初刊一九八六年十二月《中華雜誌》第二十四卷總二八一期

1 本篇為陳映真在「聲討藤尾正行侵略妄言講演會」發言。主辦：中華雜誌社、人間雜誌社；時間：一九八六年十月二十八日晚六時半；地點：台北耕莘文教院；主席：繆寄虎；講演者：胡秋原、周合源、尹章義、陳映真、王曉波、曾祥鐸。

抗議書[1]

日本交流協會台北事務所所長原富吉男閣下：貴國前文部大臣藤尾正行，在接受日本《文藝春秋》雜誌訪問時，不顧人類基本良知，毫無忌憚地為日本對中國、朝鮮的侵略行為狡辯，引起中國和朝鮮人民的震怒。這些乖謬的言論包括：

（一）比起世界史中的侵略戰爭，例如鴉片戰爭、英國侵略印度戰爭、美西戰爭、歐洲侵略非洲戰爭，以及蘇聯侵略阿富汗戰爭，日本發動的戰爭在道德上、戰爭規模上，並不特別惡質。

（二）「南京大屠殺」的內容未定。有關日軍殺人數目估計，自三十萬人至數千人不等。且國際法中，戰爭殺人並非殺人，強調「南京大屠殺」日軍殺人數，無邏輯妥當性。

（三）「東京裁判」缺乏妥當性。日軍進攻南京，遭遇敵人的抵抗，日方盡力排除抵抗，且殺戮命令當為現場指揮官所下令，並非最高指揮官之命令。相形之下，盟軍在日本廣島、長崎投下原子彈，為美國總統之指令，且殺人規模遠大於南京事件，何以竟無人指責？東京裁判的法官之一印度的巴爾法官就認為，一旦經國際法認定的戰爭，就不應將國家間的行為歸於個人去代表。日本是被迫接受和平條款，被迫接受占領政策，從而被迫接受了東京裁判。東京裁判是黑暗的裁判！

（四）如果說日本侵略了別人，則被侵略的一方也有許多問題。以「日韓合邦」而言，在日本兼併朝鮮時，朝鮮為清國之屬地。日清戰後，清國戰敗，對日本在朝鮮進出，有西方三國（俄、德、法）之干涉，尤以俄國對韓覬覦為甚。如果日本不出面，朝鮮當早已淪為俄國所有。而且，「日韓合邦」是伊藤博文和李朝高宗間經過談判同意。因此，日本領韓，韓國方面也有責任。

（五）日本人到靖國神社參拜，並不曾想到神社所祀是不是「戰犯」！只知所祀的是為國捐驅的英靈，祈拜他們庇佑日本的和平。日本人對亡者的看法，與中國人不同。日本人對亡者生前的罪惡，一概不予追究。

（六）而且所謂日本的「戰爭責任」，意思並不清楚。若是打敗仗的責任，應該由日本人自己加以審判，對外國，賠款割地，皆無不可。國家發動的戰爭，為什麼要找那七個人扣上A級戰犯之名，在絞架上絞死。這到底是什麼道理？

藤尾類此荒謬言論，通篇皆是，因此在藤尾狂妄放言之後，東亞各國輿論譁然，連貴國戰爭派首相中曾根康弘亦不能不以為失言，而親向韓國政府及中共當局道歉，並採取免除藤尾職務的具體措施，向世界謝罪。

就是這樣一個藤尾，要大搖大擺地到台灣來。

中華民族遭受日本帝國主義的蹂躪最為慘酷；而台灣省尤其在日據台五十年中，所遭受物質與精神上的加害，既深且巨。因此，我們認為，我們不能容忍這樣一個狂妄、不知以暴力為恥、不知反省、傲慢狂暴的日本帝國主義代言人，公然來台訪問。

我們嚴正要求藤尾正行，為他羞辱中國和朝鮮人民，羞辱一切二次大戰中受害於日本帝國主義各族人民的暴言狂論公開道歉，以示其來台紀念我國抗日領袖蔣介石先生百歲冥壽之誠意。

我們還要正告藤尾們：

一個不知悔罪、不知記取歷史教訓的民族，對於自己和他人，都是極端危險的。我們絕不相信，日本人民會歡迎日本新軍國主義再度將日本帶向另一次戰爭的大禍。

我們熱情歡迎一切愛好和平正義的日本友人，共同為增進中日兩國人民的和平與友好而奮鬥。

但是我們絕不歡迎鼓吹侵略殺人的強盜辯護士！

以下簽名的中國公民，對於藤尾的日本侵略無罪論，表示最深切的憤怒，最嚴厲的抗議！

一九八六年十月廿八日於台北

初刊一九八六年十二月《中華雜誌》第二十四卷總二八一期
收入一九八八年五月人間出版社《陳映真作品集12・西川滿與台灣文學》

1 此抗議書在「聲討藤尾正行侵略妄言講演會」由主席宣讀。講演會時間：一九八六年十月二十八日晚六時半；地點：台北耕莘文教院；主辦：中華雜誌社、人間雜誌社；主席：謬寄虎；講演者：胡秋原、周合源、尹章義、陳映真、王曉波、曾祥鐸。本篇人間版標題為「抗議日人藤尾正行來台」。

當浪子不回頭……

小評〈他是阿誰〉[1]

「浪子離家出走」的故事，是古今世界名著中的重要典型之一。古老的聖經上，也有一則等待浪子回頭的老父親的故事。但在這個老框架中，每個「浪子」故事，都應各有獨創的寓意。〈他是阿誰〉，也是「浪子」阿勇的故事。只是這浪子卻不曾回頭。浪子自然是不一定要回頭的。但就小說而言，或者有這些問題：

浪子阿勇，是「阿嬤」年輕守寡不久，與「景叔公」相通所生。長大以後，他卻在胡姓的「景叔公」家找不到地位，在母親前夫的黃家也沒有地位。作者著意描寫在舊社會中「不正當」關係所生子女所受社會和心靈的被害，使人對阿勇之浪蕩、胡為、自暴自棄、不孝……以及阿嬤的倚閭望門，思念阿勇之悲切痴心，不但有了理解，也起了同情。

但是故事終結，作者告訴我們阿勇是個天生的壞胚，在墓地上，他已親自看見自己終於在黃家歸了宗，他也似乎受了感動而大慟，但這一切都不曾改變阿勇的「惡質」。則就小說論，寫阿勇成長過程中身分認同的挫折，帶給阿勇的傷害，已無意義；阿勇被安排為阿嬤少寡「失節」所生，也無意義（他可以寫成公公同父同母所生的天生壞胚，亦無不可）；阿嬤對阿勇的痴溺，如果只是出於浪子父母天生的憂愁之愛，寫阿勇是她少時「失節」所生，也無甚必要。因為女性對「失節」所生，可以特別溺愛，也可以特別怨恨。總之，由於阿勇這個浪子不回頭，使阿嬤、阿勇、景叔公……都失去了讀者的同情，從而失去了感人的力量。

唯一動人的，就是私下把阿勇、阿坤刻上墓碑的「公公」。

從創作上看，敢於把浪子寫出「回頭」的老套，寫一個壞到底的浪子，當然有創意上的勇氣。但問題在於怎麼重新建立「不回頭的浪子」的、感人的邏輯。例如寫一個浪子壞到底，不回頭，是對於腐敗、虛偽、權謀爭產、沒有家庭真識倫理……的激烈叛變……。

作者敘事、狀物、寫人，基本上是好的，生動的。但讀完故事後，令人感到：台灣的文學，除了想故事寫出來，似乎普遍地缺少一點人文的東西；缺少一點思考的東西……。

初刊一九八六年十一月十三日《中國時報．人間副刊》第八版

---

1 〈他是阿誰〉為短篇小說，作者郭麗華，獲第九屆時報文學獎「小說優等獎」。

九位作家談組黨與解嚴[1]

九位作家談組黨與解嚴這是一件大事，不論是自一九四九年以來或是國民黨史上，這都是一件非常重要的事。民主進步黨的組成，可以說是四十年來，各種反對運動不斷努力所積累下的成果，我樂觀其成，並且要表示祝賀之意。

任何一個政黨，不管它是否承認，它都只能代表社會部分階層的利益；政黨乃是不同利益階層活動的一種，我很期待民主進步黨的社會性格能夠漸漸明朗化。

如果新黨是個民主化運動及批評體制的運動，我希望它能夠加強知識、文化、藝術品質的提升，而不單單只是政治上的活動；過去有許多反對運動，它們不單只是政治層面的活動，更包括了文學、戲劇、思想上的領域，而黨外在這方面似乎非常的缺少；我期望新黨能加強這方面的努力，以文化、哲學、藝術、知識等等作為政治改革運動的靈魂。

第三點期望是，現在新黨已經公開成立了，對於台灣前途問題，以及台灣內部諸多複雜、積累的問題，都要公開的解決，提出具體的方向及建設性的主張，結合廣大的人民、知識分子……，共同探討台灣前途及內政、經濟制度的改革，以迎接一個改革的新時代。光是罵國民黨、上街頭是不夠的，我期待一個真正有遠見、有洞悉力的政治家的出現。

第四點感想是，新政黨也像一個人的成長，它會有幼兒期、少年期、青年期……老年期，我們要從它將來的成長變化來期待它，而不要從它剛誕生的此刻即論定它。

初刊一九八六年十一月《南方》第二期

1 採訪：沈素素。本篇僅擷錄陳映真發言。

探索批判的、自立的日本關係和日本論

從藤尾暴言事件想起

日本眾議員、前文部大臣藤尾正行在今年十月號的右翼綜合性月刊《文藝春秋》，發表了關於日韓、日中現代史上若干問題，極為粗暴的意見，引起韓國和中國人民深刻的不滿。藤尾的「暴論」包括：

- 在世界史中的戰爭裡，日本所發動的戰爭，絕不比其他的侵略戰爭為尤惡！
- 所謂「南京大屠殺」事件，內容並不明確。以日軍殺人數論，從數十萬至數千人，眾說不一。且依國際法而論，戰爭殺人並非殺人，不應以此問罪！
- 日本戰敗，被迫接受和平條款。東京（戰犯）裁判，沒有邏輯的妥當性，是黑暗而不公平的裁判！
- 如果日本侵略了別人，被侵略的一方也有責任。日本與朝鮮成立日鮮合邦，是日本當局與李朝當局協議下的產物。何況當時日本若不插手，朝鮮必為俄國所據。

・日本官員參拜靖國神社，與百姓之參拜立場並無不同的意義，要之僅在對為日本國家盡忠之英靈表示敬意……

從日本右翼政客的立場上看，這些意見並無任何新意。但是從日韓和日中近現代關係史中被害的韓國和中國人民的立場看來，這些暴論是無法容忍的傲慢和羞辱。

但是，台灣竟讓發表這種狂傲和羞辱性暴言的藤尾來台參加廟堂大禮，待若上賓，而且通過政府機器刻意封鎖台北一個抗議藤尾暴論的演講會消息，淡化十月三十日台北一群抗日知識分子向台北日本交流協會遞送抗議文件的示威和街頭講演……

我們到底要怎樣去理解加害者目中無人，對自己加害於人的歷史非但不知反省，甚且狺狺有辭；而被害者對這樣狂慢粗暴的加害者不但不予批駁抗論，反而曲意優媚的這樣一種顛倒呢？

追索日本和中國的戰後史，重新審視整個世界的二次戰後史，或者是尋找這體制化的顛倒之關鍵所在吧。

占領

一九四五年，日本戰敗，盟軍統帥麥克阿瑟將軍進駐日本，完成對日本的占領。

占領者最初的政策，是根除日本的戰爭結構，粉碎戰爭體制的基礎——戰時日本大財閥和日本軍人體系——因此成為美國當局占領日本初期的重要政策。戰後一年間，在美國占領當局的推動下，解散日本戰時財閥、廢止戰時《治安維持法》和「特高警察」法西斯法制、提倡婦女參政、授與勞動者以團結權、提倡教育的自由化改革、釐定土地改革方案，和促成國家與神道國教的分離……逐一推展開來，為日本戰後民主主義奠下重要的基礎。一九四六年，日本戰後和平、非戰、中立、民主的《日本國憲法》制定，成為日本戰後徹底民主化理想之最高法律的指導原則。

在充滿了羅斯福「新政」(New Deal)式理想主義的美國進駐日本占領官僚的指導下，日本國民、學生、勞動者和自由知識分子，熱情洋溢地展開日本戰後民眾的民主主義運動。以日本財閥和戰時官僚為主體的日本保守主義，在日益高漲的日本學術界、工人、學生的民主運動前，受到嚴重威脅，對戰後和平憲法抱持極端不滿的態度。他們批評美國占領體制所強調的民主主義，使「日本國家弱體化，在憲法、教育體制改革中，抑壓了日本公民的國家觀念，使國權分裂和弱體化」。早在一九五〇年代，自民黨就明白宣稱要「自主改正」日本戰後的和平民主憲法了。

冷戰

一九四九年九月，蘇聯公布它擁有原子彈，打破了美國對原子武器的壟斷。同年十月，中共政權成立，五〇年，《中（共）蘇友好同盟條約》簽訂。一九五〇年韓戰爆發。五一年中共軍隊渡過鴨綠江，和美軍直接交鋒。至此，以美蘇對峙為主軸的、全球性「二體制對立」的冷戰態勢形成。美國在日占領政策至此有了急速的轉換。原先，美國建立一個非軍事化、和平、民主化日本的政策，一變而為美國在「二體制對峙」世界中，美國反蘇反共全球戰略裡，再建日本戰後資本主義，成為遠東反共防共重要軍事基地的政策。

這時，在韓戰爆發前，被日本廣泛的民主主義運動步步進逼的日本右翼・戰爭・保守主義陣營，敏銳而準確地把握了世界冷戰結構的展開，作為自己反敗為勝、再建日本戰後保守體制的契機。

對於美蘇冷戰的全球結構之具有世界史性格的形成，遠不及日本右翼實務派敏感的日本革新諸系（自由主義、左派等），依然把美國占領當局當成解放者，熱心地推展民主、自由、非戰、中立的國民運動。日本在野黨和革新諸派，力言日本與戰時同盟國系各國講和，全面解決戰爭所遺留下來的問題，建設永世中立、和平、民主的日本國家。

但是，新的形勢，已經使當初第一個把和平、非戰、民主的火炬授與日本的美國，和那些與日本戰時的軍國主義有各式各樣瓜葛的保守政系緊密合作，共同「養成強大的日本政府，不只為了日本的自立，而且也為了面對遠東地區可能出現的新的集體主義，建設能夠發揮屏障作用的、強大而安定的（日本）民主體制」（當時美陸軍部長羅依爾語）。

再建

吉田政府和他的保守系官僚，幹練、辛勤、堅定地工作，準確地利用了這千載難逢的冷戰時期的開端，迎合美國的全球戰略，逐步完成了以《日美安全保障條約》為基幹的戰後日本國體，捨棄了中立，顯明地在美蘇對立中採取了對美附從、在《安保條約》下復興日本戰後資本主義的政策。其結果是《日美安保條約》的確立，日本在政治、軍事、經濟上正式編入美國遠東反共體制，組成戰敗後第一隻武力（警察自衛隊），並且在美國全球戰略的要求下，避開蘇聯和中共與同盟國媾和，從而在韓戰中擔負起美軍特需工業後勤基地的任務，在「韓戰景氣」中，吉田茂自由黨主持下的日本，決定性地走上復興之路。

在《日美安全保障條約》下，美軍繼續進駐日本。在日本右翼和美國占領軍全面合作的結構確立後，美國停止「解散戰時財閥、軍人勢力」這個占領日本初期的政策，轉而改為復興日本財閥，起用戰時文官官僚的政策。從戰時發展下來的日本右翼資本家、豪族、官僚、軍人、知識分子和文化人，至此不但逃避了清算和消滅的命運，而且得以繼續蝟結滋生，更歷經吉田、鳩山、石橋、岸、佐藤等諸政權，創造了戰後四十年長期支配日本政治、經濟和社會的保守體系。

這些沒有受到清算的戰後日本保守派系譜，直接、間接，或深或淺地和整個日本戰時擴張主義結構有過工作上、組織上、思想上、財政上、軍事上和政治上的關聯。以岸信介而言，他是日本炮製的偽滿少壯派文官官僚，也是籌畫擴張主義戰時財經體制，直接策動擄劫朝鮮和中國俘虜到日本境內從事奴工勞動的官僚。藤尾正行在自民黨內所屬派閥的開山元老，恰恰就是岸信介。

而這一些日本戰中官僚的人事系脈，毫無反省和未經批判與清算，在戰後冷戰形勢下，繼續領導日本，並且挾美國的聲威直接與美國支配和影響下的東亞「自由陣營」各國交涉。傲慢地拒絕言明台灣歸還中國（僅僅聲明日本因戰敗而放棄台灣）的《中日和約》，留下一個「台灣地位未定論」的帝國主義尾巴，就是在這背景下的國際政治產物。

中國

從中國的視角上看來，戰後史也顯現了複雜的問題。

中國進行抗日戰爭時，國共內戰早已發生。國府軍政當局，為了反共和剿共，和日本有共同目標與利益，從而雙方在抗戰期間因防共抗共有過戰略的、權宜的、一時的合作，已不是歷史的秘密。

日本戰敗。在中國戰場上，日本軍方看準了國府剿共的需要，以有利於國府剿共、抗共的投降條件，換取了日本軍員在中國戰區的安全和保障，這也不是什麼歷史的秘密了。一九四九年國府退守台灣，日本侵華軍隊中國戰區總司令岡村寧次以私人身分擔任國防研究院的講座，也不是歷史的秘密。

這些複雜的歷史，就日本軍方系脈而言，他們是不承認在戰場上曾經敗給中國的。這種「不曾敗給中國」或韓國，只承認敗給白人的美國的意識，其實就是如藤尾正行之流的人狂傲暴論的重要根源之一吧。而抗日時期以迄今日，中日間又戰鬥又勾結的複雜歷史，也自然地在國府系統中，形成了一撮「知日」甚至是「親日」的譜系。

那麼，戰時日本軍政官僚和中國「知日」派官僚之間的舊關係，在戰後雙方完全不曾改變的支配系脈中重新復活，應是十分自然的事了。而這一層從未曾被清算的歷史中所衍生出來的「關係」，在戰後全球反共大戰略之下，在美方全力扶持強大的日本以抗共的總政策下，戰敗國日本不數年便得以挾美國的聲威，重新以經濟、技術和商品「進出」於它過去所加害的東亞各國了。

從這樣的戰後史的曲折中，或者應該能找到何以像藤尾這樣一面就戰爭歷史口出暴論，而猶能以貴客上賓，出入被害國的廟堂的答案吧。

台灣

其次，也從戰後的台灣來看問題。

日本於戰敗時，以殘留在台的軍部和台灣極少數一些漢奸資產階級連合發動了一個抗拒台灣歸還中國，以繼續日本在台利益的獨立運動。這個運動立刻被起訴，但後來一概從輕發落。實則，在日據時期與日本支配層合作的台灣漢奸勢力，在光復後不但沒有受到徹底的清算，而且有些人還為新政權所吸收而壯大。相反，有不少抗日、反日組織和人士，反而受到嚴重的抑壓。

在戰後，先是麥克阿瑟的盟軍總部，繼之則是日本右翼政閥，或明或暗地支援了親日（美）的台灣分離主義運動。

此外，日本原在台殖民軍人、教師、官僚，幾十年來在台灣發展他們與台灣舊部屬、學生、同僚的關係，結成組織，相互酬應聘訪。而台灣資產階級與日本資本的共同投資或合作買辦所長期培養的買辦工商階級，也都與日本右翼政客發展了極為「友好」的關係。這次藤尾來台，據說就是養樂多資本的陳重光與國賓飯店的許金德力邀而來。

此外，在冷戰結構上成長的黨外民主運動，一般地缺少對日本舊的和新的帝國主義的批判意識，反而表現出依附美日右翼以對抗台灣既存體制的性格。這種曖昧的台灣戰後史，如果讓日本右翼人士認為：「原殖民地台灣的人民，都很懷念日本的統治，對日本依然懷抱著親慕之情」，那麼，藤尾者流之敢於狺狺然大放厥詞，是可以解釋的。

最近，據一位窮半生之力反對日本再武裝的日本朋友石飛仁來信，門戶開放後的中共，也只一味迷惑於學習日本資本主義的發展，對嚴肅清算中日兩國的戰後史以確立中日兩國人民的真正友好與和平，沒有興趣。最近，中共接受日本超級戰犯土木工程企業「鹿島建設」(因奴役中國在日奴工，引起花岡事件而惡名昭著)在大陸承攬巨大的工程，卻一直對清理類如「花岡事件」這種歷史是非興趣缺缺。

摸索

藤尾正行在《文藝春秋》上發表的暴言中，有過這樣一句話：

如果日本侵略了別人，則被侵略的一方，也有問題吧……

單純地把這句話，從他的這次「暴言」的文脈中抽離出來，對我們造成藤尾暴論的反省，應該有啟發的作用吧。

對於中國，正確認識、研究和對待日本，是一個極為重要的課題。

清算戰後冷戰框架下的日本關係和日本論，探索出新的、批判的、自主的日本關係和日本論，已經刻不容緩了！

初刊一九八六年十二月《文星》第一〇二期

人文思想雜誌的再生

六〇年代末，自由主義的文化性月刊《文星》禁刊。七〇年代初的《大學》雜誌，是繼《自由中國》月刊之後，從思想、文化雜誌過渡到政論雜誌的橋梁。嗣後，台灣純粹的思想、文化雜誌萎殆，卻由《台灣政論》開始，展開了為期約十年的新一代黨外政論雜誌的時代。《中華雜誌》則是唯一從六〇年代一直發行到今天，卻一貫未被充分理解其重要性的思想、文化性雜誌。

思想、人文雜誌在七〇年代中的消失，和報紙副刊的改革有關。向來消閒的、輕淺的副刊，一變而為綜合了文學、藝術、思想和知識的豐富園地，又趕上戰後台灣第一代留美學人、專家和文人的生產期，報紙副刊，特別是[1]《人間副刊》遂全面地取代了綜合性思想和人文雜誌，發揮了很大的文化上的作用和影響。

隨著台灣經濟的高度成長，報紙的發行量迅速、大量成長。發行數量的膨脹，使文化的、思想的讀者，在不斷增加的讀者總結構中，相對地成為少數。為了適應「大多數」讀者，形成要求副刊通俗化和消閒化的壓力。副刊遂漸漸失去了成為知識分子讀者層要求知識、思想和文藝補給的焦點地位。

八〇年代中期，坊間人文和文化性雜誌陸續再生，雜誌從報紙副刊所不能不放棄的所在，拾回人文、知識和思想的可能性。

可是，這再生於八〇年代台灣的人文、思想性雜誌，面對著這些嚴苛的考驗：資金的單薄；台灣出版氣候和環境的全面庸俗化和官能化；製作、印刷和裝幀的成本提高；造紙工業獨占下，文化用紙過分昂貴；廠商對人文、思想性雜誌的廣告投資態度猶豫；雜誌流通體系的後進性格，等等。

但是，更為嚴重、更為基礎性的問題，在於四十年來台灣在人文、思想和知識上的貧困，使文化、思想和知識的生產工作者，人數少，品質一般地提不高，工作不夠認真、嚴謹，缺少最起碼的文化和知性的積累……馴至於使從事文化、思想和知識的生產與再生產工作的人，品質難於提高，人數不夠多，門類不夠豐富廣闊。這種情況，基本性地限制了人文和思想文化性雜誌的品質與發展。

儘管困難重重，從一九八五年底創刊的《人間》雜誌開始，台灣的雜誌市場上陸續出現了幾本廣受台灣讀書界注目的人文性雜誌，為長期籠罩在潑辣的政論和煽情的官能世界的台灣雜誌界，注入一股清流。在台灣，能支持這些標示一個社會的文化高度的雜誌，使它們不但能繁榮發展，還能在文化和人文品質上不斷地提高的，不是政府的文化機構，更不是資本家的基金，而是具有人文與文化教養的知識分子、學生、青年和市民。他們的自覺、團結和參與，用訂閱、購買的方式支持各自愛讀的人文雜誌，是使這些雜誌不斷進步、提高和普及的最有效的方式。

初刊一九八六年十二月六日《中國時報・人間副刊》第八版
收入一九八七年六月人間出版社《人間文叢1・趙南棟及陳映真短文選》，
一九八八年四月人間出版社《陳映真作品集8・鳶山》

1　人間版此處有「高信疆主編後的《中國時報》」等字。

科技教育的盲點

讀十二月十、十一兩日《人間副刊》所載，林俊義博士對此次諾貝爾化學獎「新科」李遠哲博士內容豐盛的訪談，理解到傑出科學家的人間性，感人至深。

把科學家描寫成只知專心致志於真理的探究，懷著一顆純粹而超出世俗是非利害的心，過著不識時務的笨拙的生活，不僅出現在膚淺的小說和電視劇，在具體生活中，恐怕也存在的。

在現實上，我見過，或者聽過只顧自己的事業，不問世事，並且以科學家將關心擴及專業外的知的、社會的領域為不屑的科學家。

對於專業外的社會與生活的理解不足，使科學家把社會秩序看成不變的存在，不知不覺地盲從既有的社會秩序與權威而生活著。如果科學的屬性，恰恰是對真理或知的權威，不憚於以新的視野座標加以批評和再思考，則這樣的科學家，便在不知不覺間違背了科學的精神吧。把自然界可以成立的假說，單純地運用到社會現象的解說，例如把達爾文主義的物競天擇論運用在社會生活，就產生視人間的弱肉強食為合理的、可怕的錯誤。

涵有人文深度的科學家的、知的、文化的魅力，顯著地表現在李、林兩位博士的對談紀錄中。但如果這樣反問：「沒有悲天憫人的情懷，沒有人文社會科學的素養的人就不能在科研工作上取得偉大成績嗎？」回答怕就不是很容易了。

當然，援引達爾文如何在劍橋大學研究時代，熱烈支持了進步的輝格黨的政策；對英殖民地的奴隸體制深惡痛絕；對於人類因文明開化而達成人的解放的思想，散見於他的筆記、談話錄，從而推定達爾文的人文主義和他在科學上的進化說之不可分割，也尚言之成理。可是，今天的問題，與其說是「沒有人文理念的科學家能否成其大？」不如說，「今日的科學家能否完全剝離人文的關懷，繼續從事科研工作？」

這是因為今天的科學與技術，在很大的範圍內，被組織到兩個龐大的既成體制中：在美蘇二體制對峙的局面下，科技被導向誇耀各陣營實力和「優越性」的比賽，在許多造福人類的科技問題滯遲不決的背景下，走向所費浩繁，又沒有科技創發上重要意義的、「不必要的科技」的開展(例如太空科技)，並且在武器的恫嚇與反恫嚇中，競走在武器開發的、荒蕪的競技場上。

其次，由於科研規模的擴大與集團化，科研的可能性，越來越局限於世界巨大的私人和國家獨占資本的手中。利潤、國家威聲，難於避免地歪扭、腐敗和惡用科研工作者和科研的組織和工作本身，造成不可置信的、全世界性的重大災難和危機。從小焉者看，科學者附庸於研究計畫，基金、教席、物質收入條件，尤其在整個科研體制的民主和正義精神薄弱時，科學人和科研工作將造成怎樣的苦悶和憂悒，怕有太多經驗的事實足以說明了。

李遠哲博士對台灣的科學教育有深刻的批評。科學教育中的人文訓練的闕如，恐怕也是整個中國科技教育的盲點吧……。

看到台灣出身的李遠哲、林俊義兩位科學家發人深省的對談，讓我的心中溫暖而且喜樂了好久。李、林二位科學家，和我同是一九三七年代前後所生。在對談中，我竟隨著悠悠地回到台灣戰後那貧瘠、無條理、矛盾卻滿存鄉愁的年代，不知為什麼，心中竟反而湧起一股生的、不可思議的熱意。

為此，我深深感謝兩位科學家難忘的會談……。

初刊一九八六年十二月十九日《中國時報・人間副刊》第八版
收入一九八七年六月人間出版社《人間文叢1・趙南棟及陳映真短文選》，
一九八八年四月人間出版社《陳映真作品集8・鳶山》

〔訪談〕文學、政治、意識形態

專訪陳映真先生[1]

前言

八〇年代以後，台灣進入了一個空前龐大的消費化年代。面對消費社會種種扼殺嚴肅文學生機的現象，台灣文壇上深思熟慮的作家，應該有何心理預備呢？

一九四九年以降，台灣的現代詩壇，一直備受西方現代主義思潮的宰制與支配。這種現象到了七〇年代鄉土文學論戰前後，才有了局部性的變革。台灣現實主義詩人如何搶回那虛擲的三十年光陰呢？

晚近，部分後現代主義派詩人，堅信台灣已進入「第三波」後工業社會，為後現代主義作品設下溫厚的物質基礎，事實果真如其所言？

還有，台灣在一九七九年美麗島事件之後，不斷出現的政治文學，應該如何被定位，它們已經具備上乘文學作品的水準了嗎？

我們訪問了陳映真先生，請他一一給予答覆。

現代主義是非常好的逃避場所

鍾：五、六〇年代，是西方現代主義思潮絕對性地支配、宰制台灣詩壇的年代。事實上，前此的二、三〇年代，西方的文學作家諸如龐德、艾略特等人，便曾對二十世紀的西方文學提出警語，認為「這是一個文學民族性全面崩解的年代」。針對西方文學作家的這項警語，五、六〇年代以西方現代主義馬首是瞻的台灣現代派詩人，到底抱持著怎樣的心情與看法？更確切地問，五四以降乃至三〇年代的中國新文學，一直都走在現實主義思潮的脈動上，也曾深刻地影響著日據下台灣新文學的發展。為何到了五、六〇年代，會出現如此巨大的裂痕？為何，似乎一夕之間，文學的民族性與社會性，文學的現實關懷與批判現狀都被遺忘殆盡了呢？

陳：我想從歷史反省的角度來看待這個問題，將會獲致更為客觀與完滿的解答。首先，我們必須瞭解，日本在接近戰爭失敗的那幾年當中，台灣文學完全處於停頓的狀態。理由是因為當時日本發動了侵華戰爭，對台灣的政治壓迫更為緊張，所以一方面它用所謂的戰爭文學——

皇民化文學，來壓迫台灣作家對日本皇民化體制效忠不二。同時，也以政治性的高壓手段壓制抵抗的、反帝的文學。不過，雖然如此，我們只能說抗日的文學是暫時停滯了，或潛入了地下，並不意味現實主義、民族主義的反帝、抗日文學的消聲匿跡。至少，從日本戰敗以後的數年之間，情況有了極大的轉變。

一九四五年—一九四九年之間是激進的、現實主義的、干涉生活的文學復甦的階段。這前後數年，由於中國大陸有些進步的知識分子、新聞工作者與文藝作家來到台灣，再加上日本戰敗後，反日的、激進的文化人得到解放，所以在思想方面，呈現蓬勃、欣榮的生機。當然，當時在台進步的知識分子，面對上述兩種思潮解放的衝擊時，也出現了語言障礙的難題。但是，大致上說來，它的影響並沒有想像中那麼大。倒是經過一九四九年以後，因著國際情勢的逆轉，整個台灣島上激進、抗爭的文學傳統，再度受到空前的壓制。一九五〇年代韓戰的爆發，導致以美國為首的資本主義陣營和以蘇聯為首的社會主義陣營的尖銳對峙。隨著冷戰年代的來臨，等於宣布肅清激進文學運動的開始。在整肅工作白茫茫地展開的同時，許多當年前進的、民族主義的、反帝、反封建的文學工作者遭到殺戮、逮捕與逃亡的噩運。

而也就在這彈壓、禁制的基礎上，當激進的、民族主義的文學工作者血跡未乾的同時，冒出了另外一批人，這些人以反共的姿態出現在台灣文壇上。很有趣地，他們也就是後來高聲倡導現代主義文風的作家。

就我個人的看法，較早少數的西方作家信奉現代主義，主要是藉此種文學思潮來表達個人的苦悶，或對時局的反抗。可是一般說來，這種有反抗意識的作家終究還算是少數，大部分是沒有批判意識的居多。後來，像出現在台灣的現代主義，它基本上是因著在肅清運動之後，對於所謂激進的、批判現狀的、現實主義的文學產生畏懼，因此，才逃避到現代主義那種不描寫具體人生、不描寫勞動、鬥爭的文學中了。現代主義是非常好的逃避場所，大家便一窩蜂地逃避進去。

五〇年代以後的現代主義(特別是由美新處傳播出來的)，另有一項特色：便是不干涉生活；專事描寫個人內心的矛盾、葛藤；不描寫歷史，在作品中根本是不著時間的變化。而且多半是憨直地模仿西方文學。一九四五—一九四九年之間，文學上提倡民族主義，現在則標榜國際主義(資本主義的國際主義)。這是當年大概的情形。

相對於五〇年代之激進的文學傳統而言，五〇年代以後的文學是模仿的、不干涉生活的。它正好也是從激進傳統受挫的基礎上成長起來的。這從辯證的觀點來看，相當有意思。

影響七〇年代變遷的重大因素

鍾：七〇年代以後，隨著「關、唐」事件與鄉土文學論戰的相繼發生，台灣的現代詩壇似乎也有了局部性的變革。至少，部分戰後一代成長的中生代詩人，諸如吳晟、施善繼、蔣勳已經開始以明白的語言、清晰的意念，寫出現實主義風格的詩作。民族性、歷史性、現實性的文學風貌，在與日據時期新文學精神隔離將近三十年之後，重新出現在台灣詩壇。這詩與詩人的本土回歸運動，就台灣詩界的整個中國近代文學，以至於當代世界文壇而言，應該有何深刻的意義呢？

陳：七〇年以後，整個台灣社會從政治、經濟到文化、文學都面臨了新的挑戰，同時也出現了新的局面。前此，從五〇年—七〇年之間，台灣文壇由於備受現代主義的宰制，一般而言是缺乏反省的。但是，也並非全然如此。六〇年代末期，已經有一些較為微弱的反省跡象出現。譬如文季雜誌社由於有感於《劇場》雜誌一股勁地往西方看，到底有其缺失，便展開對李行電影的檢討。事實上，當時島內的電影，一般而言品質並不好。但文季的同仁卻深深自覺，無論作品好壞與否，都應該加以檢討，這是一項反省的工作。另外，在音樂方面，史惟亮與許常惠的民謠採集工作，也是回歸民間音樂與民族音樂的具體行動。特別是史惟亮先生，他在這方面的認識很深，奉獻了許多心力。這是當年音樂方面的反省運動，不容忽視。

降至七〇年代。如前所述，整個台灣的情況有著極大的變動。這應該與當時的海外留學生有密切的關係。我們都瞭解，六〇年代末期，隨著全球經濟、政治狀況的急速變遷，美國內部的知識界發起了對富裕社會的反省運動：越戰、民權、黑人歧視、校園言論自由等問題，便在這巨大的反省運動中一一被提出來討論。中國留學生第一次在美國目睹了民主的、批判的價值反省運動。後來，美國改變了對中國的政策，這又對中國的留學生造成非比尋常的震撼。保釣運動便以上述的反省運動為基礎，逐漸蓬勃發展起來。當時的台灣知識界普遍燃起了民族主義的熱情，認真地面對了國家認同與回歸認同等問題。這些現象反映在文學之中，便是對現代主義文學的強烈批判。當時，單就惡質西化現象最嚴重的台灣現代詩壇而言，吳晟由於長年居住在素樸的農村社會中，因而較未受到城市現代主義風潮的影響。他的詩作本身便從而有著極為樸質、素淨的本土風格。而施善繼則是七〇年代回歸運動大舉展開之後，才從現代主義的惡魔中驚醒過來，逐漸走上現實主義道路的。基本上，他是一個轉向較為鮮明的典型。至於蔣勳呢，事實上，他的學生時期也頗有現代主義的傾向。只是出國之後，他剛好躬逢了六〇年代末期的法國學生運動，我想這對他應有很大的影響。回國之後，他重新尋找寫作的方向，便走上現實主義的路上來。我總認為，他是一個相當重要的詩人。

總的說來，海外留學生的自覺反省運動與保釣運動是影響七〇年代變遷的重大因素。就文學方面而言，它至少產生了下面兩個結果。其一便是文學界出現了對惡質的、模仿的現代主義思潮的反省與批判。其二，則是鄉土文學運動的誕生，受到各界矚目並給予相當高的評價。

西方的文學才是文明教化的文學？

鍾：七〇年代是台灣文學回歸本土，尋找自己根源的年代；相同地，也就是台灣鄉土文學論戰發生的前後，許多第三世界國家覺醒的詩人、作家與知識分子，開始在新、舊殖民體制、國際性經濟支配－依賴體系等上進行深入的反省與思考。從鄉土文學以後的台灣文壇到第三世界文壇之間，存在著何種程度的異同呢？

陳：事實上，一般說來，第三世界國家的覺醒運動比台灣來得更早。大約在一九六〇年到一九六五年左右，拉丁美洲的知識界便出現了相當深刻的反省運動。這個運動投射在經濟學上，便是揚棄所謂現代化理論，重新思考經濟學發展問題的依賴理論的提出。而約莫也在這個階段，解放神學在拉美的神學界中扮演了舉足輕重的角色。相同地，就菲律賓來說，在一九六五年便出現「民族主義青年同盟」這樣的組織，發動了反美的民族、民主主義運動。這次的運動深深地影響了七〇年代的菲律賓民族主義文學。然而，就台灣而言，七〇年代的自覺反省風潮，主要還是以留美的學生為主幹。儘管當時在島內也發生了鄉土文學論戰，但那只是像我與黃春明、尉天驄、王拓等等少數人較為關心的運動。基本上，並沒有像拉美或菲律賓的自覺運動一般，在社會科學界與青年學生之間，造成劃時代的影響，更遑論一般知識文化界囉！所以，我認為七〇年代的反省運動並非全面性的。它的局促性仍然很大。這與第三世界國家的狀況存在著相當巨大的差異性。而我想，到目前為止，這種狀況同樣還是存在的。也就是說，整個台灣文學在傳達反帝、民族主義與進步的思潮方面，尚與第三世界文學有著一段很漫長的距離。

至於台灣文壇與第三世界文學的相同點，我想應該這樣來看待。基本上，無論自覺的運動如何激劇地展開，仍然有多數學院派的人士，堅持西方的文學才是文明教化的文學。這樣的看法，目前仍然相當普遍。

缺乏鮮明的意識形態

鍾：一九七〇年以後，隨著台灣現實政治的劇烈變遷，文壇上漸有所謂「政治小說」、「政治詩」的出現。文學表達政治問題，強烈批判現實，原本便極富進步性與革新性，然而，怎樣的政治文學是成功、富恆久價值的文學呢？

陳：一九七九年的政治事件，指的當然是「美麗島」事件。基本上，此一政治事件再度造成省籍之間的傷痕。特別對中南部的文學青年有著相當深刻的影響，他們重新燃起對國民黨或外省人統治階層的憤怒之火。其嚴重的狀況，遠遠超出我的想像之外，這一點頗值得關注。因此，便有人提出「政治小說」這個詞兒。從這個稱謂的醞釀、誕生說明了幾件事情。首先，這意味著在一九七九年之前，乃至於鄉土文學論戰階段，台灣的文學界一般是缺乏政治覺醒與政治認識的。我們甚至可以將時空拉得更遠一些，從鍾理和的文學時代談起。像鍾理和的文學作品，便是素樸的現實主義的典型。而他對一九四九年以後的台灣本土派作家，相信有極其深遠的影響。另外，「美麗島」事件之後，文學界突然刮起政治文學的風潮，這又讓我們想起一九四九年以前的現實主義文學。一九四九年以前的現實主義作品與七九年以後出現的政治文學，兩者之間最大的差別，便是後者比較缺乏鮮明的意識形態。而前者雖有深刻的政治信仰作為創作的指導，在歷經四九年以後的政治肅清運動之餘，也成為台灣文學界的絕響。同時，因著七九年之後出現的「政治小說」與「政治詩」，普遍缺乏意識形態的導引，整體的面貌便較呈顯情感的抗爭，而不是由政治、經濟學的角度出發，批判、分析台灣社會內部的深層結構。同樣地，這些作品與中、南美洲的政治文學比較起來，也顯得較為樸質、單純，較沒有深度。中、南美洲的「政治詩」與「政治小說」，往往能夠深刻地分析祖國政治、經濟的問題與整個國際分工系統的背景，在面對階級問題時，也能提出頗為進步、革新的觀點。這相信只要翻閱過馬奎茲的小說與聶魯達的詩作的讀者，都能感同身受。

最後，我還想強調一點。「政治小說」也罷！「政治詩」也罷！就目前的台灣文壇而言，這都是新銳、進步的聲音。問題倒在於，如果欠缺深刻的政治、經濟學基礎，很難處理類似的題裁。當然，意識形態的深刻化並不保證就能寫出好的政治文學。只有當文學素養與意識形態兩者皆臻上乘時，才是高水準政治文學出現的時刻。

鍾：一九八三、八四年前後，跟隨著「政治詩」風潮的崛興，《春風》、《陽光小集》與《掌握》等詩刊相繼出現。基本上，這些詩刊與過去同人性刊物的不同之處，便是它們較沒有個人主義、私密性與排它性的惡習。這對台灣詩壇而言，有何新意呢？

陳：同人雜誌無論立場或意識形態如何，都免不了存在著個人主義、私密性、排它性等問題。事實上，同人雜誌的特色，原本就在展現一小群人的共同想法與共同主張。但是在台灣，因為文化、思想界的普遍貧困，很多同人雜誌，多半只是感情而非思想上的結合，更遑論意識形態的主張了。譬如有部分詩刊，表面上雖然主張現實主義，攻訐現代主義，實質上卻並非那麼一回事。過去有一本詩刊，也存在著類似的問題，在理論上大談回歸中國風格，實際創作上卻有強烈個人主義與現代主義的傾向。四十年來，台灣的同人雜誌，普遍出現言行不一的現象。思想的不成熟應該是造成這種現象的重要原因。比方說，《創世紀》也談中國。五月畫會更樂此不疲，甚至以中國來自我標榜。但實際上它們都有強烈的國際性格，頂多只不過是在文學技巧與繪畫工具方向，添加些中國風味罷了。劉國松的畫又是另一個具體而微的例子，他的墨畫儘管強調中國風格，但因為整個精神上是空虛的，便只能以模仿西方藝術來填補。

你說到《春風》、《掌握》與《陽光小集》等詩刊。其中《陽光小集》我比較不熟悉。但就《春風》與《掌握》而言，我個人認為，已經具備相當程度的覺醒。特別是鄉土文學論戰以後，類似出現在《春風》與《掌握》上的現實主義風格的詩歌，它們一般地有著強烈的社會關懷傾向，這本身便是很有意義的。但是，我仍然得坦誠地指出，只有在理論的周延性上獨具特色，同時提升藝術創作的水準，才能走出一條恆久的道路來。大家還得加倍努力。

走到生活的現場接受教育和鍛鍊

鍾：台灣詩壇現實主義流風的出現，意味著對一九四九年以後普遍宰制詩壇的現代主義思潮的批判。然而，這同時台灣社會也進入了空前龐大的消費化時代。現實主義的詩作、詩學，如何針對高度資本主義社會導致的圖像文明，進行深刻的檢討與省思，進而走出詩的救贖的道路來？

陳：這倒是一個相當嚴肅的問題，進入消費化時代以後，文學相對地變得很不重要。在消費化社會尚未成立的年代，在沒有電視的社會中，人們總是在文學裡尋找問題的解答。青年學生、知識分子與普通大眾，通常希望在文學作品——詩歌、小說、戲劇中尋找到生活的意義，社會的運作方向，甚至祖國的前途。因此，文學作家在那樣的時代裡，通常扮演著極為重要的角色。但是，大眾消費年代的來臨，卻終止了人們對於生活意義、人的尊嚴與祖國命運等問題的追求。代之而起的，便是對物質享受的崇拜。在這樣的社會中，電視傳播與一般消費性的雜誌，透過各種管道，教導人們如何處理生活中瑣瑣碎碎的問題。相形地，討論人性尊嚴、生活哲學的嚴肅文學，便面臨了空前的挑戰。簡單地說，人們既然不願思考嚴肅的問題，嚴肅的文學便遭受到傳達訊息上的障礙。這在目前的台灣文壇，非僅詩歌存在著這樣的困境，嚴肅的小說、戲劇以及音樂同樣也倍感困難重重。

個人因為編《人間》雜誌的關係，對這樣的問題便有更深的感受。《人間》雖然在文化圈中享有極高的評價，然而，實際上卻仍有許多人認為，《人間》雜誌是苦悶、陰暗，看起來會讓人感到難過的雜誌。因此，他們寧可選擇那種花花綠綠的消費性雜誌。即便是耽溺於虛構的幸福中也能自得其樂，反而不願閱讀《人間》這種讓人感到沉重的雜誌。我深信，這樣的情形也存在於文學上。如果文學一味討論嚴肅的問題，在這個消費社會中，必然會面臨發展上的巨大難題。

當然，《人間》雜誌也在一定程度上，受到學生、知識分子與比較有教養的市民的歡迎。我想這主要有兩個原因。其一是我們深入生活做如實的報導。其二便是在如實地報導生活的同時，我們高舉理想主義、關心現實、人道主義的旗幟。從上面這兩項經驗，更讓我深深體會到，今天有心從事文學創作的作家，應該走到生活的現場接受教育和鍛鍊，然後以此豐富的生活資源配合進步的理念，寫出動人的文學作品來。換句話說，我認為在當前龐大的消費社會底下，作家面臨的應不只是外在消費文明的衝擊而已，我們還有社會生活貧困的問題存在。我想，只有全心地投入生活的現場，豐富作家的生活體驗，將進步的理念生動活潑起來，才會寫出好的文學作品來。

面對消費文明的衝擊，作家們除了具備進步的理念之外，更應時時提醒自己深入生活現場。這樣才能寫出不讓人望之生畏，甚至望之生懼的作品來。嚴肅文學重新被人接受，便指日可待了。

鍾：八〇年代以降，除了現實主義詩作以抗爭性、批判性的小眾媒體方式，出現在反體制的詩刊、政論刊物上之外，同時，結合「視覺詩」、「圖像詩」的所謂後現代主義都市詩，也儼然掌握了大眾傳播媒體。這種現象相信頗值得探究吧！

陳：近年來，文工會透過官辦的文藝刊物，企圖復辟現代主義，這是相當明顯的趨向。國民黨文教機構為現代主義翻案的做法，就我個人而言，應該有下面兩層意義。其一是想運用年紀較輕、學養較高的文藝青年，重新扳回鄉土文學論戰時落敗的慘局。從這個觀點來看，年輕一輩的文藝工作者，的確比起七〇年代出現的保守派更為細緻，更不著痕跡。這是有計畫性的運作之下，必然產生的結果。

另外，我們也不能忽略，在台灣目前高度依賴資本主義的發展下，表面上，現代主義的確比起五、六〇年代時，更具備了發展、衍生的物質基礎：人的焦慮、孤獨、疏離與對歷史的冷漠感，都在現代化的物質生活氾濫的狀況下，一一具體地呈現出來。但是，相當致命的問題卻在於，台灣並不是一個單一獨立的國家；台灣的資本主義也與美、日先進的資本主義，無論就政治、經濟層面而言，都有極大差別。針對前者，我們必須深切地認識，台灣的命運與中國大陸的命運有密不可分的關係。就整個歷史的角度來觀察，台灣如果離開了中國大陸，便是不完整的。再就文化、思想、藝術的運動而言，也與中國大陸政治、經濟體制的變遷，有著不可割離的關係存在。因此，它絕非一個單一獨立的資本主義社會。這麼，在文學發展的道途上，顯然也無法單獨地發展現代主義。這是一個值得辯證討論的問題。

再就後者而言。台灣與第三世界國家，在依賴的資本主義體系發展之下，有著休戚相關的共同命運。它們在政治、經濟的國際關係上，都有帝國主義的問題；在國家內部又面臨民主化與自由化的問題。因此，它們與美、日先進的資本主義國家便有所不同。

台灣在整個國、內外關係上，既有如此複雜的關係存在，我還想鄭重地指出，只有變革、進步的文學工作者，深入探究這些問題的癥結時，台灣現實主義的文學，才能達到更高的境界。至於，為現代主義護航的保守做法，基本上是作家思想貧困所導致。他們只是被暫時的消費現象矇蔽的一群罷了！

政治變革與政治文學

鍾：目前，有部分堅信後現代主義的詩論者認為，台灣已經進入「第三波」的後工業社會階段。因此，價值中立、自嘲、冷漠、衰頹的後現代主義「都市詩」，應該隨著客觀環境的遞演而適時出現。然而，就八〇年以後台灣社會的現實處境而言，顯然其中尚有許多問題存在，亟待澄清才是吧！

陳：這問題牽涉對台灣社會內部發展的看法。說台灣社會已經進入第三波的後工業社會，我想這是對政治、經濟學瞭解上的無知所導致。台灣是所謂新興工業國家，是剛剛發展工業化的國家。它與高度工業化以後，進入高度發展的、熟爛的工業化國家不能相提並論。舉工業發展的案例來說吧！台灣的廠商往往是按著國外廠商的訂單、規格與價錢多寡來生產產品。這與具備研究發展部門的高度工業化國家，便存在著相當巨大的差異。事實上，社會學家也早已對台灣在國際分工體系下的位置，有過深入的探討。學術上的討論，在在證明台灣是中心與邊陲國家之間的半邊陲國家。它處於中間地帶。在經濟發展方面，仍然相當依賴先進資本主義國家的發展。

至於後工業社會的「都市詩」，我個人以為，所謂的價值中立、冷漠、嘲諷等文藝腔調，其實不必等到「第三波」機會的到來。早在五〇、六〇年代之時，這樣的時髦風尚已經流行得很盛了。總而言之，目前台灣社會的生活，在高度工業化之後，自然產生冷漠、嘲諷、疏離的人際關係。然而就作家而言，到底是因而也變得短視、失去生活的目標，還是仍然懂得批判現狀，仍然選擇去愛與憤怒呢？這是一項重大的選擇。

其實，單就現代主義而言吧，應該也有自覺或不自覺兩種創作態度的區別。五、六〇年代出現在台灣的現代派，便是不自覺地模仿西方現代主義的藝術風格，終至於被歷史的潮流刷洗得一乾二淨。今天，新一輩的後現代詩人，如果能以自覺批判的態度，來檢討消費機會的種種問題的話，當然也頗為可觀。不過，截至目前為止，我還看不到這樣的跡象。

鍾：一九八六年是台灣社會在經過長達四十年禁制之後，首度出現解禁跡象的一年。從黨禁的即將解除到民間力量的勃興，都顯示出台灣社會正面臨著新的變局。若從文學的角度來觀察，這會不會是「政治詩」與「政治小說」持續出現的時機呢？

陳：我相信黨禁、戒嚴的解除，對台灣社會將產生新的變化，這是無庸置疑的。至於政治文學在面臨新的解禁局面下，將會以怎樣的面貌呈現出來呢？我仍然較為關心文學作品的素質。換言之，從一九四九至今的四十年來，台灣的文學工作者，是否長期在思索著社會結構本身內、外部的種種問題呢？小說家、詩人有否在戒嚴的禁制下，默默地調查、研究、思索、閱讀？我相信往後的現實主義文學，將會驗證我們到底下了多少工夫，累積了多少文學資源。只有長期的努力，積累知識、經驗與智慧，才能造就成功的作家。一夕之間的政治變革，不可能成為造就優秀政治文學的必要條件。

鍾：謝謝您在百忙之中接受我的訪問。

陳：哪裡，您不要客氣。台灣文學的將來寄託在更多苦心經營又有才情的年輕作家身上。希望你們好好努力，寫出好的作品勝於一切的雄辯。

初刊一九八六年十二月《兩岸》詩叢刊第二期
收入一九八八年四月人間出版社《陳映真作品集6・思想的貧困》
本文按人間版校訂

1 訪問、撰述：鍾喬。本篇初刊《兩岸》版未得尋見，故依人間版校訂。

石破天驚

如果沒有顏文門和《自立晚報》，後世的人要怎樣看這一時代的報人和報業啊……

去年十二月三日，只有《自立晚報》衝破新聞封鎖與審檢，全版刊出中正機場警察暴力的消息，使長年來的新聞控制失效，使大報喪盡報信和報格，決定性地扳回了流失中的民進黨票源，提高了民眾對真實資訊的渴望……

這是一篇對自立晚報總編輯顏文門所做的獨家訪問，告訴您：顏文門和《自立晚報》怎樣走進了中國新聞自由的歷史……

由於（去年）十一月三十日黨外民眾前往中正機場「迎接」宣稱要闖關回台的許信良時，發生劇烈的警民對抗，十二月二日，當消息傳來，許信良已經從菲律賓搭乘菲律賓航空公司的班機飛抵中正機場，自立晚報和幾家報社一樣，以加強的採訪人陣，早早派到機場現場。

當天下午五點過後，自立晚報派赴機場的十幾個記者，紛紛回到報社。總編輯顏文門，在他的辦公室裡聽見回社的記者們激動地談論著機場所見。他把一個記者叫進辦公室詢問現場的詳情，接著，他一個又一個單獨地聽取從機場回來的記者的敘述。

每一個記者，都向顏文門描述機場的軍警對無辜民眾所施的不可置信的暴力。「他們大多還充滿著從機場現地帶回來的驚駭和悲憤。有些同事，聲音高亢、顫慄，」顏文門說，「我極力要他們抑制激動的心緒。我告訴他們，我要聽到的是事實，這整個真實的情況。」

石破天驚

顏文門聽到的故事，除了每一位記者在現場的所在不同，整個故事都有著高度的一致性：機場拒馬旁的憲警人員，在群眾開到機場之前，在現地情況毫無立即的危險的情況下，對民眾施加了非現地眼見所無法置信的不必要的、凶殘的暴力。

顏文門和他的採訪主任洪樹旺以及幾個同事，召開了一個不拘形式的編輯會議，決定將這件重大的新聞，做「適當」的報導。會議裡決定了一篇現地目睹的特寫，記錄自立晚報十多位記者的所見；一篇比較完整、綜合性的報導；一篇張富忠被拖下車子，押往某個單位裡遭到毆打的個別新聞事件；以及當時客觀的第三者判明現場民眾無造成立即危險，警察不必以暴力維持秩序的證言及檢警單位的說明，等等，作為次日晚報處理這項重大新聞的內容。

十二月三日的早上，照例起床後沖過澡，顏文門一邊用果汁、牛奶、土司的早餐，一邊瀏覽當天的早報。他極為驚訝地發現，所有的早報都對於機場警察的暴力隻字不提。但另以某種一致性報導警民的對峙，三十多個涉嫌有危害公共危險的公民被逮捕後於晚間被釋放，並在可疑的百姓車上、身上搜出木棒、石頭、竹竿……

如果機場警衛施行了不必要的暴力是一件事實，隔日的早報，在幾十年來台灣政治條件下被掩蓋和歪曲，對於有長年新聞工作經驗的記者們，毋寧是「自然」的、完全可以預料的事。但為什麼讀了早報的顏文門，還有一份驚訝呢？

「因為，據我們記者的報告，當時有多達數十的各報記者在現場。事件的範圍大，時間長，完全不報導，是不可思議的。」顏文門說，「但繼而一想，我當然也理會了各報不加報導的考慮和無奈……」

顏文門開車上班的途中，想起昨晚他特地到某一些台北市候選人總部去看了機場事件現場的錄影帶，以及同事向他敘述的情形。這些鏡頭在他的腦海裡流動著。他到了辦公室，看見一位昨天沒有回來報告的機場現地記者。顏文門把記者叫進他的辦公室，要他講述他在機場的所見。「結果整個故事和昨天其他同事的敘述完全一致。」顏文閂說。

八點二十分，顏文閂照例召開每天的編前會議。會議上，知道今晨各早報對警察暴力完全抹殺的記者，對於《自立晚報》據實把被掩抑的事件加以報導，都沒有不同的意見。「會議裡，我們決定完全依照昨日的編輯計畫發稿。」顏文閂說。

有一位參與了編前會議的自立晚報記者回憶說，「決定按原計畫報導之後，顏文閂說，自立晚報這次報導上的決定，是一件石破天驚的大事。但是，這是新聞工作者的職責所在，也是自立晚報應該做的事。」顏文閂說他可以預期到強大的壓力將接踵而來。「這是我做的決定。一切的後果，由我自己承擔。」顏文閂這樣說。

編輯會議繼續討論了次日的編輯計畫。一切按照十二月二日最初處理這件新聞的精神進行，並沒有因為全台灣各報的緘默，動搖自立晚報的決定。

十二月三日下午十二時半《自立晚報》的第一次版向全省發出。兩點，兩點十五分，兩點半……報社的電話靜悄悄地。「反而這種出奇的沉寂令同事們心焦。」顏文閂說：「可是三點鐘開始，電話潮水般地打進來。」辦公室的電話鈴聲大作，社裡加派了兩、三個人接電話。

「起先，差不多全是對我們咒罵的電話，責問為什麼我們的報導和其他各大小報紙不一樣。」顏文閂說，「他們說自立晚報別有用心，譁眾生事。有人說暴民本來就可以打的。但最叫人遺憾的是許多口出穢言，侮辱接電話的人。威脅恐嚇的也不少。」

沒有人表示讚揚和支持嗎？

「當然有。有些自稱到過現場的民眾說，如果不是我們的公正報導，他們就不能夠了解事實真相。有人說他要訂一百份《自立晚報》分送他的親友，數不清的人向我們致敬……」顏文閂說，但估計起來，反對、攻擊和支持、讚揚的比例，是三：一。讀者來信的情況也一樣……」

十二月三日以後的競選活動場上，不少候選人特別提起《自立晚報》獨立的報導時，成千上萬的人群報以雷動的掌聲。在康寧祥十二月五日在台北華江國中開民主講座的場上，十位學者站在台上，以沉默的雄辯支持康寧祥時，萬餘群眾滔然的掌聲，最為動人。其次就是當司儀向群眾提到有自立晚報的記者在場時現場響起的海濤般的掌聲，讓人真切地感受到千萬民眾對獨立、自由報導最熱切的嚮往、渴望和尊敬。

對獨占傳播的反叛

十二月三日《自立晚報》第二版的選舉新聞，就這樣進入了在台灣的中國新聞史上。自立晚報對十二月二日機場警察暴力的揭發，在秉持新聞工作的倫理和責任，敢與獨占且操縱選舉新聞的強大勢力抗拮，固然難能可貴，但在新聞史上，還不是最罕見的事例。因為，一部世界報業史，可以看成無數報人和報社，長時期付出重大代價，爭取新聞的獨立、尊嚴和自由的歷史，在中國和世界上其他國家內，都常見而不鮮。十二月三日《自立晚報》的公正報導，和同日全台灣大、小、公、私營早、晚報紙，同一事件的報導內容完全不同的這個事實，才是中國報業史上最奇特而意味深遠的事例。許多報界的人都同意，去年十一月三十日黨外民眾到中正機場「接機」發生警民衝突，十二月一日台灣報紙和電視大肆以特定立場加以渲染，一時造成民進黨「過激」的形象，深刻的影響了台灣中產階級的投票決定。「十二月三日《自立晚報》的獨立報導，決定性地影響了選情。」一位選舉觀察家說，「《自立晚報》的獨立報導，發揮了十分強大的影響力。」「十二月三日那天，當我看見自立晚報對機場事件的處理方式，我激動得滿眶的淚水。」一位在台北一家大報工作的新聞記者說，「我知道，顏文門和自立晚報的同業，已經打了輝煌的一仗，進入了青史。」

絕不後悔

「只有在報紙的編輯室工作過的人才能理解到，老顏在做出據實報導機場警察暴力新聞的決定，是多麼困難！」一位台北新聞圈裡的人這樣說。在台灣新聞界工作了十七年的顏文門，可曾想到過事後結果的嚴重性？

「我想到過我也許會喪失現在的工作。我認真考慮過萬一我失掉工作，必須先賣掉我現在的房子，用售屋所得度過一段日子……」

問起十二月三日以後他受到的壓力，「這個部分，保留吧。反正只關係到我個人的事嘛，我看就不必談了……」他笑著說。

「現在回想起來，如果一切能重來一遍，你會做什麼樣的決定？」

「我看還是一樣。」他堅定說。

「為這個處理新聞的決定，這些日子來，後悔嗎？」

顏文門搖搖頭，「絕不後悔。」他說。他說他有一份「出奇」的坦然。「朋友們很為我擔心。」他說。

適當報導的背後

是什麼樣的力量和信念，讓這位對台灣新聞工作的氣候極為熟悉，為人和平、理性，絕不

「激進」的報社總編輯顏文門，做出了甚至一些以台灣報界的「自由派」自居的人也不敢做的決定？

自立晚報言論部主任陳國祥說，一般而言，跑國會、議會新聞出身的新聞記者，由於工作的關係，比較有民主、人權和改革、為民喉舌、關心民間疾苦的思想傾向。「因為在國會和議會中，比較集中地呈現了當前台灣社會中各種政治和社會問題。」陳國祥說。

訪問顏文門，生動地感受到他對人權、民主、正義和改革所懷抱的熱切和理想。

「我一向反對一切暴力。民眾的暴力，我反對。執法人員的暴力，我也是反對。」顏文門說，「任何形式的暴力，都不能不視為對人性最深的殘害和侮辱。」

十二月三日那天，顏文門冷靜、細心地，從個別記者的報告中，證實了警察暴力的真實性。「我知道我的年輕同事，都有良好的工作經驗和專業上的訓練。我知道我毫無理由不相信他們對事實的見證。」顏文門說，「既然是事實，作為一個報人，一定要做適當的報導。」

顏文門這「既是真實，一定要做適當的報導」的背後，有這樣的、他個人的信念結構：

(一)民眾的暴力，應該經過充分的搜證後，依法嚴格處理。但政府的執法人員，應該以身作則，堅持謹守法律的態度。尤其在民眾沒有失控、顯現即刻的公安危險時，對零星的尋常百姓施加暴力，絕不應縱容和掩飾。

(二)因為十一月三十日機場警民衝突事件之後，他感到社會在政治上的兩極分化在變本加厲。「我對這種兩極分化感到非常憂懼，為了選舉的勝利，使仇恨加深，去擴大省籍矛盾，代價太大了。少數有關方面鼓勵這種兩極對立，一定會為台灣帶來難以彌補的損害。」顏文門說，「不秉公處理機場警察暴力的新聞，將使這兩極對立擴大，終至不可收拾。」

(三)因此，作為一個國民黨員，作為一個報人，作為一個國民，站在他的工作崗位上，顏文門怎麼考慮，都覺有責任報導真相。「如果在好幾十個記者面前，執法人員可以、而且敢於肆無忌憚的對同胞施暴力，而又絲毫不必擔心輿論、法律的撻伐與制裁，這就會造成一個可怕的漏洞，」顏文門說，「如果這個漏洞繼續存在，那麼將來就會有更多執法人員了無顧忌地對無辜民眾施暴，造成民眾與政府對立，使政府與民眾為敵，後果真會不堪設想！」

(四)藉獨立而公正地適度報導這次發生在中正機場的警察暴力事件，有關方面不免有一時之痛，但是從整個社會、國家和國民黨的長期利益看，可免去千秋的悔痛，而「有利於社會、國家和執政黨」，顏文門說。

(五)顏文門真切地相信，十二月二日機場上少數一些警察和軍人脫法的行為，絕不是執政黨和政府決策者所授意，而是部分執法人員沒有充分了解執政黨民主和改革的最高政策，而「使執政黨和政府的政策不但無法貫徹，反而阻撓和破壞了好政策……」

最後，顏文門對民主、改革和人權，具有不曾疲倦的熱情與信念。「這一點，老顏十幾年來如一日。」一位台北新聞圈內熟悉顏文閂的人這樣說，「只要熟悉他過去寫過的文章，做過的事，和這些文章和事情對台灣民主化、改革與人權條件所做的貢獻，都會同意我的話。這一點，老顏沒話說。」

事實上，據顏文閂說，十二月三日的新聞處理，他保留了百分之三十。「警察施暴力的照片，也決定不用。全部的稿子送來，我仔細過濾感情、色彩過濃的詞句，和對暴力恐怖細節的描寫。」顏文閂說，「在台灣新聞界幹久了，人人都學會了『自抑』的新聞處理法。」十二月四日的新聞，大夥決定「點到為止」的處理態度。「我們甚至保留了百分之七十的追蹤報導。」顏文閂說，「雖然經過充分自抑，但我們始終堅持我們報導的真實性。這是新聞工作者最低的、無法讓渡的原則了……」

敬業和對於自由的信念

顏文閂，高雄左營人，一九四五年生在高雄海邊桃仔園又耕又漁的家庭，在九個兄弟姊妹中排行第四。五年前過世的母親，明理、慈藹、寬容、不爭……對顏文閂有很大的影響。「她雖然不識字，但她一直是最支持我讀書。」顏文閂說。

小學六年都名列前茅。畢業，入省立高雄中學。「不知道現在怎麼樣了。在我那時，雄中是一個充滿了自由活潑的讀書、思辨風氣的好中學。」顏文閂回憶，「雄中有一個藏書極為廣泛、豐富的圖書館，讀書風氣好，學生讀課內的書，也大量讀課外的書。」顏文閂最早讀胡適，讀申論民主自由的書，就是在高雄中學的時代。

一九六五年，青年顏文閂考上國立師範大學社教系的新聞組。當時的師大社教系新聞組的師資，和在政大新聞系任教者是同一個班子。教室是十人一班的小班制，同學之間和師生之間，發展了比較緊密的知識和感情關係。「在這一段時期中，是我一生中集中學習新聞學的理念和專業知識的時候。許多良師都給予我終生受用不盡的教誨。」顏文閂說。他特別記得歐陽醇先生和孫邦正先生。「孫邦正先生是個了不起的教育學者和教育家。是他看見了新聞工作和社會教育之間的重要連繫，並且在教育上付諸實現。」顏文閂說，「歐陽先生是我們中國優秀、資深的新聞工作者和新聞教育工作者。他深厚的知性、體驗和在新聞工作上高度專業、敬業的精神與風格，對我有深遠的影響。」

一九六九年大學畢業。顏文閂幸運地在業師于衡的推薦下入聯合報。服役期間，在澎湖任軍系建國日報記者，採訪文教、體育和漁會消息。「那是一段令人難忘的、快樂的時光。我喜歡每天坐在漁港，在落日餘暉中，看滿載的漁船入港，卸下豐盛的漁獲，那種快樂，至今還難於忘卻……」顏文門說。可也在那段日子裡，顏文門寫了幾篇為漁民利益說話、揭露當時漁會問題的文章，觸怒了漁會和地方上的黑勢力。「如果他們不是因為我同時有聯合報記者與軍人身分，挨頓揍，就怕難免了。」他說，笑了起來。

一九七〇年，顏文門退伍回到聯合報，自薦要跑一貫由資深記者負責的國會新聞。由於當時的採訪主任張作錦為顏文門力薦，終被接受。兩年下來，顏文門因一九七三年三月二十四日一篇獨家專訪，揭露當時立院內一個主張恢復任三年立委後可以擔任律師的提案，引起社會廣泛的注意，因而促使執政黨取消原議，成為第一個得到聯合報社內特等採訪獎金的年輕記者。張作錦在當時聯合報社刊中讚揚顏文門在工作上敬業、勤勞、信心、謙和謹慎。「一般地說來，顏文門在專業上的篤敬勤勉，台北的報界都很肯定。」自立晚報的陳國祥說，「但更重要的是他有長期一貫的，對於人權、自由、民主和改革的安靜卻頑強的理念。光是在新聞專業上敬業、有經驗，只能成為『報匠』，專業加上對自由的理念，使顏先生成為報人……」為了進步，為了改革，為了顏文門經常說「社會國家的公益」而做「適度的報導」，直接或間接地促成政治和社會的改革，正是十七年來，至去年十二月三日公正獨立地報導這次機場警憲暴力新聞達到高峰的、顏文門一貫的工作信念與目標。

一九七三年五月，顏文門發表〈貪汙犯應該假釋嗎？〉，揭露了當時部分立委欲推動貪汙犯可以假釋的立案。他在文章中立言檢肅貪瀆、整飭吏治對當前政治、社會的重要，對於貪汙犯應獲假釋之議，期期然以為不可。他的短評立刻引起社會的熱烈反響，並且在立院內部引起劇烈的爭議，終於在《修正案》中，沒讓貪汙犯有假釋的機會。「我記得，當時政治學家薩孟武就說過一句話：倘若立法院立了法，讓貪汙犯得以假釋，他要率先建議解散立法院。」顏文閂說，「後來黨的高階層注意到各方的反應，撤消了恢復假釋之議。」

一九七七年，顏文閂以一篇短評〈七洋大樓滄桑〉公開了立法院先則向台銀強「借」台北火車站前的七洋大樓，供外埠委員住宿。十多年後，大樓拆除，立院竟要求台銀另外押租重慶南路、漢口街約二百多坪樓房，供立院作招待所。文章發表之後，引起立院內部正氣委員們的反對，否決了由台銀押租大廈供立院使用的議案。立法院的一位職員告訴顏文閂，由於這一篇短短的報導，推翻了一個議案，從而為國庫節省了一千多萬元。

各報處理政治新聞的領航人

一九八一年，在改組後自立晚報社長吳豐山的力聘下，為了求取一片更寬闊的發展抱負的天地，顏文閂離開了聯合報，到自立晚報出任總編輯。十多年來，他那「凡是一件社會公益有關的新聞，都應做適當的報導」的工作哲學，不斷積累在他認真、勤勉的工作歷練，隨著他那穩健的自由主義的成熟化，來到自立晚報主持總編輯的顏文閂，終於使自立晚報在處理政治新聞上，成為台灣各報的領航人。幾年來，《自立晚報》在不知不覺之間，成為台灣各大小報紙提供政治性議題的標杆和領袖。

一九八二年，陶百川在《自立晚報》發表了一篇批評警總掣肘言論自由的文章，引起警總的不滿，陰策對陶百川的圍剿。自立晚報得到消息，顏文閂迅速而明快地以頭條處理。第二天，《中國時報》和少數幾家報紙跟進，引起社會廣泛的同情，終於阻止了一場必然陷政府於醜拙的「圍剿」，保住了陶百川。

一九八二年，五月七日，老兵李師科搶劫銀行案偵破，顏文閂以二版頭條刊出。才第二天，老兵王迎先被警察施酷刑拷打神秘死亡案爆發，顏文閂又以二版頭條發消息。有關退伍老兵的問題、困難、遭遇，幾十年來，一直是文學和新聞題材的禁忌。李師科和王迎先案，由於顏文閂堅定、沉著、持定的處理，第二天開始，台北各大報開始擴大跟進，突破了新聞禁區，對李師科、王迎先案所揭發的退伍老兵的困難，有較為詳實的報導。

「一九八二年《刑事訴訟法》修訂過程中所引發的問題，黨政分際問題的提起……回顧起來，全是顏文閂主編的《自立晚報》率先掌握到新聞的價值和意義，率先報導，然後引起其他日報的跟進，擴大報導和討論。」陳國祥說，「以這次的選舉來說，顏文門一直集中報導和評論了自中介學人、黨外與政府間的溝通以迄選舉前後的情勢。在某一個意義上，在顏文門主編下的《自立晚報》，幾乎是全台灣唯一表現出編輯部以理性、穩健立場，極力促進台灣民主運動、改革和自由化……的意志的報紙。」

從一年多來顏文門寫的專欄和社論看來，顏文門表現了一種頗為獨特的自由主義信念。顏文門的自由主義，比較上沒有炫學的學理和專詞；比較上沒有動聽的、迷人的理想主義修辭。對於台灣民主化的事業，他深信是時代進步所不可阻擋的趨勢。因此，對於執政黨，顏文門悃懇地建議心胸要開闊，要認清不可阻滯的時代潮流，不要推出令人反感的「金牛」，要推出形象優秀的才俊做候選人……對於黨外，顏文門苦口婆心，要他們珍惜目前既有的工作，以理性和理想逐步展開新黨的工作，不要操之過急，特別要避免造成社會的動亂。作為國民黨員，他長期主張修改目前不盡情理、現實上無法執行的《選罷法》。十二月三日，顏文門在新聞處理上捅出了驚動全島的「紕漏」，他卻依舊坦然，在選舉後連續寫了好幾篇檢討這次選情的專文。其中尤其令人動容的，是他以平實的語言，力言在台灣中國人民間的團結，以寬容、公正的制度來化解所謂省籍矛盾，從政治上、社會上的具體改革，來根本解決民族的認同問題，以理性、真誠與善意，共謀政治的進步與社會的發展。

顏文門的這些理念，乍見卑之無甚高論。但是總地看來，他的魅力來自他長期穩健地在他的新聞工作崗位上實現了他的想法。他孜孜矻矻地調查、採訪、寫作、處理新聞，用他一貫的理性、溫和、持平、樸質的方式，堅定而勤勉地表達他那獨有的進步主義、開明主義和他那穩健而又從不妥協的民主、自由、人權的理念。因此，當筆者初次訪問他，向他在十二月三日處理機場事件的勇氣致敬，他說「那不算什麼。我只做了我應該做的事……」時，顏文門確實表達了絕不只是客套而已、他一貫的工作信念。

如履峭壁，若走鋼索

「顏文門比較不是飽學、學究型的報人。」台北新聞界一位資深的觀察家說，「如果你還要挑毛病，他的文章樸素、平實有之，深刻、淵博、潑辣及生動或有所不足。但他的動人處，在他那素樸、始終如一的，對於民主、自由和改革、進步的信念與熱情，並且一貫在報導和評論、編輯上身體力行，表現出大多數記者、總編輯所沒有，或難於表現新聞的責任心、道德和實踐的勇氣。」

作為總編輯，他有一般總編少見的優點。他編輯感很敏銳，對於可能發展成大而重要新聞的東西，他往往比別人抓得早。「例如許信良在八個月前就說要闖回台灣。」有一位日報記者說，「當時台北各報顯然不重視這條消息。可獨獨老顏用重要的消息處理了。事實證明，有許信良的發展，對這次選舉激起了相當大的波紋。」其次他是各報總編輯中極少數從第一線記者幹上來的總編輯。「顏文門一直到今天，還常和新聞現場保持活潑的連繫。」一位曾與他共事過的報紙界人士說，「他和其他各報的記者同業間，也一直有交通。」第三，他重視人才。他到自立晚報後，為報社羅致年輕的新聞工作人才，不遺餘力。目前顏文門得力的左右手吳正朔，是當年顏文門讀到吳在雜誌上的文章，找他去聯合報。陳國祥也是顏文門力邀，才離開了聯合報到自立晚報的。「有不少年輕人都願意離開原先待遇遠遠高於自立晚報的工作，投效到顏先生那兒，為的是顏文門那兒有一股新聞理想和熱情。」陳國祥說。對於年輕的新聞同業，顏文門是個寬容、准許別人犯錯的上司。「除了對待我，我也沒有見顏先生對待新記者厲言責咎過。他看人，側重看那個人的發展前途。」吳正朔說，「好像他看一個人的當前表現，可也看他的潛力。」

可是熟悉顏文門的台北新聞界朋友，也指出他愛憎比較強。「有時候，對人對事先入觀太強，不免影響他對事和對人的評價。」

「他，熱愛工作。我知道他有機會做官，做生意，可是他熱愛新聞工作。」吳正朔說，「他不搞金錢，不搞私人利祿。我因工作關係，座位挨他近些，偶爾聽見他接特殊電話。我知道他壓力挺重，可是他依然認真、謹慎、勇敢地繼續走他的『鋼索』……」

長年跑國會、政治新聞的豐富經驗，使顏文門對台灣黨政的政治氣候敏感而知識豐富。此外，由於他沒有絲毫的政治上的野心，待人悃誠熱情，黨政軍一般地對他在安全上放心。「這使他成為台灣報界最善於精確拿捏政治新聞處理的微妙尺度的記者與總編輯。」陳國祥說。「在台灣報紙，對敏感性新聞的處理，猶如走峭壁。」顏文門說。但他認為，一般而言，台灣的新聞尺度太嚴，但有些記者或編輯自抑過度亦屬事實。「每天，我在自立晚報的編輯台上走峭壁。」顏文門說，「只不過，我或者比較知道我自己的位置和那懸崖間的距離實際上有多寬。也許別人不但不知道還有一個安全空間，還拚命往後退縮，搞得自己步步驚心舉步艱難……」

都是炎黃的子孫啊……

十二月三日，《自立晚報》以獨立的立場，勇敢地報導了機場暴力事件之後，台灣報界同業的反應，是激動而又複雜的，有很多人對「自立」的道德勇氣和職業尊嚴致敬道賀，卻為自己的工作和報社的表現自怨自艾，自責自嘲。

有一個著名日報的記者說：「十二月二日，如果沒有顏文門和《自立晚報》，後世之人，真不知道要怎樣看待我們這一代的報人與報導……」

面對這樣苦悶、懷疑的年輕一代的記者，顏文閂有這些看法：

在目前台灣新聞界裡，有很多教育背景好、專業經驗好的年輕記者。「這些人當中，有不少人認為客觀的政治環境，為新聞工作劃出很多禁區，馴至有志難伸，無法一展長才。」顏文閂說，「事實上，我以為，即使不必專碰敏感的政治問題，還是有許多社會、經濟、文化……上的問題，可以做深入的調查研究，做出理性的分析，平衡周延的處理，進一步提出有意義的建言，想盡辦法，爭取刊出，有些還是能獲得報社的重視而刊出，對社會也能產生立竿見影的影響。」而根據顏文閂個人的經驗，即使所謂敏感性政治問題，也一樣可以去碰，去寫。「要看自己對政治新聞的求真的工夫夠不夠，態度和動機端不端正，工作倫理和信念強不強吧……」他說。

顏文閂認為，尤其是現在，台灣的社會、政治各方面，正面對戰後四十年來最大的轉變。經濟、政治、社會各方面都要跨入自由化、國際化和民主化……顏文閂認為，這使我們面臨很迫切、很複雜的問題。物質繁榮與精神文化方面的發展的差距，開放、民主化、自由化與政府和社會各部門思想、作風之間的不對頭，科技發展與道德頹萎之間的矛盾，經濟發展與國家目標、民族認同的模糊……「在這樣一個歷史時期，我們新聞記者有責無旁貸的責任，為社會做好採訪、調查、分析、批評……的工作。我們的工作空間和責任會越來越重，越來越大。」他說，「所以不但不該氣餒，還要振作起來，努力充實自己，努力工作。」

對顏文門來說，現在台灣的新聞工作者，還負有一個增進民族團結的歷史性任務。他認為，不論從歷史的過去、現在和未來看，「在台灣的中國人，全是炎黃的子孫。但由於複雜的原因，台灣存在著越來越趨向兩極對立的省籍矛盾。」顏文門說，「在歷史轉變期的台灣，台灣的住民應該合作團結，共謀發展，否則台灣絕無前途可言。」而在顏文門看來，今日台灣新聞從業者，應該透過他日常的工作，來增進台灣內部的民族團結。在去年十二月十一、十二日刊出的一篇長文〈立足台灣、心懷大陸、放眼世界〉中，顏文門力言為了增進民族團結，應該改變對台語的歧視，改變政治、經濟人事上的「省籍藩籬」，全面改選國會以增進公民參政的管道……「才能凝聚民心與智慧，共同為建設現代化的國家而努力」，他寫道。

其實，支持著顏文門在新聞工作上樂觀、進取、積極地對進步、民主和改革長期懷抱著信心的，是他深信國民黨最高決策層，未必是那麼閉鎖、猜忌。

「在我看來，政府推動政治民主化、經濟的開放化和自由化，是個既定的國家大計。在這情勢下，四十年來最敏感的黨禁都打開了，敏感性遠低於黨禁的報紙言論框框和報禁，勢必逐漸開放。」顏文門說，「面對這個形勢，過去經營不善、規模小的報紙，面臨著人才、財政和廣告收入的挑戰，而大報也面臨著重建獨立、自由報格，重建它新聞資訊的信用的挑戰。而廣泛的新聞工作者，更面臨著擴大自己的知識和專業訓練的迫切問題。我看，大家要加緊充實自己，擴大自己的人文訓練，積極地面對明天台灣的報業，沒有時間像過去長期苦悶、抑悒、消極了……」

卑之無甚高論

顏文門每天早上七時許起床。起床後沖個澡。「養成習慣了。我喜歡起床後沖澡，讓你覺得精神特別好。」他說。

洗過早澡，他開始一邊吃早餐，一邊瀏覽幾份早報。近八時，他開車上班。車上聽國內外新聞廣播或音樂。「我喜歡輕快的音樂，聽起來輕鬆帶勁嘛。我兒子和我相反。他聽古典音樂。」他笑著說。八點十五分左右，他和幾個同事開當天編前會議。會後，他開始第一次版的報紙忙碌。「這段時間是最忙的時候，」他說，「一方面忙得喝水、上一號的時間都沒有，一方面卻要心思平靜細密，才能在一大堆稿中抓住重點，理出輕重，掌握發展趨勢。」他說。

下午一點多在報社餐廳或附近小館吃飯，和共飯的同事談公事。飯後回報社，午休三十分鐘假寐，開始看外稿、專欄文章，瀏覽國外重要報章雜誌（「例如《新聞週刊》、《華爾街日報》、《南華早報》……」他說）。下午三點整，開始見客或赴各種工作上的約晤。「晚上五、六點離開報社。晚飯的應酬多。辦報嘛，這怎麼也很難免吧……」他笑起來，「晚上好睡得很，一碰到床，一覺就是天亮。」

就在這樣的日常生活中，顏文門編出了去年十二月三日震動社會的機場消息。「當時我只考慮到報紙的責任與良知，根本沒想到對選情的影響。」他說。人民給予《自立晚報》最熱情的感謝與鼓舞，使今後對報紙真實、獨立報導的期望，大幅度增高……

「我真的只是做了我分內應該做的事，絕對沒什麼了不得。」顏文門說，「當時我考慮的，只是事情的真相……」

握別這身材結實的、才進入成熟的四十歲的顏文門，對於為什麼一件台灣新聞史上的大事，成就在言談樸實、平實卻絕不失熱誠的這個人身上，有了理解。

顏文門不是個理論派。他是個真實的實踐派。十數年的新聞工作，形成和完成他那素樸而不能退讓、不被威嚇的進步主義、改良主義的對民主、自由、開明的不移信念，並且，累積了長期的身體力行，終於編刊了去年石破天驚的十二月三日《自立晚報》第二版的機場事件報導。

台灣的報界，不，台灣的各個方面，在面對歷史轉變的前夜，實在需要有更多像顏文門那樣，樂觀的相信歷史進步的腳步，卑之勿甚高論，卻在具體工作上，毫不妥協地為改革與進步身體實踐的人吧……。

初刊一九八七年一月《人間》第十五期
收入一九八八年四月人間出版社《陳映真作品集7·石破天驚》

我們是這麼看侯孝賢的1

「意義的不在」

以我這個年代的人的成長背景來看侯孝賢的電影，我有兩個感觸：

（一）談到寫實問題，侯孝賢在寫實裡面所呈現的對於生活、勞動、人的看法，是一種意象（image），一種心像（vision）吧。那是一種「感受」出來的意義，而不是一種可以「言說」、可以「分析」的意義。這種沒有特定、明晰的思想而又在創作上傑出的藝術家，必須有很大的創作才華。這一類藝術家是以極端的敏銳，和不可置信的才華，像魔鏡般把整個時代、整個人生自然地反映出來。這種作者要成其大，非常不容易。他的鏡子可以折射出各種東西，誰都可以在裡面找到自己想要的，就算你只有兩個小口袋，也可以裝得滿滿的，各取所需地把自己發現的東西帶回去。

(二)可是他這個長處，在現時現地的台灣，卻恰恰好也是他的限制。如果一定要挑侯孝賢作品的毛病，恐怕就是「意義的不在」(the absence of meaning)。

在台灣這個特殊的環境下，舉凡文學、藝術、電影，乃至於學術界，最大最大的，而且過分嚴重的問題，就是思想的不在、意義的不在。在這個時候，太過強調侯孝賢的不注重思想、不注重意識形態、不注重意義，恐怕並不是一件好事。

侯孝賢之所以特別受矚目，一來是因為台灣的電影文化太貧瘠，好不容易出現侯先生這樣優秀的藝術家，大家自然把希望集中到他身上。在這個善意的基礎上，再加上他具體作品中所呈現的vision、images是那麼具有說服力而自有其邏輯性，使得侯先生的作品顯得格外突出。不過，整部電影看完以後，由於作品的歧義性太大，讓人問，侯孝賢自己的意義的焦點到底在哪裡？觀眾面對這「意義不在」的窘境，只有兩個辦法：一個是各取所需；另一個是根本懷疑有沒有意義。好的藝術品的最大特色是解釋性廣。但當作品的解釋多到一定程度以上的時候，也許就應回過頭來反省：到底有沒有一個意義……

附帶一提的，我在《戀戀風塵》裡聽到的台灣話，多、而且好得讓我嚇一跳。台語原是一種很優美的語言，長期以來卻被電影、廣播、電視等各種有聲媒體有意無意地庸俗化了。我許多朋友的作品被改編拍成電影，台語對白被糟蹋得一塌糊塗。而這部片子裡台語的生活化和傳真，實在令人高興。

無論從哪一方面來看，台灣都正站在歷史激變的前夜。成功的藝術創作，對於改變歷史，對於人的解放和生活的解放，遠遠比其他形式的方法有效用。在這漫長的疑問和等待解答的歷史時期，台灣的藝術工作者的確應該更嚴格地自我鞭策，特別是在「知」的層次上……。

初刊一九八七年一月《人間》第十五期

1 此為「人間座談」標題，本文僅擷錄陳映真發言部分。座談會出席：王菲林、王墨林、許國賢、焦雄屏、齊隆壬、吳正桓、張大春、廖仁義、侯孝賢、陳映真、黃建業、李尚仁；列席：吳念真、朱天文、謝材俊、郭力昕；攝影：蔡明德；記錄：王菲林、曾淑美。

「日本接觸」

實相與虛相

朋友詹宏志最近發表〈台北的日本接觸〉，引起我的興味。這篇文章上說，在台灣，進口日文書刊的銷售總值，已經超過了英文書刊者。此外，日文雜誌在台灣的銷售，已經從個別、零星的流通，變化到定期、定量銷行，有「整流」化趨向。

在日語閱讀人口遠遠少於英語閱讀人口的台灣，這是引人深思的現象。杭之對於圖像文化造成語言、文字的淪亡這個憂慮，我想應該並不單指台北青少年對於日本圖像雜誌趨之若鶩這個現象說的。自從電視文化登場之後，圖像越來越全面地取代了語言和文字，而成為人類思想和表達的主要符號。繼之，圖像文化的發展，又受到商品化、行銷和廣告的強烈影響，而趨向於官能化、享樂化和直覺化。人類因而在不知不覺中喪失了通過蘊含了在數千年歷史和文化中不斷豐富、發展的語言和文字去思維、創造和表現的慣習，一方面造成文字和語言蔫然的萎殆，一方面也大量生產著「圖像中毒」的「白痴」人口。據說，在日本，如果一個老師沒有充足的圖像教材，沒有講台上說學逗唱的本領，在圖像文化中長大的學生，是沒有興趣聽講的。

在這個意義上，圖像雜誌的文字是中文，是日文還是英文，已無關杭之的論旨。只是對日文為文盲的台北青少年，對於日語流行圖片雜誌的驚人消費，更為戲劇性地表現了圖像文化「無思想、無語言」的特質。杭之的憂愁，「良有以也」。

這三年來的日本熱風，在政治經濟上，存在著某種時代錯置（anachronism）。早在日本資本和技術向台灣浸透，並且在美國扶日反共的全球戰略下，迅速形成了台灣對日本進口全面依賴結構的六〇年代後半以後，日本風就該像美國風、美國崇拜一樣，吹進台灣的生活了。但是，對日本文化和政治影響深具戒心的政策，畢竟人工地壓抑了日本影響。八〇年左右，福格爾的《日本第一》以數種中譯本在台灣登陸，在美國經濟長期停滯下尋求經營改革之出路的台灣商界，遂從這本書開始了一系列學習「日本式管理」、「日本商法」的狂熱。日本帝國主義擴張史，與戰後美國全球戰略對日本戰前的資本積累，和戰後日本資本主義的復興，有極為重要的影響。對於這些影響毫無反省和分析的「日本第一」主義，也被毫無批判地引進台灣的社會。就在這個「缺口」上吧，作為成功商品的日本服飾、日本式管理、日本的生活情調……向台北市氾濫起來。

問題是，要怎樣看待這氾濫呢？

早在五〇年代開始，美國語言、教科書、資本、技術、商品、流行歌和美式生活情調⋯⋯已經在台灣生活中起著支配作用。這作用至今不但不衰，甚且實質地在整個台灣經濟、文化、政治上，穩定地強化著。在強大政治壓力下叩關的「國際化」、「自由化」要求，今後將更加迅速地把台灣納入美日「文化圈」中而不能自已吧。美、日國際商品，在規格、品質的劃一上，要求市場嗜好、情調、價值觀⋯⋯的劃一。透過美、日大眾媒體、廣告、雜誌和流行，美日資本和技術，將對台灣進行快速而有效的台灣「國際化」改造，和市場氣候(market climate)與文化的均一化改造，以利國際性商品的傾銷。

這綿密的「改造」，即透過雜誌、流行、廣告、電影⋯⋯改造了我們的個性、嗜好、價值系統和欲求的形式與口味，為日本或美國的具體商品的銷行，創造了條件，也形成了比較抽象的「日本(生活)情調」或者「美國(生活)情調」。所以，恐怕不是「生活情調」主動變化於先，才促成日本商品在台灣登場，而毋寧是國際商品行銷對市場地土著消費者品味、嗜好、欲望的操縱和改造，與商品的本身交互作用，造成了對外來「情調」的「選擇」與「認同」。而這選擇與認同的非自主性，恐怕才是問題的關鍵。因為這種「生產機制的專制」，不但決定著我們的職業、技巧、生活態度、個人需要和願望等等，並且成為現代世界中最新、最有效、最甜美的社會控制，向全世界(先進國和後進國)擴散，甚至模糊了資本主義和社會主義二陣營發展的相異性，使一切既存的知的、文化的傳統個性和相異性喪失，技術和管理的合理主義變成對現代人最大之非理性！（H. Marcuse, 1964）

因此，說日本（或者美國）「接觸」是沒有理論，是純粹、感性、無語言與無思想，恐怕是不能令人放心的。「日本接觸」，其實就是對先進日本（或者美國）工業社會的意識形態的「接觸」。台灣文化界對先進工業社會的意識形態缺少批判，生動地表現在把一切加以非意識形態化、並且對意識形態自身採取輕慢態度的這麼一種普遍現象上。

美國商業的、市場的、流行的文化，和美國經濟、政治甚至軍事影響，相應地支配了歐洲，說不定也形成了某一種「美國文化圈」。所不同的是，在歐洲知識界，存在著其自身對美國文化、意識形態的深刻批判力。這種對美式文化的批判和輕蔑，甚至成為歐洲知識人的根本性格呢。即使在東亞，看到反共的東亞親美（日）社會中，由官僚、精英中產階級形成了「日本文化圈」的同時，也應該看到同地區土著知識分子、學生、工人和農民對日本資本、技術、商品和所謂「日本文化圈」的辛烈的反論和批判吧。而台灣知識界對日本批判的嚴重闕如，在全東南亞，甚至在全世界中，成為獨一的特例。這個現象，恐怕就很值得我們加以分析和反省了。

在「日本接觸」中所接觸的日本事物的背後，隱藏著複雜而嚴重的問題。對部落民和「在日朝鮮人」的歧視，對底層勞動者的加害，日本的「公害列島」化，市場性官能文化的過分膨脹所造成的「一億人白痴化」與醜聞畫報(scandal graphic magazine)的氾濫、少年暴力、兒童自殺，青年學生對社會、政治事務的冷漠，社會高度管理化下人的疏離……都是日本為高度成長所付出的重大代價。對於工業社會的形成和發展所隱含的破壞與非理性因子的忽視、不理解，不論在台灣和大陸，應該是「日本接觸」或者「美國接觸」過程中最值得注意的課題吧。

理解和研究日本，對於中國，是關係著我們民族發展的大事。但是，至少在台灣，我們的日本研究一般地膚淺、不嚴肅認真，甚至有大學的日本研究所成為日據時代親日知識分子的總本山。這種情況應該迅速改變過來。對於日本先進工業社會意識形態的批判，不但是摸索中國自己的日本論之所必須，也或者會成為探索中國發展和建設道路極為有益的參考。海峽兩岸的「日本熱」，應該反省了。

初刊一九八七年一月二日《中國時報・人間副刊》第八版
收入一九八七年六月人間出版社《人間文叢1・趙南棟及陳映真短文選》，
一九八八年四月人間出版社《陳映真作品集8・鳶山》

新種族

去年年末，高雄和台北兩個市政府，在教育指導機關的支持下，分別舉行了幾千人規模的高中、專科學生舞會。今年初，幾十年來對中學生頭髮髮式的嚴厲格禁，正式解除。

現代台灣青少年的舞，直接從美國輸入。在電吉他、鼓、低音電貝斯鮮明而快速的節奏，嘶喊似的歌唱和高音量音響……所組成的青少年音樂中，我看見過各自頓足、扭腰、擺手的樣子。看來舞伴的性別，不，連舞伴自身，已經不重要了。在強烈、直接訴諸官能的、歇斯底里的音樂裡，看到青少年群集卻孤單地，各自閉目、狂亂地跳躍和扭動，我驚異地感覺到今日青少年一代令人心痛的空虛。

今天的高中生和專科生，大約是六〇年代最後兩年到七〇年代初兩年間，台灣的經濟發展達到尖峰的時代生下來的。七〇年保釣愛國運動的風潮，緊接著台灣在外交上連續失利所帶來的衝擊，以及以雜誌《台灣政論》重新發足的黨外民主運動的展開，對於當時尚在襁褓中的這一代青少年，自然不會有任何影響。他們在台灣社會以全力奔向富裕的歷史時代中成長。他們的家庭，多半是由離開本家的父母組成的「核子家庭[1]」，為了掙得足夠的現款，滿足對於現代大眾消費社會中各種商品的需要，夫妻一道出去上班，有計畫地為購置房子、家電產品、汽車、把小企業搞起來……而奮力工作。

父母因為不能常在家中陪伴孩子，對他們的子女有一份負疚。用金錢購買各種子女所要求的東西、滿足子女的需索，成了現代父母最方便的贖罪行動。

從小習慣於「有求必應」，習慣於只關心自己的需要和需要的滿足，就造成一世代有強烈自我，不能理解別人的需要、立場和利益，不知道生活和自然中實際上存在的各種物質和義理的限制的青少年。

這一代青少年的第二個特徵，是他們全是「電視帶大的孩子」。

七〇年代，台灣的電視早已普及，深入台灣每一個角落的家庭。在父母都上班工作的小家庭裡，電視取代了過去大家庭中的祖父母、堂兄弟和父母的職能。他們聽電視為他們講故事，看東洋和西洋的卡通片，看電視學說話、唱歌、認字、畫圖，看電視學習各種知識，也讓電視兒童節目中的食品和玩具廣告，從小就刺戟著他們對小商品的飢渴，終於也按照電視廣告吃零食，玩玩具。

電視上的節目，畢竟大人的節目多。孩子們於是歌舞、連續劇、電視長片……無所不看。於是電視上那些虛構之七情六欲，那些城市的、青春的、健康的、美貌、歡樂的虛構畫面，構成了他們對人與生活的理解的全部。他們養成一個人單獨地面對螢光幕去找問題的答案、去「學習」的習慣，過去由祖父母、由活生生的人和自然環境所帶給幼小者的、最生動而富於啟發的知識、情感和智慧，不但同他們斷絕了，更不能取得他們的信賴。很多的時候，電視的權威，遠遠超過了父母和師長。他們成了生活、資訊和知識的冷漠的旁觀者。他們坐在那兒，自己一個人在螢光幕上尋找和開發他們所要的情感和知識。因此，這一代青少年知道零細的常識不少，卻永遠缺乏參與、關心、研究和行動的熱情。

現代青少年零細、分散的辦法、常識多，卻沒有一個探索結構性、原則性思考和創作的心智。這除了因為從小受庸俗的電視的惡影響，主要的還因為他們在升學論和文憑論的教育體制中，花去很長的時間、用掉很大的力氣，去記誦零碎的單詞、公式、年代、人名和地名……入學考試閱卷「電腦化」以後，這種情況更為惡化了。在整個教育系統中，不看重創造、分析、調查、綜合、批評……這些知識和文化生活最為必要的訓練，徒然養成只會考試、不會讀書和創造的一代。教材、教學的功利化、零碎化，使這一代青少年對人、對歷史、對世界、對自然和對生活，都只有零碎、不相連貫的認識，為常識豐富、思想和知識低落的現代消費人的形成，準備好了條件。

這一代青少年的另一個問題，是過早地學會了用鈔票解決問題的生活方式。小時候，他們學會了看電視、看別的小朋友來指定大人買零食和玩具，滿足自己的欲望。再長，他們學會直接向父母索取零用錢，到市場上去選擇他們需要的商品。現在，這些沒有參與社會生產，卻具有巨大消費力的人口，已經成為外來速食企業、美國進口香菸、地下舞廳、服飾、唱片、音樂帶和音響設備等產業的主要或重要的訴求對象，每年的總營業量，可以高達數億新台幣。金錢關係過早地侵入青少年的生活，不但容易使青少年過早造成對鈔票的飢渴，容易使他們不顧一切去取得現款，容易過早以金錢去度量人與事物，也容易讓錢削弱了他們在創造和學習上的努力。學生用錢買紙鳶、釣具，用錢買別人的筆記影印權，用錢去支使別人為他抄作業……是現代教師絕不陌生的問題。

最後，這一代青少年最大的困難，在於我們的教育體制本身。不可諱言，目前負責中學到專科各級學校的行政主管，有真正的教育愛、教育熱情、理想與負擔的人，少而又少。把教育事業當成政治事業，也當作發財賺錢的事業的，比比皆是。現代資本主義的大眾消費主義，對教育體制的滲透，造成校長、總務、教員和教育自身的商業化、腐敗化。其中斂聚扣剋，有不忍細說者。而在學校管理上，基本上還是五十多年前「訓政時代」的作風，對學生，甚至對教員，基本上還是搞強制主義[2]的管理態度：不放心、不關心、不尊重、永遠懷疑。學校內教育精神、風氣和倫理的頹壞，形成今日學生們面對的，最直接、生動的，惡劣的成人「典範世界」，形成學生與學校、良心教師與學校之間相當普遍的、暗在的矛盾與緊張。

從這些背景去看這一代青少年，或者比較能夠更深入地體會到他們那種令人棘心的空虛感。年方十七、十八的生命中，就蛹宿著空虛感的這一代青少年，無論如何，是令人悲傷的。如果成人的世界再這樣紙醉金迷，不停下為富裕而狂奔的腳步，好好的反省，這成人的世界，終於不免要付出慘重的代價。

沒有現行教育體制根本的革命，沒有在教育領域中，對師生進行課程、思想、學研、制度、和創意上的全面解放與改造，只在學生髮禁和舞禁上做文章，其實只是助長這一代孤獨、強烈地自我中心，對人和生活不關心，對人類國家徹底冷漠，心靈空虛、言談舉止不遜而怪異，在服飾、性事（sexuality）和政治上號稱「中性」化的「新種族」，奔向逸樂化、流行化和官能化的洪流中，浮沉而去，直至沒頂。

初刊一九八七年一月十六日《中國時報・人間副刊》第八版

一九八七年一月

收入一九八七年六月人間出版社《人間文叢1．趙南棟及陳映真短文選》，
一九八八年四月人間出版社《陳映真作品集8．鳶山》

1 「核子家庭」，人間版為「分子化家庭」，一般稱「核心家庭」。

2 「強制主義」，人間版為「警察主義」。

關切和同情學生運動[1]

主席，各位關心中國民主前途的朋友們，同胞們：

我個人關切和支持中國大陸的學生運動，是基於這兩個理由：

作為一個中國文藝工作者，我尊敬劉賓雁、王若水在文學創作和文學理論工作上傑出而重要的貢獻，以及他們長年來的工作中表現出為了祖國和人民的進步、和平、團結與正義，竭盡言責的動人的風範。今天，我們聽說劉賓雁和王若水以我們所不明瞭的原因，中共把大陸學潮部分原因歸咎於這兩個傑出的文藝工作者，使他們遭到開除黨籍這個對於共產黨人而言是嚴重的處置。我以在台灣的中國文藝工作者的立場，對劉、王兩位文學同仁，表示最深刻的關懷與同情。

其次，對於中國，對於遼闊的第三世界，在面臨民族和國家的獨立與自由的複雜而激盪的歷史中，學生運動，是反對帝國主義、反對專制政治、摸索祖國民主主義和民族主義道路的，重要的群眾運動的形式。在台灣，由於大陸資訊的闕如，我們還不很清楚這次大陸學生運動提出的具體願望和要求，也不很明白運動的具體的經濟、社會和歷史意義。但我們相信，學生運動在摸索中國自己的民主主義、廉潔的政治、建立民族自尊上，應該是起著有意義的作用的。我們也因此對大陸此次學運寄予高度關切和同情。

我們以為，支持和關切大陸學生運動最有效的方法，是從支持和關切台灣的民主化運動、支持和關切台灣的學生運動開始。

在台灣，從去年以來，民主運動有了重要的、劃時代的展開。雖然這個運動基本上比較缺少全中國的視點，基本上比較缺少對帝國主義的政治、經濟和文化的批判，雖然還比較缺少基層的社會代表性，我們應該是根本上支持和同情台灣的民主化運動的，並且促進這個運動在性質上和規模上、在政治上和文化上，逐漸進步起來。當我們瞭望海峽彼岸的學運，寄予熱情支持之際，我們更應關心近年來在台灣大學展開的學生言論自由和校園自由運動。

朋友們，同胞們，讓我以最概括的方式，向大家介紹台大學生的運動。

民國七十二年九月，台大的社團刊物《大學論壇》、《大學新聞》、《法言》和《醫訊》聯合主張普選產生學生代聯會主席。十月，散發〈告台大同學書〉，批評校當局壓抑學生言論，鼓吹大學園內的言論自由，促進學生對思想言論自由的自覺、自主，這個運動，立刻遭到校當局的壓制。《大論》受到停社一年的處分，學生領袖劉一德記大過一次。

民國七十三年六月，學生吳叡人以「還我學生權」、「還我（校園）自治權」的口號，當選為台大學生代聯會主席，全校震動。

接著，支持並參與吳叡人競選的幹部學生受到安全機關的約談與調查。吳叡人的代聯會工作遭到百般抵制。民國七十四年四月，吳公開辭職抗議，批評台大校當局「以三、四十年代反學潮心態」治校，控訴校外安全單位介入大學校園事務。

民國七十三年，學生展開普選學生代聯會主席運動，以「普選萬歲」、「我愛台大」的口號，聚集學生在校園內「漫步」。結果：學生王增齊記大過一次，李文忠留校察看。但運動的展開，促使學生代表大會同情和支持普選代聯會主席。校方對此百般阻撓，要學生「共體時艱，避免校園混亂」。

在校內遭到打擊和阻撓的台大學生，開始走向校外，個別參加了台灣黨外民主運動。民國七十五年，學生的眼界擴展到對台灣嚴重的環境汙染問題，在暑期自動組織學生到鹿港調查和研究鹿港人民的反美商杜邦公司汙染運動。校方對這個學生在暑期校外的研究調查，百般阻撓，譴責學生的活動，並且阻止學生在校內報告和刊行調查報告的結果。

民國七十五年十月，「大新社」因言論問題被停社一年。十月二十二日，十二個學生連名簽署抗議停社文件；二十四日，學生在台大正門口廣場上舉行「自由之愛」肥皂箱講演會；十一月，據說有一二八名研究生連署一份宣言，具體要求廢除學生刊物審稿制。面對解除四十年戒嚴和黨禁的開放政策，台灣大學的師生向長年來大學僵化、保守的訓導、教學和安全體制，發出了要求進步、要求革新、要求良心與知識的誠實、要求學生關心社會的呼聲……

純潔、熱情的學生運動，不論在海峽的此岸和彼岸，都是中國民族的希望之所寄，是中國政治進步、思想和知識發展的動力，社會各界，海內外中國人民，應該給予應有的關切、同情與支持！

謝謝大家！

初刊一九八七年三月《中華雜誌》第二十五卷總二八四期

1 本篇為陳映真在「聲援大陸民主運動講演會」發言。講演會時間：一九八七年一月二十五日下午兩點；地點：台北市新公園音樂台；主席：繆寄虎；講演者：胡秋原、徐家鸞、李鴻禧、謝學賢、傅正、陳映真、王曉波、謝正一、鄧可瑾；朗誦宣言及歌唱：高準、楊祖珺。

從一部日片談起

在春節前後盛大上映的日片《聯合艦隊》，有明顯、嚴重的日本軍國主義色彩。但是我們的電影政策單位、大眾傳播影劇部門、電影批評界和一般文化界，不但沒有給予必要的批評，反而給予直接和間接的幫助和鼓舞。

《聯合艦隊》討論了日本的「戰爭責任」問題。但這討論並不是在反省和批評使日本走上軍事帝國主義戰爭的、政治經濟學上的問題，從而責究日本侵略戰爭對各被害民族與人民所造成嚴重而深刻的損害責任。《聯合艦隊》討論的，是這樣的問題：「為什麼日本吃了敗仗？」討論的結果，是當時日本缺少像山本五十六那樣通諳西方政治、社會和經濟力的軍人，是當時日本軍部尚不了解軍事情報工作的重要性，是海軍部南雲元帥的不諳敵情，是愚昧的栗田元帥錯誤的判斷。

在整部影片中，我們只看到地圖上戰事的推演，卻從來沒有看見菲律賓、夏威夷、中途島和廣泛南太平洋和東亞地區人民，在日本帝國主義軍隊的攻掠下，生命、財產、生活、文化和社會所遭受的至為深刻的被害。從《聯合艦隊》看來，整個「太平洋戰爭」，只是大國美國與日本的較力，太平洋地區民族和人民的生命、尊嚴、願望和權利，在《聯合艦隊》的思想中，恐怕比草芥都不如了。

《聯合艦隊》有日本帝國海軍在美國強大海空武力下，受到悲慘的打擊，而至於殞滅的大量鏡頭。有人問：這難道不也是一種反省嗎？

問題是，戰後日本當局在有關二次大戰中日本戰爭歷史的教育，一貫只偏重日本在「太平洋戰爭」受到西方重創的歷史。而對於日本前此長期劫掠朝鮮、台灣、中國大陸和東南亞的歷史，不是提得少，就是加以大肆篡改。現代日本軍國主義當局，戰後長年來掩飾日本在東亞的戰爭罪行，誇大日本在「太平洋戰爭中挨打、日本軍民矢死效命、為國迎戰」的一面。這就非但沒有絲毫對於帝國主義侵略戰爭的反省與糾彈，而且把日本塑造成二次大戰「被欺負」的角色。日本的戰敗，主要是因為日美國力、戰力的懸殊；日本戰敗的道德因素——日本擴張主義對廣泛亞洲、南太平洋地區民族和人民所造成的，至今猶未平復的嚴重損害，則非所顧念。像這樣危險而傲慢的意識形態，不但是電影《聯合艦隊》的重要主題，也是日本政府和右翼文化人如藤尾正行戰後四十年來狺狺不絕的論題。

因此，《聯合艦隊》充滿了這些「動人」的情節：為帝國日本捐軀效死的光榮；「為了日本國家的存續與發展，必須有為之死命之人，和為之存活之人」；太平洋戰爭，是為了自己的父母、兄弟、姊妹的生存而戰，是為了「不使日本本土成為戰場」而戰。所有這些推進了罪惡戰爭的日本將領、校尉軍官、軍人、士官，在《聯合艦隊》中全部被寫成充滿了忠愛日本的國家，充滿著純潔、高尚人間性的人物，對於日本發動的侵略戰爭為亞洲人民和日本人民所造成難復的浩劫，沒有任何的反省、檢討和批評。

一個以長達八年的時間從事對日本抗戰，為了抵抗日本侵略付出了重大的生命與財產的代價的民族和人民，在這受過日本五十年殖民統治的台灣土地上，竟有電影政策單位，在基本上限制日片進口的條件下，選擇了《聯合艦隊》這樣的日本帝國主義電影上映；我們的大眾傳播上，除了刊映《聯合艦隊》的電影廣告，還有推介和大力揄揚《聯合艦隊》的「影評」。到目前為止，我們比較獨立的電影評論和文化、知識界的一般，除了王墨林的一篇，也尚未出現對於《聯合艦隊》日本帝國主義意識形態的嚴肅批判。

《聯合艦隊》在台灣所形成的上述問題點，具體而微地表現了元月末由四、五十個自由文化人簽署的〈電影宣言〉(《人間副刊》，元月二十四日)所提，關於台灣電影環境的三項「憂患」。

如果電影是一種藝術表現形式，恐怕就是一種最為昂貴的藝術了。要求新台幣千萬元或數千萬元的投資，電影不但是一種工商業，也是大的工商業。以三個月或半年，投資一千多萬元，在上市一、兩個星期內就見輸贏，其實是一場驚心動魄的豪賭。為了減少不可捉摸的投機性，為了較好地保證資金回收與利潤，走行銷主義路線搞企畫、市場調查、觀眾定位，並據以進行劇本寫作與影片製作，配合一貫性設計的廣告宣傳……成了片商的不二選擇。因此，電影就像一切消費性商品一樣，在操縱新的欲望（需求）和隨從並擴大已有的欲望（需求）中求廣泛、大量的銷售。電影於是不能不訴諸比較卑下、庸俗的趣味：笑料、暴力、色情、偷窺、恐怖、嬉鬧和眼淚……充斥了台灣電影的內容。

電影的資本主義工商業性格，自然也培植出資本主義工商業意識形態的電影人：一切以「經營管理」出發，以利潤、效率、生產性和票房來衡量一切價值的製作人、劇本作家、導演、影評人……他們以新時代的文化人自居，崇拜和身體力行著資本主義企管上的金科玉律，言必稱企畫案、市場情境分析、問題與機會分析、目標設定、訴求對象設定、策略設定、行動計畫、預算編製與控制、銷售計畫、廣告宣傳策略……而於是乎志得意滿、信心十足，對於談電影思想文化、藝術和理想的人，表現出程度不同的輕蔑。對「市場性」和「銷售業績」的崇拜，到了在不知不覺間以之衡量創意、文化、知識和思想藝術之高低、存亡權利的唯一標準。

事實上，電影上存在的這些問題，以不同的規模和相同性質，存在於文學、戲劇、舞蹈和音樂上。唯一不同的，是電影的生產成本太高，從而造成了資本和政治對它的干預和獨占。以寫小說為例，一個小說家只要一、兩刀稿紙，三隻原子筆，就可以搞他的創作。在作品發表上，他至少有便宜的同人雜誌刊登。這樣一種形式的藝術，獨占就幾乎不可能了。出版社儘管可以挑通俗小說大量印行以求利，但嚴肅作家則另外有純文學甚至政治反對派的雜誌會刊印他們的小說。電影就不同了。大量的資本投資要求著高額的利潤保證。於是與「弘揚中華文化、闡揚國策、發揮社教功能……」不但無關，而且完全悖反的《聯合艦隊》，可以安全過關上市；大眾傳播因著獨占、媒體利益和文化異化的性格，對《聯合艦隊》不但不加批判與討論，還為它刊映廣告，刊推介的評論，而一些「影評人」也為《聯合艦隊》極盡辯飾揚揄之能事了。

這樣的問題，從某個角度看，特別在資本主義社會中，實則舉世無不皆然。但〈電影宣言〉卻指出了一個台灣電影文化比較特殊的一點：儘管在資本主義工業的規律下，電影的商品性、庸俗性，舉世皆然，但很多國家的政府與私人，畢竟在以一筆相當大的錢，在一些真正具有電影文化訓練與眼界的人管理之下，有宗旨、有計畫地在強烈商業主義規律下搶救和培植「另一種電影」；儘管在外國，有許多報紙、雜誌、電視台……為比較消費性的、庸俗的電影文化服務，但他們的一些具有文化權威的報紙、電視台總是在鼓舞、發現和評論優秀的「另一種電影」上，不遺餘力，而且絕不會用它的版面和時間去為庸俗甚至有害的電影吹捧、鼓舞；別的先進國家自然也有不少寫「速食」式的庸俗電影「消費指南」的「影評人」，但他們自有他們的天地和範圍，絕不會也不可能取代在文化和知識上有權威的影評人和電影文化人，甚至要求別人「反省」為什麼好電影「曲高和寡」！在外國，電影生產上的行銷主義，有千萬倍於我，但他們卻很知道兩種不同的「利潤」：票房現金利潤，和高度文化、藝術評價所代表的另一種抽象、卻無從以金錢翻譯的「利潤」。〈電影宣言〉發表以來，政策單位和若干導演、製片、劇本作家和「影評人」、大眾媒體影劇主編的初步反應（《人間副刊》，元月二十四日、二十五日）恰好進一步說明〈宣言〉的三點「憂慮」，有嚴肅的現實基礎。

〈電影宣言〉的對象，其實是一種電影生產與再生產體制所延伸出來的文化的問題。老實說，認識和語言上恐怕都不免略嫌單薄的這一紙〈宣言〉，要改變傲岸巨大的台灣電影產業結構，是近於絕望的。如果贏得四、五十個文化人簽名，在傳統電影結構的冷眼和冷笑中不了了之，則莫若積極地想出可行的後續方案：例如成立求「新電影」工作者的知識與文化上的組織，嘗試用ＥＮＧ或八釐米等低成本手段拍短片，籌辦定期短片發表會，組織接受團體約訂機動巡迴放映作品的結構，設立藝術電影院，強化各大專青年電影欣賞、研究與講解活動，發展紀錄電影的知識、理念、技術和實踐等等。

光復以後，有四十個以上的文化人出面為一件具體的文化問題簽名的事，恐怕在〈宣言〉外，少有別的例子。依我看，許多電影文化圈外的朋友簽了名，應該理解成不單是關心目前台灣電影，而是在全面商業化、庸俗化、消費化環境下發展「另一種文學」、「另一種音樂」、「另一種舞蹈」、「另一種傳播」、「另一種戲劇」……懷抱著深刻關切。台灣電影文化的提升，基本上關聯著台灣各領域文化在知識、思想和專業上的飛躍。沒有這全面的飛躍，單獨電影一門的提高，是完全不可能的，那麼，〈電影宣言〉所揭示意義，就不僅僅是對現行文化體制的「懷疑」，而是全面的反省、再思考和批判：為了重新思想和逐步建設目前階段的，具有當代中國民族獨立風格與面貌的，批判長期依賴西方的，新的知識、文化、思想和藝術。

初刊一九八七年二月六日《中國時報．人間副刊》第八版
收入一九八七年六月人間出版社《人間文叢1．趙南棟及陳映真短文選》，一九八八年四月人間出版社《陳映真作品集9．鞭子和提燈》

鳶山

哭至友吳耀忠

畫家吳耀忠，已於元月六日因肝疾謝世，享年四十九歲。吳耀忠畢業於師大美術系，曾為前輩畫家李梅樹入室弟子。畫風樸質寫實，甚為畫壇期待之優秀藝術工作者。惜在壯年期間遭遇一段創作空白時期，十年前歸里後，除斷斷續續為吳濁流、鍾理和、陳映真、王拓等小說做過封面速寫外，作品日稀。長期來的退避社會，自我放逐生涯，誠為畫界之重大損失。

《雄獅美術》曾在一九七八年八月號，刊登過文學評論者許南村與吳耀忠之深入對談。讀者可參閱之。（編案）

我素來是極少夜夢的人。近日卻總是在夢見耀忠的夜半，嗒然地醒來。初老以後，夜中醒過，則再也難於入睡。我於是想著竟於這個元月六日寂寞地死去的，我少小以來的朋友，吳耀忠。

就是幾天前，我夢見我和他騎坐在故鄉的，三鶯大橋的欄杆上聊天。那情況，恍惚間，似是鬢髮初霜的現在，又彷佛是剃著光頭的，在初中上學的時代。大漢溪潺潺地流著。遠處的溪埔上，在風中搖曳著一片褐白色的芒草花。而比芒草花一帶更遠的地方，便是那座青色的，有些飄渺的鳶山。

其實，我們就在這三鶯橋畔訂交的。四〇年代後半，他從三峽，我從鶯歌，考上了台北成功中學初中部。火車通學時都在鶯歌站上的車，這樣認識的。

初二那年夏天，和班上的幾個同學到鳶山下的鳶潭邊露營。他也來了。就著營邊的篝火，談了一夜，竟成了一生的莫逆。三十五年之後，他還清楚地記得當時我說過的幼稚的話；還背得我那時寫給他的信中的，述說著少年的、青澀的夢的，無謂的句子。

高中，他考到別的學校，我們分開了一陣。等我們再聚，我已是外文系的學生，而他則是蓄著長髮的，俊美英發的年輕藝術家，窩在補習班裡準備學科，等著考進師大美術系。那個夏天，陪他考大學，在師大藝術先修班的榜上，他占了鰲頭，我則陪在榜末。如今的韓湘寧、彭萬墀就是他同榜的同學。

他勤奮、認真，而且瘋狂地畫著素描和速寫，然後他開始油畫靜物和人像。進師大前，他就是鄉長老畫家李梅樹先生的入室弟子。他醇厚、結實的寫實底子和素描工夫，很快地吸引了師大美術系師生們的注意。他熱情、狂熱、浪漫而又反叛，我們開始生吞活剝地讀盧那卡爾夫斯基和甫列漢諾夫傲硬卻又沸騰人心的中文本子。在那麼早的時代，尹利亞·列賓就成了他心靈中重要的現實主義宗師級藝術家偶像之一。

那些年，啊，我和他共讀過多少破舊的新書。讀史諾的《漫記》，使我們心中戰慄、熱淚盈眶；讀艾思奇的《哲學》，世界和生活頃刻改變了意義。當我們偷偷地唱著中國的新歌，有時竟而也使他感極而淚，不能終曲……

一九六八年六月，他和我失去了自由。七五年，我自荒遠的島上，他從看守所裡，回到故園。等我長了頭髮，再度相見，看見他依舊俊拔、安靜而熾熱，卻未曾注意到他已略有酗酒的傾向。

約八〇年以後，我和愛他的朋友們逐漸發現到他心中那至深不可自拔的廢頹。表面上他日日醉酒，任性而又極度的虛無，但實際上他在對自己的許諾和失望、哀怨和忿怒的循環中不住地掙扎，終至於不知從什麼時候起，完全放棄了自己，任自己在那深不可知的憂傷、絕望和頹廢的惡流中，逐波而去。

革命者和頹廢者，天神和魔障，聖徒與敗德者，原是這麼相互酷似的孿生兒啊。幾個驚夢難眠的夜半，我發覺到耀忠那至大、無告的頹廢，其實也赫然地寓居在我靈魂深處的某個角落裡，冷冷地獰笑著。

多少偉大的藝術家，花費畢生的力氣，與那生命中至大的廢頹，廝打、搏鬥以終。只是，那廢頹於耀忠竟是那麼龐大而不能勝，使他最後的十年間，無法創作，讓時代平白失去了一個有前進的思想、結棍的技巧和豐裕的人間性的畫家。

啊，耀忠，如果你為之掙扎、喘息的，是一時代的虛無與頹廢，但願你把一切愛你的朋友們心中的黑暗與頹廢，全都攬了去，讓我們以代你走完你極想走完而未走完的路，作為對你的酬賞……。

初刊一九八七年二月《雄獅美術》第一九二期
收入一九八八年四月人間出版社《陳映真作品集8・鳶山》，二〇〇四年九月洪範書店《陳映真散文集1・父親》

陳映真全集（卷八）

THE COMPLETE WRITINGS OF CHEN YINGZHEN (VOLUME 8)

作者　陳映真
全集策畫　亞際書院・亞太／文化研究室
策畫主持人　陳光興、林麗雲
執行主編　宋玉雯
執行編輯　楊雅婷
版型設計　黃瑪琍
排版／印刷　中原造像股份有限公司

出版者　人間出版社
發行人　呂正惠
社長　陳麗娜
總編輯　林一明
住址　108台北市萬華區長泰街五十九巷七號
電話　886-2-2337-0566
傳真　886-2-2337-7447
郵政劃撥　11746473・人間出版社
電郵　renjianpublic@gmail.com

初版一刷　二〇一七年十一月
定價　一萬二千元（全套不分售）
ISBN　978-986-95141-3-2

國家圖書館出版品預行編目（CIP）資料

陳映真全集／陳映真作. -- 初版. -- 臺北市：
人間, 2017.11
23冊；14.8 ×21 公分

ISBN 978-986-95141-3-2（全套：精裝）

848.6　　106017100